영웅 패도의 여우무녀

eiyuhado
no kitsune miko

원작소설 : 하야마 에이시
hayama eishi

이와야마 카케루
iwayama kakeru

1

금발을 풀어헤친 여우 무녀는

나를 발견하고도 소란을 피우는 일 없이 입을 움직였다.

무슨 의미인지는 대충 이해했다.

엉·큼·해! 그렇게 말하며 히죽거리는 린코.

나는 수풀을 헤치며 도망쳤다.

マキマ

"마카미도 참.

　아까부터 뭘 볼 때마다

　흥미진진해서는."

"처음 보는 물건이

　많아서 그래."

영웅패도의 여우무녀

eiyuhado no kitsune miko

일러스트 : 하야마 에이시
hayama eishi

이와야마 카케루
iwayama kakeru

①

🔥 목차

표지 · 본문 일러스트
하야마 에이시

1장 버려진 소년

나는 밤이 되어 싸늘해진 공원 벤치에 혼자 남겨졌다. 데리러 올 사람은 없다. 오히려 버려졌다고 해야 더 정확하다. 계절은 겨울 초입. 낙엽이 세차게 바람에 날리는 생일날이었다.

네 시간 만에 나, 알프 셰이크리어의 생활은 확 변했다.

유서 깊은 셰이크리어 가문의 차남으로 태어나 후계자 경쟁을 해야 하는 환경으로 인해 영재 교육을 받았던 나는 오늘로 열 살이 되어 처음으로 정령수(精靈獸)를 소환해 계약하는 의식을 치렀다.

"야야, 너무 풀 죽지 마. 긍정적으로 생각하자. 이제 넌 인생을 자유롭게 선택할 수 있게 됐으니까."

나무 벤치 좌우에 설치된 팔걸이에 폴짝 뛰어오른 금색 털 아기 여우는 밝은 목소리로 나에게 말을 걸었다. 움직임에 맞춰 목줄의 작은 방울이 딸랑딸랑 소리를 냈다.

이 여우는 자신을 린코(鈴狐)라고 소개했다. 정령수다.

정령수란 정령계에서 온 신비한 힘을 지닌 생물을 말한다. 정령수는 야생동물에서 고도의 지능과 문명을 보유한 수준의 생물까지 매우 다종다양하다.

아주 먼 옛날, 갑자기 연결된 정령계와의 교류를 거치며 지구에는 독특한 문명과 함께 그 정령수가 유입되었다.

인간은 정령수와 공존하며 현대에 이르기까지 오랜 역사를 걸어왔다.

정령수와 인간은 계약과 소환이라는 수단을 이용해 함께 생활한다.

내가 소환으로 간신히 불러낼 수 있었던 존재는 이 작은 정령수였다.

참고로 정령수에는 랭크라는 구분이 있었다. 이런 작은 동물은 그중에서도 최하급 존재다.

운과 소양을 모두 갖춰야만 랭크가 높은 존재를 불러낼 수 있는데, 이렇게 약한 존재여선 미래의 전망이 암울하다고 판단해도 어쩔 수 없는 일이었다.

엄격하고 자비가 없는 아버지는 소환한 정령수가 너무 작자 크게 분노했다.

귀족이나 유서 깊은 혈통을 지닌 사람에게 정령수의 랭크는 곧 스펙이었다. 따라서 그 사람들 틈새에서 나는 싸구려 인간 취급을 받게 된다는 의미였다.

《이제 네 얼굴은 보고 싶지도 않다!》

《자, 잠깐만요! 죄송합니다! 기다려 주세요, 아버지——!》

얼굴이 새빨갛게 달아오른 아버지는 난폭하게 나를 그 자리에서 끌어내더니 저택 밖으로 쫓아냈다.

그러고는 나를 자동차에 태워 낯선 땅의 아무도 없는 공원에 내려놓더니 그대로 떠나가 버렸다. 아버지는 의절할 테니 앞으로는 혼자서 살아가라고 말했다.

혹시 파출소에 가면 신분을 조회할 수 있을까.

설령 돌아간다고 해도 이번에는 평생 감금 생활을 하게 되지 않을까?

어린아이 한 명이 일으키는 소동 정도는 쉽게 뭉개 버린다. 막후의 권력자란 그런 자들이다.

나는 잠시 양복 차림으로 그 자리에 가만히 머물러 있었다. 갈 곳은 없었다. 앞으로 어쩌면 좋을지 알 수 없었다.

무릎을 굽히고 다리를 껴안고 앉아 무릎에 얼굴을 파묻고 있자, 아기 여우는 몇 분 전부터 슬쩍 사람처럼 말을 하기 시작했다.

랭크가 낮은 정령수를 소환하면 대부분은 계약을 해제할 수 없다.

계약을 해제하려면 양자 사이에 합의를 해야 하는데, 랭크가 낮은 정령수 중에는 대화가 가능할 만큼 똑똑한 존재가 얼마 되지 않기 때문이었다.

하지만 이 정령수, 린코는 아무 문제 없이 의사소통이 가능했다. 어쩌면 계약을 해제해 집으로 돌아갈 수도 있을지도 모른다.

그리고 그 사실을 집에 알린다면 다시 돌아갈 수 있을지도 모른다. 그런 생각도 했지만 아버지는 한번 정했다면 자존심 때문에라도 의견을 굽히지 않는 사람이었다. 이런 실패를 한 이상, 다시 해 보겠다고 해도 허락할 가능성은 거의 없다.

고개를 들고 멍하니 바라보는데, 여우는 목에 너무 꽉 매인 내

넥타이를 작은 앞발로 솜씨 좋게 느슨하게 풀어 주었다.

"아직 어린아이를 내쫓다니 너무해. 뭐라고 반박해 줄까도 생각했지만, 그냥 아무 말 안 하기로 결정했어. 어차피 돌아간다고 해도 불행해질 미래가 뻔해 보였으니까."

"그래서 숨겼어?"

"응."

"그런데 그러면 나한텐 아무것도 남지 않게 되잖아. 왜 그랬어……?"

일부러 그랬다는 말을 듣고 나는 양손으로 눈을 뒤덮었다. 울어 봐야 아무 소용 없는 일이지만 소소한 일을 계기로 눈물샘이 터져 나는 눈물을 주룩주룩 흘리며 울었다.

"지금까지, 지금까지 계속 열심히 노력해 왔는데! 전부, 다 잃고 말았어!"

"음~. 냉정하게 생각해 봐. 넌 형보다 뛰어난 정령수를 불러내지 못하면 언젠가는 대를 잇지 못해 독립할 수밖에 없잖아? 어중간한 정령수를 불러내 질질 시간을 끌기보다 빨리 각오를 다지는 게 더 낫지 않을까?"

형은 사람 모양을 한 정령수를 불러냈다. 상위 정령수 중에는 한없이 인간에 가까운 존재도 있는데, 나는 형의 그 정령수가 매우 우수하다는 사실을 잘 알았다. 그런 점을 생각하면 나는 처음부터 형과의 후계자 경쟁에서 이기기 힘든 입장이었다. 어쩌면 최저 수준의 정령수를 소환하지 않았더라도 가망이 없어 보이면 처음부터 그냥 버릴 생각이었을지도 모른다.

아무리 그래도, 빠른 편이 좋다곤 해도 너무 빠르다. 아직 무력한 어린아이가 뭘 할 수 있단 말이야?

"물론 길거리에 내다버리기 너무 이르긴 하지. 사회가 발전하고 있는 요즘 세상에선 말도 안 되는 폭거야. 하지만 계약한 사람과 정령수는 운명 공동체. 괜찮아! 의식주는 나한테 맡겨. 최대한 도울 테니까."

자신 넘쳐 보이는 아기 여우는 앞으로 어떻게 할지 이야기하기 시작했다.

"문제는 너……. 음~. 알프였지? 앞으로는 내가 네 보호자가 돼 줄게. 그러니까 잘 부탁해!"

쾌활한 태도에 나는 조금 기분이 진정되었다. 지금은 나의 정령수만이 나의 유일한 아군.

"자, 잘 부탁해?"

"먼저 말해 두자면 너한텐 자질이 있어. 정령계에서 날 불러냈으니 그게 가장 큰 증거야. 역시 혈통의 힘인가? 그러니까 안심하고 날 자랑스럽게 생각해! 앞으로 인생에 무슨 일이 기다리고 있든 내가 있잖아!"

작은 몸으로 흐흥, 하고 크게 콧김을 내뿜는 린코. 안심해도 되는 건가? 계약한 정령수는 주인을 속이거나 배신하지는 않는다고 하니까.

밤바람이 불자 등에서 소름이 돋았다. 내가 무심코 재채기를 하자 린코가 말했다.

"자자, 이렇게 추운 곳에 있어선 몸에 안 좋아. 서로 누군지 알게 됐으니 어서 가 보자."

어디로? 그런 의문에 관해 직접 물어보기도 전에 벤치에서 뛰어내린 아기 여우는 앞다리를 앞으로 내밀었다.

앞다리로 공중에 원을 그리는 동작을 하자, 그 중심의 경치가 일그러지며 소용돌이쳤다. 그리고 점점 넓어지며 사람이 지나갈 수 있는 터널이 되었다.

"혹시 정령계로 이어진 결계야?"

"맞아. 천상위(天上位)인 정령쯤 되면 자신이 사는 정령계의 격리되어 있는 토지를 현세와 연결할 수 있거든. 파장이 나쁘거나 정령력이 부족한 장소에서는 어렵지만, 이게 꽤 편리해."

그런 식으로 정령계에서 오는 정령수가 있다는 건 알고 있었다. 이 아이, 혹시 굉장한 아이인가?

그리고 천상위라는 단어가 들렸는데, 그건 정령수 중에서도 특히 뛰어난 랭크에게만 붙는 계급 아니었나?

그건 수백 년에 한 명 나올까 말까 한 인재만이 불러낼 수 있는 존재였을 텐데?

"이리 와. 세계에서 제일 안심하고 지낼 수 있는 장소로 데리고 가 줄게. 네가 계약한 날 믿어 줘."

조금 머뭇거리면서도 나는 자리에서 일어섰다.

그리고 까딱까딱 손짓하는 린코의 재촉을 받으며 일그러진 원 안으로 들어갔다.

그곳에는 짙은 녹음이 펼쳐져 있었다.

살을 에는 듯한 한기가 사라지고 주변에서는 한가로운 벌레 소리가 들렸다.

무엇보다도 발밑에 있는 강렬하고 빨간 큰 기둥이 눈길을 끌었다.

역사책 사진에서 본 적이 있다.

그건 토리이(鳥居)라고 하는 기둥문이었다. 그 토리이가 일렬로 쭉 늘어서 있었다.

무수히 많은 토리이가 일렬로 늘어선 긴 계단의 한가운데에 나와 린코가 내려섰다.

마치 순간 이동 같았다. 평범한 아기 여우 정령수의 능력이라고 하기 어려웠다.

"넌 정체가 뭐야?"

"난 린코. 옛날에 영웅으로 이름을 날렸던 알파로랑의 파트너이자, 천상위인 정령수."

여우는 빛에 휩싸였다.

알파로랑. 나의 선조님이자 누구나가 아는 유명한 위인. 현재의 대통령 이름만큼이나 누구나 알고 있을 정도의 지명도를 자랑한다. 가족은 모두 빨강 머리인데 나만 그 사람과 똑같은 검은 머리로 태어났기 때문인지 내 이름은 그 이름을 본떠 지었다.

빛 속에서 나타난 존재는 신비하고 요염한 분위기가 떠도는 여자아이였다.

눈초리가 살짝 솟은, 빨려 들어갈 듯한 호박색의 눈이 다정하게 나를 바라보았다.

벌꿀에 담갔다가 꺼낸 듯한 금발. 같은 금색의 폭신폭신한 꼬리와 동물 귀.

특히 하카마라 불리는 붉은 치마와 하얀 무녀 복장이 눈길을 끌었다. 이전 모습의 흔적처럼 목에는 방울을 달고 있었고, 최소한의 옷차림으로 가슴을 크게 강조했다. 눈을 어디다 두면 좋을지 몰라 조금 곤란했다.

변화한 모습에 당황하자, 여우 무녀는 수줍어하면서도 스스럼없이 말했다.

"에헤헤, 깜짝 놀랐어?"

"어…… . 누구세요?"

"린코야, 린, 코! 조금 전의 그 귀여운 여우 파트너를 벌써 잊었어? 둔하긴."

여우 무녀가 붕붕 좌우의 소매를 파닥거렸다. 가슴도 같이 흔들렸다.

방금 벌어진 광경을 믿기 힘들었다. 그 작은 정령수가 이런 인간의 형태가 되다니.

정체를 드러낸 린코는 놀라워하는 나에게 가까이 다가왔다.

그리고 부드러운 손놀림으로 뺨을 쓰다듬고는 차원이 다른 미모를 자랑하는 얼굴로 나를 내려다보았다.

"왜, 왜 그래?"

"우후후, 후후후, 우헤헤."

무슨 생각을 했는지 린코가 이완됐다고 표현할 수밖에 없을 만큼 헤벌쭉한 얼굴로 싱글거리며 나를 껴안았다.

그리고 내 얼굴에 뺨을 맞대며 몇 번이고 비비적댔다.

"우, 우왓?!"

"기다렸어. 네가 날 소환하는 날을 계~속, 계속. 아아, 너무 기뻐! 드디어 이렇게 만났구나! 정말 고마워. 불러 줘서 고마워. 앞으로도 사이좋게 지내자."

금실을 능가하는 아름다운 머리카락이 나를 간질이는 가운데 나는 생각했다.

이 사람(사람인지 아닌지는 일단 제쳐 두고)이 무슨 말을 하는지는 잘 모르겠지만, 작고 하찮은 나라는 사람을 원하고 있다는 사실만큼은 이해했다.

그러고 보니 자동차 안에서 아기 여우 모습일 때도 나한테서 절대 떨어지려고 하지 않았다.

아무도 날 필요로 하지 않는다고 생각해 미래를 전혀 낙관할 수 없었다.

하지만 나와 계약을 맺어 진심으로 기뻐하는 이 사람의 모습에 이끌려 어딘가 모르게 울적한 기분이 풀려 갔다.

그래도 조금은 부끄럽다.

"저, 저기, 이제 그만……."

"이크, 실례. 너무 감동한 나머지 그만."

인형처럼 안겨서 공중에 떠 있던 나는 그 말과 함께 땅으로 내려왔다.

겨우 해방되어 비틀거리면서도 말을 듣기 위해 여우 무녀를 올려다보았다.

"어~. 어흠. 그럼 다시 묻겠습니다."

여우 무녀가 헛기침을 한 뒤 조금 과장된 몸짓으로 손을 내밀었다.

"그대는 나와 함께 패도의 길을 걸을 각오가 되어 있는가?"

그것은 인생의 선택을 요구하는 질문.

"……."

"……쑥스럽네. 일단 여기 위로 올라가 볼까?"

끝없는 계단을 가리킨 여우 무녀에게 나는 일단 고개를 끄덕였다.

2장 린코의 정령 결계

예쁜 여우 무녀는 먼저 앞으로 나서 걸었다.

"나의 모형 정원에 잘 왔어. 여긴 너와 나밖에 없는 최고의 사유지야. 영원히 마음 편히 지낼 수 있는 멋진 세계지."

산 정상으로 이어진 계단의 끝에서 이른바 경내를 본뜬 결계 안을 내려다보니 광대한 자연이 펼쳐져 있었다.

지평선 저 끝까지 보이는 녹색 협곡. 이 토리이는 산기슭까지 계속되어 있는데, 동네는커녕 인가조차 보이지 않았다.

"정령 결계에 들어오긴 처음이야?"

나는 고개를 끄덕인 후 웅장한 경치를 내려다보며 잠시 할 말을 잊었다. 결계는 정령수 세계의 일부로, 연결할 수 있는 기량을 지닌 존재는 소수에 불과하다. 따라서 들어와 본 일반인은 적다.

그리고 정령 결계의 영토 면적은 소유주의 힘에 비례한다.

그렇게 배웠지만 이런 규모의 결계는 틀림없이 쉽게 볼 수 있는 수준이 아니다. 한계가 있다고 하더라도, 끝없이 가도 끝이 없을 듯한 장소였다.

산 정상에서 예스러운 건물을 발견했다. 커다란 목조 신사였다. 이곳이 나의 새로운 거처인 듯했다.

"하나, 너와 해 둬야만 하는 일이 있어."

"앗, 네! 뭘 하면 되나요?"

"나와의 계약."

"계약? 저어, 왜 계약을 해야 하나요?"

"날 윗사람처럼 대하지 마. 금지야. 나와 너는 평생의 파트너. 설령 너한테 연인이 생겨서 결혼하고 아이도 낳고 주름이 자글자글한 할아버지가 되어도, 난 계속 너의 파트너니까 너무 공손한 태도로 대해선 안 돼. 말했잖아? 평생의 동반자라고."

겉보기에는 누나인 린코에게 공손한 태도를 취했더니 그러지 말라고 주의를 받았다.

"그러면 그걸 감안하고 한 번 더 말해 봐. '씨'는 필요 없어."

"리, 린코. 왜 또 계약을 해? 린코를 소환했을 때 이미 계약은 끝나지 않았어?"

정령수와의 계약이란 소환에 성공하는 것. 나는 그렇게 배웠다.

"그건 아직 임시 계약에 불과하기 때문이야. 보통은 네 말대로 그거면 충분하지만 소환된 정령수가 상위의 존재라면 의례를 몇 가지 거쳐야 해. 그러니까 이번엔 본계약을 맺자."

"뭘 하면 되는데?"

"순서는 정령수에 따라 다 달라. 이를테면 조건을 결정해 교섭을 하거나, 싸워서 예속을 인정하게 만들거나, 정말이지 방법은 여러 가지야. 상위 정령은 독립하고 싶어 하니 계약하지 않겠다며 저항하는 녀석들도 많거든."

만약 후자라면……. 그런 상상을 했더니 몸에 소름이 끼쳤다.

"리, 린코. 난 정령 마법은 쓸 수 있지만 초보라……."

"정말? 굉장한걸? 사람의 체내에 깃든 정령력을 그 나이에 다룰 수 있다니 꽤 대단한 일이야."

그래도 싸우는 법은 모르고 연습 때 배운 마법은 실전에 사용할 수준이라고 할 수 없었다. 불과 물을 약간 발생시키는 게 고작이다.

"하지만 넌 아주 강한 정령수잖아? 아무리 발버둥 쳐도 이길 수 없을 텐데……."

"하하하. 괜찮아. 걱정하지 마. 그렇게 힘든 시련을 준비하지는 않았으니까."

나의 불안을 눈치챘는지 린코가 깔깔 웃었다. 덧니가 살짝 엿보였다.

"핵심을 말하자면 본계약에 필요한 건 서로의 친밀함을 표현하는 거야."

"뭘 하면 되는데? 힘내 볼게."

"그건 말이지."

여우 무녀는 조금 놀리듯이 말했다.

"입맞춤이야."

나는 깜짝 놀랐다.

"입?! 그, 그건 그러니까 키스……."

"그러니까 팍팍 끝내 버리자."

"농담이지?!"

"뭐~? 아닌데? 난 아주 진지해."

여우 무녀는 아무 부끄러움도 주저함도 없이 내 두 어깨를 붙잡았다. 그러더니 바짝 숨결이 닿는 거리까지 다가왔다.

"자, 자자, 잠깐만! 그런 건 좋아하는 사람끼리 하는 건데 갑자기 그런 소릴 하면……."

"아냐, 괜찮아. 정령수는 입맞춤 상대에 포함 안 돼. 필요하니까 하는 것뿐. 단지 그뿐이야. 정말 싫다면 저항하며 도망쳐도 돼. 얌전히 포기할 테니까. 원래 왔던 장소로 달려서 내려가면 나갈 수 있어."

"린코, 그 말은."

"시간이 지나면 임시 계약도 풀리거든. 그러니까 이제는 네가 어떻게 하느냐에 달렸어."

이 사람은 우유부단한 나를 여기까지 이끌어 주었다. 아직 패도가 뭔지 확실히 알 수 없어 망설여지기도 했지만 나도 각오가 필요했다.

"하자! 필요한 일이라면 난 받아들일게."

내 대답에 기분이 좋아졌는지 싱글벙글한 표정을 짓는 금발 여우 무녀.

"그렇게 나와야지. 그럼 한다?"

"으, 응."

"자자, 바로 쪽."

그리고 여우 무녀의 얼굴이 접근. 난 무심코 눈을 감았다.

닿은 감촉이 느껴지자 순식간에 열이 올랐다.

"으읍?!"

"ㅇㅇ음."

"에 허아지 너어(왜 혀까지 넣어)?!"

내가 경험해 본 적 없는 의례가 시작되었다. 숨을 잘 쉴 수 없고 좋은 향기가 나고 닿은 입술이 부드럽고. 그런 혼란스러운 와중에도 여우 무녀는 내 입안을 유린했다. 혀를 질컥질컥하며 가지고 놀았다.

겨우 해방된 나는 뜻하지 않게 몸을 앞으로 기울이며 넘어졌다. 그런 나를 여우 무녀가 부드러운 쿠션 같은 살결로 받아 주었다.

"열심히 했구나, 훌륭해. 아주 훌륭해♡"

린코는 만족스러운 듯 나를 껴안고 머리를 쓰다듬으면서 위로했다. 겨우 끝났다.

"본계약 절차 종료. 축하해, 이제 난 알의 정령수가 됐어."

"⋯⋯알?"

린코와의 접촉으로 거리가 확 가까워졌다. 머리가 아직 멍한 채로 나는 린코를 올려다보았다. 가까이에서 보니 새삼 예쁜 사람이란 실감이 들었다. 이런 사람이 자신의 의지로 나의 정령수가 되어 주다니.

"자, 손을 내밀어 봐."

하라는 대로 오른손을 내밀자 린코도 손을 가까이 내밀었다.

그러자 서로의 손끝에 빛의 실 한 줄기가 뻗어 나와 연결되었다.

"이건 우리 계약의 실이야. 정령력이 연결된 증거를 눈에 보이게 만든 거지."

"정말로 나 같은 사람이……."

너무 실감이 나지 않아 조금 멍하니 있었다.

"괜찮아? 싫었어?"

"싫어서 그런 게 아니라, 신기해……."

"신기해?"

그건 조금 전의 여운이 아직 머릿속에서 떠나지 않았기 때문이겠지.

"숨을 쉬기 어렵고 아직 닿았던 곳이 뜨겁고…… 머리가 멍해."

내가 감상을 말하자, 여우 무녀는 몸이 근질거린다는 듯이 몸을 흔들었다. 마치 흔들리는 강아지풀에 반응하는 고양이 같았다.

"우와, 얘 너무 귀여워."

"그런데 본계약은 그만큼 깊은 접촉이 필요하구나. 조금 몸이 닿기만 해도 될 줄 알았거든."

"아니, 사실은 그것만으로도 충분……."

"응?"

"앗! 아무것도 아냐! 자, 안으로 들어가자."

방금은 말실수를 한 모습처럼 보였다.

신사는 바깥의 모습과는 달리 문명의 혜택을 받은 곳이 몇 군데 정도 있었다.

화장실은 수세식이고 조명은 형광등. 조금 낡은 검정색 다이얼식 전화가 놓여 있는 등, 시골의 그럭저럭 괜찮은 단독 주택 같아서, 최소한이긴 하지만 불편함이 해소되어 있었다.

사람이 없는 장소인데 어떻게 하수도나 전화 같은 시설을 끌어

왔는지 저녁을 준비하는 린코에게 물어보니,

"항상 결계에서 현실의 시설로 연결해 주고 있으니까."

하고 의문의 인맥을 넌지시 내비쳤다.

바닥에 깐 이불 위에서 나와 린코는 나란히 누워서 잠을 잤다. 같은 방을 쓴 이유는 린코가 그렇게 하자고 고집을 부렸기 때문이다.

다다미 냄새를 맡으며 형광등의 노란 전구를 바라보는데,

"잠이 안 와?"

잠옷으로 갈아입은 린코가 옆에서 몸을 뒤척이며 물었다. 린코는 자신이건 다른 사람이건 옷을 자유롭게 바꿀 수 있어, 나한테도 어린이용 잠옷 가운을 준비해 주었다.

"잠을 못 자겠어. 오늘 일어난 일이 당황스러워서. 아직 마음 속에 안개가 낀 것처럼 개운하지 않아."

"그렇겠지. 보통은 마음의 정리가 잘 안 될 수밖에."

마음의 정리라. 여러 감정, 미래에 대한 불안, 상실감. 가지각색의 마음이 뒤섞여 있다.

그런데 여동생 앨리스는 지금쯤 어떻게 지내고 있을까.

나와 형의 후계자 경쟁에는 말려들지 않았으니 무사하기야 하겠지만 혹시 내가 돌아오지 않는다고 소란을 피우고 있진 않을까?

하지만 그대로 셰이크리어 집안에서 아무런 불편함 없이 자란다면 나로서는 더는 바랄 게 없다.

"괜찮으면 더 얘기해 줘."

"린코."

"나한테 너에 관해 더 많이 가르쳐 줘. 참지 말고 괴로운 일, 사실은 하고 싶었던 말 전부 마음에 담아두지 말고 다 쏟아내. 연장자는 원래 잘 들어 주는 사람이거든."

"난……."

나는 천천히 말을 꺼냈다.

아직 이야기하기엔 많이 부족한 인생을 이 사람은 마지막까지 들어 주었다.

퇴마사가 되고 싶다고 남몰래 꾸던 꿈. 하지만 후계자가 되려면 포기해야만 한다는 사실을 깨닫고 공부에 몰두한 일.

내 나름대로 필사적이었다는 것. 그리고 오늘 밤에 버려진 일.

안타깝고 분했던 마음을 모두 털어놓았다.

"린코, 너무 속상해. 지금까지 내 나름대로 기대에 부응하려고 했는데, 사실은 잘 알고 있었어. 아버지는 처음부터 나에게 관심을 주지 않았어. 마침 좋은 구실이었을 거야. 넌 소환됐을 때부터 그걸 잘 알고 있었구나?"

나는 서서히 쓸모없는 아이가 되었다. 이유는 모르지만 옛날부터 아버지는 나를 노골적으로 방치하고 평가해 주지 않았다. 형과 여동생과는 달랐다.

"복수하고 싶어?"

여우 여자아이가 말했다. 어둠 속에서 눈이 빛을 발했다.

"만약 그러고 싶다면 알이 원하는 대로 하겠어. 그게 무엇이든."

"그건 좋지 않은 일이야."

나는 베갯머리에 머리를 문지르며 고개를 저었다.

"나를 내버린다고 해도 살려 두면 불편한 점도 있을 텐데, 입을 막기 위해 사고사로 위장하지 않은 것만 해도 아버지 나름의 정이 있었던 거야. 아무리 미워도 그래선 안 돼."

"다행이야. 확고히 자신의 의지를 지니고 있고, 이 나이인데도 사물을 분명하게 판단할 줄 알아. 훌륭해. 넌 총명하구나?"

"더 야무진 사람이었다면 버림받진 않았겠지."

"그렇게 자신을 상처 입히는 말은 하지 마."

린코가 안심이 된다는 듯 숨을 내쉬며 미소 지었다.

"넌 그냥 흐름에 휩쓸리는 아이가 아니야. 사실은 여러 가지를 고려해 판단하고 움직일 수 있는 아이니까 앞으로도 틀림없이 문제없을 거야. 단, 좀 더 자신감을 가지면 좋겠어."

"그리고 계속 응석만 부리고 있을 순 없어. 린코."

일단 이불에서 몸을 일으킨 나는 말했다.

"난 너무 속상해. 아버지에게 인정받기 위해 노력을 하긴 했었지만, 부정당한 지금도 여전히 퇴마사가 되고 싶거든. 난 퇴마사가 돼서 이 세상에 큰 공적을 남기고 싶어."

"동경했구나? 영웅 알파로랑처럼."

퇴마사라 불린 직업의 시조가 된 영웅들. 그중의 한 사람이 나의 선조인 알파로랑.

"반드시 되어 본때를 보여 주겠어. 나를 버린 일을 아주 후회하게 만들어 주는 거야."

퇴마사 중에서도 영웅이라 불리는 칭호를 얻기 위해서는 상위 정령수 소유 및 나라에 대한 여러 공적 등이 필요하며 무엇보다도 강해야 한다. 그에 더해 지명도를 높이려면 지위가 거의 필수인데, 나는 지위를 잃어 매우 어려운 상황에 빠져 있었다.

그래도 나는 아직 꿈을 포기하지 못하고 있다.

"그럼 되자. 아버지를 깜짝 놀라게 해 주기 위해서도."

"강해지고 싶어."

"응. 목표를 가지는 건 좋은 일이고, 강해지면 그것만으로도 많은 사람에게 인정받을 수 있어. 언제 어느 세상에서든. 몸도 마음도 단련해 줄게. 알이 원한다면……. 좋아!"

파트너는 내 의사를 다시 확인했다. 그리고 무슨 생각인지 내 이불을 걷어 올리고 나에게 바짝 다가왔다.

"우, 우와?! 갑자기 왜 그래? 왜 내 이불로 들어와?"

"기력을 길러야 하니까 오늘 밤에는 마음껏 응석을 받아 주려고. 자자, 이렇게 꼬~옥."

"부끄러우니까 이런…… 읍?!"

"겸사겸사 이 몰캉몰캉도 받아라! 이얍이얍."

린코는 휘감듯이 나를 끌어안고 가슴을 밀어붙였다. 얼굴에 열이 마구 치솟았다.

그것도 모자라 쭉쭉 움직일 때마다 감촉도 직접적으로 전해졌다.

응석만 부리고 있을 순 없다고 막 결심한 참인데!

"참을 필요 없어."

"으음~!"

"무리하지 않아도 괜찮아."

"……응."

"더 달라붙어도 괜찮아. 몸도 마음도 더 많이 접촉하자."

서서히 저항은 가라앉아 갔다. 따뜻하다. 부드럽다. 진정된다. 린코가 내 머리 뒤를 부드럽게 쓰다듬었다. 얼마 만일까. 사고로 돌아가신 어머니가 떠올랐다.

린코는 계속 나를 감싸 주었다. 사랑스럽다는 듯이, 소중하다는 듯이.

"누나한테 응석을 부리며 괴로운 기억을 치유해. 내일이 되면 웃을 수 있도록."

그러자 가슴에 걸려 있던 차가운 감정이 위로 솟구쳤다. 눈 안쪽에서 점차 뜨거운 것이 넘쳐났다.

"으……아아앙."

"그래. 그러면 돼."

"으어어어엉! 엉엉엉엉……."

"그렇게 마음이 풀릴 때까지 눈물을 흘리면 개운해질 거야."

나는 린코의 포옹에 매달려 또 울었다. 괴로운 기억을 씻어내듯이.

눈을 떠 보니 어느덧 아침이었다. 온몸에 신선한 공기가 흘러든 기분이 들었다. 울다 지쳐 어느새 잠이 든 모양이었다.

옆에서는 원래 자기 자리로 돌아간 린코가 자고 있었다. 어젯밤에 나는 린코에게 몸도 마음도 모두 내맡겼다. 그렇게 다른 사람 곁에서 몸을 맞대고 잠든 건 처음이었다.

으~음. 그런 소리와 옷과 이불이 스치는 소리. 찰랑거리는 금발이 베개 위에서 나부꼈다. 그리고 린코는 몸을 일으켰다.

"후암……. 안녕, 알. 일찍 일어났네?"

"어, 어제는 고마워."

너무 응석을 부렸던 내가 쑥스러워하는데 린코가 싱긋 웃었다.

"인사는 안 해도 돼. 어제만이 아니라 앞으로도 함께할 테니까. 네가 원한다면 평생 곁에 있어 줄게. 약속해. 자, 손가락 걸자."

린코가 새끼손가락을 세운 하얀 손을 내밀었다. 나도 새끼손가락을 내밀어 린코의 새끼손가락에 걸었다.

계속 이렇게 응석만 부리고 있으면 한심한 사람이 되고 만다. 그런 나의 걱정은 기우였다.

"헉…… 헉…… 하아, 하아."

"자자, 힘내! 남자아이잖아!"

수없이 많은 토리이가 서 있는 계단을 단숨에 뛰어 올라갔다가 뛰어 내려갔다. 그런 힘든 상하 이동을 반복했다.

일단 체력을 키워야 한다며 체력 단련이 시작되었다. 지금은 체력 단련의 기본인 계단 오르기를 하는 중이다.

린코의 지도는 온실 속에서 자란 나에게는 상당한 스파르타식처럼 느껴졌다.

사회와 격리되어 아무런 방해도 없는 정령 결계 안에서는 시간도 아주 많다. 나는 하루하루를 수행에 몰두하며 보냈다.

그 계단을 오르면서 바위를 옮기기도 하고, 수 킬로미터에 달하는 계곡의 강에서 수영을 하기도 하고, 때로는 벼랑에서 볼더링을 하기도 했다.

궁지에 몰리거나 위험해지면 린코가 바람처럼 달려왔고, 온몸이 근육통으로 움직이지 못하게 되면 응급조치로 체력 회복을 해 주고, 치료도 해 주어 나는 매일 쉬지 않고 계속 몸을 단련할 수 있었다.

단, 적절한 휴식과 수분, 영양 보급도 소홀히 할 수는 없었다.

"드디어 기다리고 기다리던 휴식 시간이야."

"왜 그 말을 하자마자 손가락을 꼬물거리면서 나한테 다가와?!"

"내 품은 알의 휴식 공간이잖아! 그냥 받아들여!"

"그냥 받아…… 우욱?!"

이렇듯 휴식 시간에는 린코의 무릎을 베고 있다가 가슴에 샌드위치 신세가 되는 수수께끼의 휴식법이 기다리고 있었다. 당근과 채찍이라고 한다.

그리고 물론 단련하는 곳은 근육이 다가 아니었다.

사람의 내부에도 깃드는 정령력을 키우기 위한 정신 수행도 열심히 계속했다.

용량을 늘리면 정령 마법이나 육체 강화처럼 정령력을 다루는 폭도 늘어난다. 무엇보다 풍부한 마법을 사용할 줄 아는 교사가 눈앞에 있어서 배우고자 한다면 뭐든 배울 수 있었다.

"목표는 언젠가 상위 황혼(荒魂)을 조복(調伏)할 수 있는 실력을 익히는 거야."

"사, 상위급 황혼은 퇴마사 단독으로 대처하기 힘든 수준 아니었어?!"

황혼. 정령력과는 반대편에 위치한 부정적 에너지인 독기로 인해 정령수가 재앙으로 변한 존재. 그것을 정화하거나 물리치는 행동, 즉, 조복을 하는 것이 퇴마사의 역할이다.

"맞아. 평범한 퇴마사 혼자선 하위 황혼을 쓰러뜨리는 게 고작이야. 그러니까 보통은 정령수와 연계하는 수밖에 없어. 알은 참 똑똑하네?"

"마법을 배우면서 그런 공부도 같이 했으니까."

"그런데 영웅 알파로랑은 그 정도 상대는 어린아이 손목을 비틀 듯이 쉽게 싸웠어. 그러니까 영웅이 될 수 있었지. 나하고 있으면 언젠가 그 수준도 노릴 수 있어. 같이 힘내자."

린코는 책임을 지고 그 수준에 다가갈 수 있게 해 주겠다고 보증했다. 나는 린코의 선언에 자극을 받아 필사적으로 노력했다.

오랜 시간을 들인 수행은 서서히 본격적으로 바뀌어 갔다.

체술, 검술, 지팡이술, 궁술, 봉술, 창술, 정령 마법의 기초도 배웠다.

린코가 말하길, 나는 굳이 따지자면 무예파에 가깝다고 했다. 린코가 그렇다면 분명 그런 거겠지.

믿을 수밖에 없다. 스승인 린코는 무예와 마법 모두 뛰어난 기량을 자랑하니까.

예를 들어 기술 하나를 시험 삼아 보여 줄 때는.

"이게 철산고(鐵山靠)야."

팡! 하는 소리와 함께 몇십 킬로그램은 될 굵은 떡갈나무 나무통이 여우 무녀의 물 흐르는 듯한 어깨치기에 저 멀리 날아가 버린다.

"이건 이 산을 밟아서 부술 기세로 힘차게 발로 지면을 구르는 동작인 진각(震脚)을 해야 해. 그 힘을 순환시켜 날리는 느낌이라고 하면 될까? 이 정도라면 육체 강화가 없어도 가능할 테니 일단은 5미터를 목표로 시작해 보자!"

"자자자자자, 잠깐만! 어떻게 하면 이런 위력이 나와?!"

"음~. 알, 있지. 초보자가 이 무예를 눈앞에서 보고 굉장함을 알 수 있을지는 몰라도 본질을 알려고 하지 않는 한 진보하긴 어려워. 배우기보다 먼저 익숙해지라는 말도 있잖아."

다정한 질책이었다. 즉, 처음부터 불가능한지 아닌지를 생각해선 안 된다는 말인가. 냉정하게 생각해 보면 터무니없는 말이다.

린코는 그에 더해 "권법을 가르치는 나는 그야말로 권호(拳狐)! 어? 별로 재미없어? 응, 그렇구나."라고도 말했다.

"어느 옛날 사람은 포장된 콘크리트 위에서 진각을 반복했더니 발자국이 생기듯이 지면이 움푹 들어갔었다는데, 그런 달인이라면 이 정도 기술쯤은 가능할걸? 그러니까 이건 알도 노력하면 할 수 있는 일이야! 힘내, 할 수 있어! 할 수 있다고!"

"아, 알았어. 일단은 해 볼게."

"덧붙여서 그 사람이 지르기를 하자 맞은 사람은 얼굴의 모든 구멍에서 엄청난 양의 피를 흘렸……."

"무서워! 그런 얘기는 무서우니까 하지 마!"

그 이외에도 린코는 대련 중의 장타(掌打), 지르기, 팔꿈치 치기, 무릎 치기 같은 온갖 수법으로 시도한 공격을 모두 가볍게 받아넘겼다. 나는 피하고 막기만 해도 힘에 겨웠다.

서서히 움직임이 둔해질 무렵, 린코는 내 팔을 붙잡더니 휘익 집어 던져 버렸다.

"으아아아아아!"

"이크."

린코는 내 머리가 땅에 부딪치지 않도록 손을 뒤로 돌려 날 잡아 주었다. 나는 "고, 고마워." 하고 말하며 내 다리로 직접 자리에서 일어섰다.

"아직 예측이 부족하네. 상대의 공격 흐름을 보고 다음에 뭐가 나올지 미리 읽어 지배해야지."

"장기의 사활 같은 거야? 어떻게 그런 게 가능해?"

"경험일까?"

린코가 선뜻 그렇게 말했다. 경험은 쉽게 익힐 수 없을 텐데.

하지만 린코가 지적하는 대련의 흐름에 농락당한 영향으로, 나는 평소보다 훨씬 체력의 소모가 심해 지금도 숨을 헐떡였다.

이 여우 무녀는 진짜다. 무술가를 목표로 노력해 정점에 달한 사람들 중 한 명이라는 확신이 들었다.

"그럼 조금 전 대련의 반성점을 생각할 겸 연습은 잠시 쉬자. 나도 땀이 났으니 무릎베개는 나중에. 알겠지?"

린코가 숨 하나 헐떡이지 않은 모습으로 그런 제안을 했다.

"응, 무릎은 괜찮아. 난 조금 저쪽을 산책하고 올게."

"알았어. 너무 멀리 가지 않게 조심하고. 말은 이래도 여긴 정령 결계 안이라 위험한 생물은 없지만."

나는 린코와 따로 행동했다. 가끔은 이 결계 안을 산책하는 것도 나쁘지 않다.

산과 협곡이 펼쳐진 자연은 엄격한 수행뿐만 아니라 이런 기분 전환에도 도움이 되었다.

조용한 세계에 움직이는 생물은 없었다. 여기도 일단은 정령계의 일부라고는 하는데, 사람이 사는 세계랑 크게 다르지는 않았다.

평소에는 수영을 할 때 이용하는 계류를 따라 걸었다. 그때는 필사적이었지만 평화롭게 흐르는 물을 보니 마음이 씻겨 내려가는 듯했다.

풍당. 수면에서 뭔가가 뛰어오르는 소리가 얕은 물가에서 들렸다. 물고기가 뛰어올랐던 걸까? 아니, 물고기가 있을 리 없다.

대체 뭐지? 신기한 생각이 들어 보러 가 보니 인어가 헤엄치고 있었다.

아니, 인어인 줄 알았는데 그 정체는 흐르는 물에서 목욕을 하고 있던 린코 본인이었다. 집에서 돌아가 샤워를 하고 있는 줄 알았는데.

"으악?!"

멀리서 봐도 알 수 있었는데, 물론 린코는 알몸이었다. 나는 큰일이라는 생각에 곧장 그 자리를 떠나려고 했다. 이래서야 완전 범죄자다.

하지만 이미 늦었다. 금발을 풀어헤친 여우 무녀는 날 발견하고도 특별히 소란을 피우는 일 없이 입을 움직였다. 무슨 의미인지는 대충 이해했다.

엉·큼·해! 그런 말을 하며 히죽거리는 린코. 나는 수풀을 헤치며 그런 여우 무녀한테서 도망쳤다.

얼굴이 달아올라, 이후에 어떻게 린코의 얼굴을 보면 될지 몰라 혼자 낑낑대며 괴로워했다. 조금 전에 대련했던 일은 이미 머릿속에서 싹 사라졌다.

그리고 그날도 하늘이 저녁놀에 물들기 시작했다.

"이제 저녁 준비할 시간이네."

"오늘은 집에서 꽤 멀리 나왔으니 걸어서 돌아가기만 해도 날이 저물지 몰라."

"걱정하지 마. 알, 잠깐 실례할게."

갑자기 린코가 내 몸을 공주님 안기로 가볍게 들어 올리더니 공중으로 뛰어올랐다. 솜덩어리에 휩싸인 듯한 감각과 함께 시야가 높이 상승했다.

"얍. 이얍, 호잇!"

린코는 나무 꼭대기에서 꼭대기로 이동하며 산들을 순식간에 뛰어넘었다. 이런 눈이 핑핑 도는 귀가도 이제는 조금 익숙해지는 중이었다.

나는 린코를 믿는다. 그러니까 이렇게 공포 어트랙션도 저리 가라 할 정도의 공중 이동도 무섭지는 않다.

오렌지색 태양이 천천히 지평선 아래로 내려갔다. 린코는 그걸 바라보며 귓가에 대고 말했다.

"나는 이곳의 이 시간대의 경치를 제일 좋아해."

그 햇볕을 받은 금색 머리카락은 아주 아름답게 반짝였다.

내가 올려다보니 린코가 응? 하는 반응을 보이며 나를 내려다보았다.

"나, 나도. 바라보니 피로를 잊게 돼."

무심코 눈을 피하며 경치가 좋다는 말에 동의했다.

"정말? 우연의 일치인가? 우후후."

그런 말을 하면서 여우 무녀는 싱글싱글 웃었다. 어쩌면 내가 실제로는 다른 광경을 정신없이 바라보았다는 걸 눈치챘을지도 모른다.

셰이크리어 가문의 저택에서는 생각하기 힘든 평온하고 이날 저녁처럼 따뜻한 나날이 지나갔다.

그래, 시간이 꽤 많이 지났다.

"흡!"

숲속에서 주변을 날아다니는 섬광을 붙잡았다. 그 정체는 번개를 발하는 아기 여우 요괴, 쿠다기츠네(管狐). 재빠를 뿐만 아니라 닿으면 감전되는 짐승이지만 손에 정령력을 두르고 방어하여 잡을 수 있게 대책을 세웠다.

황혼과 싸울 때를 대비한 훈련. 구체적으로는 린코가 다루는 이 분신과 대전을 하는 등 서서히 실전성을 높여 갔다.

오늘은 특히 특별했다. 지금까지 배운 내용을 집대성하며 시험하는 날이다.

진홍 여우가 불타는 수레로 변해 나에게 덤벼들었다. 이것 또한 정령력을 팔에 모아 때려서 격퇴.

질풍 같은 여우는 맨손에 맞고 사방으로 흩어졌다. 이것으로 준비된 쿠다기츠네는 모두 해치웠다.

박수 소리가 가까이 다가왔다. 여우 무녀가 타월을 나에게 건네주었다.

"처음 왔을 때보다 많이 진보했는걸?"

"진보를 넘어 처음에는 아무것도 못 했잖아."

처음 만났을 때는 린코가 웅크려 앉아 시선을 마주쳐 줘야 했는데, 지금은 내 키가 린코를 뛰어넘었다.

"우후후, 체격이 이렇게 좋아져서는♡"

"지금 땀 냄새 심한데."

"그런 사소한 문제는 상관없어."

윗옷을 벗고 몸을 닦는데 린코는 자신이 직접 돌보며 단련시킨 내 모습이 만족스러운 듯이 가까이에서 빤히 감상했다. 오랫동안 이런 아름다운 사람과 함께 있으면 무심코 의식하고 만다. 하지만 간신히 이성을 발휘하며 감정을 억제했다.

사용하던 타월 아래에 단단한 이물질이 들어 있다는 사실을 깨달았다. 타월에서 나온 물건은 검고 납작한 판 같은 무언가였다.

"이것으로 내 시련은 종료. 합격 축하해, 알. 이건 나의 졸업 선물이야."

"이게 뭐야?"

"보는 그대로. 정체를 숨길 때 사용해 줘. 내 센스라 많이 케케묵긴 하지만."

얼굴을 감추는 검은 가면. 이마에는 빨갛고 작은 두건이 있었고 코에 걸치는 부분에는 옆으로 넓은 부리가 짧게 뻗어 나와 있었다. 모델은 요괴인 까마귀 텐구인가.

"내일 결계를 나가 시험을 받아 볼까? 절차는 이미 끝내 뒀어. 옛날 친구가 그곳의 좀 높은 사람이거든."

"그건 설마……!"

"퇴마사가 되기 위해 오늘까지 열심히 노력한 거잖아? 오랜만에 인간 사회로 돌아가 볼까?"

그날이 찾아왔다. 나는 린코의 정령 결계 밖으로 나가 인간 사회로 돌아갔다.

목적지는 인간계에서 가장 정령수들과 깊은 관계를 맺은 정령 도시 엘레메아의 중심. 아주 먼 옛날, 정령계와 인간 세계가 연결된 중심지였다.

현재 다른 나라의 간섭을 차단하기 위해 특구로 설정된 그곳은 정령수에 관련된 사업이나 사람에게도 깃들게 된 정령력의 연구 등으로 눈부신 발전을 거듭한 대도시였다.

그 외에도 퇴마사의 육성 기관은 물론 아주 먼 옛날부터 존재하는 황혼에 대항하기 위한 조직, 일명 '북두'의 본부도 있다. 그리고 내가 살던 셰이크리어 가문도.

의절을 당한 지 5년. 사회는 거의 변한 데가 없었다. 새로 맞춘 양복을 입고 사람과 거리의 광경을 두리번거리고 보고 있으니 나 혼자만 조금 딴 세상 사람 같았다. 특히 가까이에 있는 린코도 검은 정장 차림에 귀와 꼬리를 숨기고 있어서, 우리는 사람들 틈에서 몇 번이나 주목을 받았다.

"참 왜들 그러는지. 기껏 겉모습을 사람 모양으로 바꾸었는데 꼭 희귀한 짐승 보듯이 바라보다니."

답답하다며 셔츠도 세 번째 단추까지 풀고 있으니 더욱 사람들의 시선을 끄는지도 모른다. 감추면 될 텐데.

'북두'의 본부는 기나긴 역사를 자랑하지만 건물 내부의 인테리어는 근대적이었다. 대기업 빌딩 그 자체다.

앞에 서자 자동문이 좌우로 열려 우리는 현관으로 들어갔다.

"와아. 여기도 많이 변했네."

"린코, 정말로 괜찮아?"

"뭐가?"

"뭐긴. 난 지금 호적이 없어 사회에 존재하지 않는 사람이잖아. 일반적인 조직이라면 어디서 왔는지도 모르는 사람이니 심사조차 하려고 하지 않지 않을까? 어제 물어봤을 때도 어물쩍 넘어갔잖아?"

그리운 우리 집…… 셰이크리어 가문에서는 분명히 자신들이 지닌 권력을 이용해 호적도 말소했을 테니까.

"걱정할 거 없어. 자, 이거."

"이력서. 안 써도 된다고 했었는데, 이게 뭐야? 알프 올랑? 올랑이라니?"

"호적도 가볍게 만들어 뒀어. 알아? 셰이크리어는 개칭한 성이고, 원래는 올랑이라는 성이었어."

시원스러운 표정으로 그렇게 잘라 말하는 린코. 이 사람은 뭐든 가능하구나.

"자, 들어가기 전에 어제 준 가면을 써."

"어? 여기서? 수상한 사람이라 생각하지 않을까?"

"아냐, 괜찮아. 여기서는 신분을 감추는 사람이 드물지 않으니까."

나는 하라는 대로 까마귀 텐구를 본뜬 가면을 썼다. 정령력으로 흡착하기 때문에 억지로 떼어낼 수 없다는, 원리가 불명료한 도구였다.

"이러면…… 어어?!"

"오오. 목소리도 제대로 굵게 바뀌었네."

쓰면 성대까지 바뀌는 듯했다. 참 불가사의한 스펙이다.

"퇴마사 전속사 '북두'에 어서 오십시오. 무슨 용건이신지요?"

"추천 소개로 왔습니다. 아마가네라는 이름으로 이 사람의 시험을 치르려고 합니다."

"아마가네 님이시군요. 어, 아마가네, 아마가네…… 아마…… 아마가네?!"

크게 소리를 지르는 접수원. 아마가네(天金)라면 혹시 린코?!

쉿~! 린코는 다급히 상대를 제지했다. 결국 제출한 이력서의 봉투도 뜯지 않았다. 린코가 사장에게만 보여 주라고 단단히 당부했기 때문이다.

나는 린코의 지시대로 이름마저 숨겼다. 왜 익명일까?

그리고 곧장 호출된 사무원. 왠지 긴장돼 죽겠다는 표정인데, 그 사무원은 우리를 문 앞까지 안내하고는 말했다.

"그, 그러면 곧장 필기시험을 치르겠으니 이쪽으로 오시지요."

"엑?"

나는 무심코 얼빠진 대답을 하고 말았다.

"아."

린코는 뒤에서 미처 생각하지 못했다는 듯한 소리를 냈다.

나는 최근 몇 년간 퇴마사가 되기 위해 열심히 수행에 몰두했다. 그래서 황혼과도 어느 정도는 싸울 수 있다는 자신감이 있었다. 각오도 하고 왔다.

하지만 10살을 경계로 학문은 하나도 배우지 않았다. 돌아보니 린코는 혈색이 바뀌어 있었다. 그 점은 아예 염두에 두지 않았던 듯했다.

"왜 그러시나요?"

"아니요. 아무것도 아닙니다."

간신히 사무원에게 표정을 감춘 우리는 함께 생글거리며 아무렇지 않은 척 연기했다. 나에게 다가온 린코는 작은 목소리로 '미안~! 미안~!' 하고 필사적으로 사과했다.

"해, 해 보는 수밖에 없어. 일단 부딪쳐 봐야지 뭐."

"괜찮겠어? 결계 안에서는 전혀 공부하지 않았잖아."

"일반 상식이라면 간신히 풀 수 있지 않을까? 명문대 입시 수준은 역시 안 되겠지만. 관건은 기억이 얼마나 남아 있을지야.

월반해서 고등학교를 졸업하긴 했지만 벌써 오래전 일이니까."

"고등학교? 어? 원래는 지금쯤……."

"그렇긴 한데, 마침 린코랑 만나기 반년 전쯤에 이미 수료했어. 백지가 돼 버렸지만."

내 말을 듣고 몸이 굳어 버린 린코. 역시 위험한가. 만약 그 정도이거나 더 어려운 시험이라면 그대로 끝장이 난다.

"알, 혹시 굉장히 머리가 좋아?"

"아냐, 안 좋아. 계속 교육을 주입받은 흔적일 뿐이야."

아무런 예고도 없이 받았던 필기시험의 내용은 간신히 내가 아는 범위 내에서 출제되어 다행이었다. 합격점을 얻으리라는 느낌이 들었다.

이어서 나는 실기 시험을 치르게 되었다.

건물 지하에는 마치 개미집처럼 다양한 시설이 있는 모양이었다. 그중에는 훈련실도 있어, 나는 운동복으로 갈아입고 그곳으로 이동했다. 이번에는 젊은 여성 시험관이 이어받아 진행했다.

"여기서는 저희가 포획해 놨던 황혼을 조복해야 합니다. 그 조건으로 당신의 실력을 증명해 주십시오."

"쓰러뜨리면 되는 거죠?"

"가지고 오신 무기가 있다면 사용해도 괜찮고, 여기서는 무기도 대여해 드리니 자유롭게 이용해 주십시오."

"아니요, 괜찮습니다."

"네? 맨손으로……. 사용하시는 정령에 큰 자신을 가지고 계신 모양이군요."

실내로 들어가자, 강화 유리 너머에서 바로 그 정령수가 크게 손을 흔들며 응원했다. 이번에는 관전. 난 지금 아무런 무기도 없는 맨손 상태.

안에는 별실로 이어져 있는 듯한 철책이 준비되어 있었는데, 안에서는 끼릭끼릭하고 날붙이를 할퀴는 소리가 가까이 다가왔다.

격자 너머에서 손톱이 몇 번이나 튀어나왔다. 엿보는 붉은 눈은 나를 먹잇감으로 보고 있었다. 괴성이 밀실 안에 울려 퍼졌다.

그 정체는 몰락한 정령수였다. 분명 하위 황혼. 하지만 얼마나 흉포한지는 대면하자마자 눈치챘다. 방심하면 금방 당하고 만다.

린코의 말대로 정령수와 황혼을 구별하기는 매우 쉬웠다.

황혼은 독특한 검은 독기를 내뿜었다. 처음 보는 나조차도 바로 알 수 있었다.

들려온 개체의 판별명은 야마아라시(夜魔嵐).

1미터 정도 되는 체구에는 예리한 은색 가시가 돋쳐 있었고, 그걸 살려 회전함으로 높은 살상력을 발휘했다. 통행인도 다치게 했던 개체라고 한다.

《곧 자동으로 철책이 올라가니 준비 부탁드립니다. 정령수를 불러주십시오.》

"알겠습니다. 이대로 진행하겠습니다."

네?! 마이크 너머에서 당황하는 목소리가 들려왔다. 일단 철책을 열면 중단할 수 없다는 설명을 보면, 이대로 갔다간 죽고 만다고 생각했던 거겠지.

곧장 끝내 버리면 된다. 아직 다 열리기도 전에 아래의 틈새로 빠져나온 맹수를 보고 나는 자세를 잡았다.

정말로 목숨을 건 싸움이다. 이걸 극복하지 못하면 퇴마사는 될 수 없다.

짐승 황혼은 곧장 나에게 달려들었다. 등을 동그랗게 말고 공처럼 뛰어 올랐다.

함부로 건드렸다간 살이 찢어지고 살점이 떨어져 나간다.

하지만 나는 맨손으로 반격에 나섰다. 맨몸으로 칼날에 이길 수 있을 리는 없다. 당연한 이야기다.

그러니까 정령력을 체내에서 모았다. 그리고 방어를 위해 막 같은 빛을 팔에 둘렀다.

이건 그저 몸을 지키기 위한 기술이 아니다.

나는 머리를 향해 날아오는 궤도를 예상해 손날로 짐승 황혼을 때려 떨어뜨렸다.

나에게 맞아 내동댕이쳐진 야마아라시는 끽! 하는 비명을 질렀다.

뒤집힌 야마아라시의 복부가 무방비하게 드러났다. 등을 지키려고 하면 몸통이 약점이 된다.

나는 주먹을 내리쳐 지면에 확실히 야마아라시를 고정했다.

"합!"

그리고 곧장 나의 모든 정령력을 황혼에게 흘려보냈다. 황혼을 효과적으로 쓰러뜨리기 위해서는 정령력이 필수다.

짐승은 비명을 지르지도 못한 채 빛이 되어 흩어졌다. 황혼은 죽음을 맞이하면 사체를 남기지 않는다.

주변이 조용해졌다. 이게 조복인가.

"잠까아아아아아아아아아아아안!"

숨을 고르는데 여성 시험관이 문의 열쇠를 따고 뛰어 들어왔다. 전투가 끝나자 여기까지 달려온 모양이었다.

"왜 이런 터무니없는 짓을 하는 거죠?! 정령수도 부르지 않고 도전해, 맨손으로 야마아라시를 물리치다니?! 전대미문이에요!! 그것도 순식간에! 시험에서 조복하는 최단 기록을 한 자릿수로 뒤바꾸다니 대체 이게?!"

"죄, 죄송합니다. 지금까지도 이렇게 해 왔거든요."

"지금까지?! 지금까지라니 그게 무슨 말씀이시죠?!"

"아니요, 그건……."

시험관의 목소리가 점차 거칠어져 나는 말을 머뭇거렸다. 하지만 그 여성의 기세는 꺾일 줄 몰랐다.

"알겠나요?! 황혼도 죽으면 물론 원래 가지고 있던 정령력도 원상태로 돌아가 분해되어 사체는 사라집니다. 하지만 지금처럼 당신이 날린 정령력의 타격을 받아 증발하다니, 보통은 일어날 수 없는 엄청난 일이에요!"

"그, 그런가요? 몰랐어요."

"몰랐다고요?! 이 사람, 자기가 얼마나 대단한 일을 했는지 자각이 없는 거야……?!"

특별히 문제될 일 없이 끝내려고 했는데 조금 전의 그 행동은 상식 밖의 행동이었나 보다. 일반 세상에서 벗어나 있었던 탓인가.

"물론 수험자님처럼 정령력을 물리 공격에 활용하는 퇴마사도 있어요. 접근전을 좋아하는 분들이요. 위력도 많이 강해지니까요. 하지만 이렇게 강력한 출력을 발휘할 줄이야. 솔직히 말씀드리면 상식을 벗어났어요."

"너무 호들갑스럽지 않은가요?"

여성은 엄지와 검지를 앞으로 내밀어 디귿 자를 만들었다.

"과장을 빼고 말하겠어요. 일반적인 퇴마사가 낼 수 있는 정령력이 건전지 정도라고 한다면, 당신은 자동차의 배터리 수준이에요. 당연하지만 그렇게 되면 컨트롤도 힘들어지죠. 하지만 제가 보니 당신은 어려움 없이, 마치 숨을 쉬듯이 완벽하게 제어했어요."

이쯤 되면 날 끌어들이기 위한 립서비스가 아닐까 하는 의심이 들 정도로 시험관은 내 역량이 얼마나 높은지 열변을 토했다.

"혹시 당신, 그쪽 출신인가요?"

"그쪽이라니요?"

"정령계예요, 정령계. 옛날에는 드물긴 해도 흘러 들어갔던 인간이 있었거든요. 그런 경위를 거쳐 태어나 자란 사람은 풍요로운 정령력의 영향인지 평범한 사람과는 정령력의 용량이 다르다는 말을 들은 적이 있어요. 만약 그렇다면 이해할 수 있겠지만……."

시험관은 빠르게 이야기를 계속하면서 어째서인지 내 얼굴을 향해 손을 내밀었다.

"잠깐 얼굴 좀 보여주세요! 그 차분한 목소리에 걸맞은 어떤 하드보일드한 얼굴인지 보고 싶어요!!"

"으악. 잠깐만요, 그만두세요."

"크으으윽! 이 가면, 달라붙어선 떨어지질……."

본모습을 보고 싶었던 건지 여성은 가면을 벗겨내려고 노력했다. 이걸 어떻게 제지하면 되지?

하지만 둔탁한 소리와 함께 그 소동 끝나 버렸다.

시험관은 실이 끊어지듯이 흐물거리더니 난입한 사람에게 그 목덜미를 붙잡혔다.

폭력으로 제재를 내린 사람은 조금 전에 잔뜩 긴장했었던 여성 사무원이었다.

여성 사무원은 조금 진정됐는지 쿨뷰티 같은 모습을 유지하며 고개를 숙였다.

"무례를 용서해 주십시오. 호기심 왕성한 젊은 사원으로, 사적인 일에 관해선 탐색하지 말라고 입에 침이 마르도록 가르쳐 주었는데……."

"아, 아니요. 괜찮습니다."

선배인 걸까. 사무원은 쓰러진 시험관을 질질 끌고 방 밖으로 나갔다.

"사장님이 부르십니다. 직접 당신의 면접을 보고 싶으신 듯합니다."

"그건 이례적인 일인가요?"

사무원은 아무 말 없이 고개를 끄덕였다. 진중함이 느껴지는 긍정이었다.

스쳐 지나가는 회사 내의 사람들이 쳐다보는 시선이 느껴졌다.

린코는 퇴마사로서 활동하게 되면 가면을 쓰라고 했는데, 분명 이렇게 되리라 예상하고 그런 말을 한 것이겠지.

내가 만약 입사하는 데 성공하면 조직을 떠들썩하게 만드는 문제아로서 인식되리라는 예감이 들었다.

지금까지의 분위기가 어떻든 상관하지 않고 가벼운 발걸음으로 나아가던 린코가 나에게 다가왔다.

"수고 많았어~. 멋진 솜씨더라."

"아니. 아직 한참 멀었어. 중위 이상의 정령수나 황혼은 더 강하잖아? 지금까지 쿠다기츠네 이외에는 싸워 본 적이 없는데, 그것도 하위 정령수급이니까."

"우후후후."

내가 무슨 이상한 소리라도 했을까. 린코는 나를 놀리듯이 웃었다.

"몰랐어? 그건 다름 아닌 내 분신이잖아. 쿠다기츠네의 힘은 하위가 아냐. 아무리 낮게 잡아도 하나가 중위급은 돼."

"그랬구나! 그럼 그건 거짓말이었어?!"

"말했을 텐데? 혼자서도 상위 황혼과 싸울 수 있도록 만들어 주겠다고. 조금 전의 그것도 혹시 무슨 일이 있으면 유리를 깨고서라도 도와주러 갈 생각이었지만 무사히 끝나서 정말 다행이야."

방탄이었는데……. 그래도 린코라면 일단 한 말은 실행할 가능성이 매우 컸다.

"자, 우리를 부른 듯하니 만나러 가자."

"그 사람, 아는 사람이야?"

"오랜 친구야."

정장 차림의 여우 무녀가 미소를 지으며 말했다.

'북두'의 정점에 선 사람 방의 문에는 점선으로 연결된 일곱 개의 별이 디자인되어 있었다.

그 문 앞으로 바위처럼 엄격한 분위기를 풍기는 초로의 거한이 우리를 맞이하러 나왔다. 몸에 딱 맞는 검은 양복을 입고 올백으로 올린 흰머리. 그리고 특히 검은 안대와 뺨의 흉터가 눈길을 끌었다.

돌려 말하자면, 일반인처럼은 보이지 않는 중년 남성. 사장에 어울리는 풍격이었다.

"처음 뵙겠습니다."

나는 딱딱하게 고개를 숙이고 그 사람에게 가까이 다가섰다.

이 사람이 오랜 친구.

"질바라고 합니다. 잘 부탁드립니다. 먼 길 오시느라 수고 많으셨습니다."

남성은 생각 외로 겸손하게 신사적인 태도로 나에게 악수를 청했다.

다행이야. 외모보다는 온화한 사람인가 봐.

질바 씨는 우리를 열려 있던 커다란 미는 문 너머로 초대했다. 방의 내부 인테리어는 생각보다 훨씬 캐주얼한 사무실이었다. 그곳에는 등받이만 보이는 검은 사장 의자가 있었다.

"그 추천자를 모시고 왔습니다. 그럼 저는 이만."

"어?"

질바 씨는 그 말만을 남기고 곧장 그 자리를 떠났다. 이 사람이 사장 아니었어?

그대로 나와 린코는 높으신 분의 사무실에 남겨졌다.

긴장해서 그런지 분위기가 무겁게 느껴졌다.

그런데 아무리 찾아도 '북두'의 사장은 보이지 않았다. 의자에는 아무도 앉아 있지 않은 것 같고, 다른 곳에 숨어 있는 듯도 보이지 않았다.

문은 닫혀 있다. 잠시 후, 의자가 혼자서 제멋대로 우리를 향해 돌았다.

의자가 커서 작은 어린아이 정도의 키라면 등받이에 가려 보이지 않을 수도 있다는 사실을 깨달았다. 앉아 있는 사람은 사장이라고 하기엔 너무나도 어울리지 않는 몸집이 작은 인물이었다.

그 인물을 본 순간 나는 인형이 아닌가 착각했다. 셀룰로이드 인형이 아닌가 할 만큼 흰 피부. 케이프를 걸친 파란색과 흰색 원피스.

그리고 좌우에 웨이브를 넣은 블론드 헤어. 린코도 금발이지만 이 사람의 머리카락 색이 더 연했다. 동글동글한 푸른 눈으로 온화하게 미소 짓는 천진난만한 미모를 보고 나는 무심코 말했다.

"천사다……!"

"네?"

"아니요. 아무것도 아닙니다."

아니, 정말로 흰 날개가 있었다. 저래선 날기 힘들겠다 싶을 만큼 작은 날개가 흔들흔들 움직였다.

　그렇다면 이 아이는 정령수? 설마 이곳을 다스리는 사람은 인간이 아니었어? 이렇게 어린아이가 오랜 친구? 계약한 주인은 있을까? 의문이 계속 머릿속을 휘돌았다.

　"여기까지 오시느라 수고 많으셨습니다. 알프 올랑 씨. 아, 가면은 벗으셔도 돼요. 사정은 이미 들었으니까요. 저는 이 회사의 대표를 맡고 있는 하쿠로(白鷺)라고 합니다. 그리고 린코도 오랜만이에요. 몇십 년 만이죠?"

　"하쿠로, 오랜만이야~! 정말 얼마 만이지?!"

　린코가 책상을 돌아가 의자에 앉아 있던 천사, 아니, 하쿠로 씨에게 달려들었다. 성모(聖母) 같은 하쿠로 씨는 그런 린코를 받아 주었다.

　"그가 그녀의…… 인 거죠?"

　"응. 맞아. 겨우 만났어."

　본론은 감추며 시선으로 나누는 대화가 코와 코가 맞닿을 듯한 가까운 거리에서 펼쳐졌다. 뭔가 중요한 이야기를 하고 있는 듯하다.

　잠시 두 사람이 대화하는 동안 혼자 남겨졌는데, 곧 린코가 내 옆으로 돌아왔다. 그리고 원래의 위치를 확보했다.

　"저어~. 두 사람은 아는 사이인가요?"

　"네. 질긴 인연이라고 할까요. 오랜 친구입니다."

　"나처럼 4영웅과 함께 했던 정령수의 한 명으로, 천상위의 성조(聖鳥). 그리고 이곳의 창립자기도 해. 이 아이는 작지만 굉장

한 아이야~."

"아니에요. 너무 과장이에요. 그건 옛날이야기니까요……."

여우 무녀의 보충 설명에 하쿠로 씨는 쑥스러운지 **뺨**을 발그레 물들였다. 귀엽다.

하지만 린코의 말대로 겉모습과는 어울리지 않게 거물인 듯했다.

그런 사람이 직접 면접관을 맡아 준다니 좀 죄송한 기분이 든다.

"아, 면접이라고는 했지만 가볍게 신상에 관한 이야기를 해 주시면 충분해요. 이 사람, 린코와 계약한 당신이라면 충분한 전력이 될 테니까요. 필기, 실기 모두 점수는 합격 라인. 그런데 천상의 정령수를 부리는 인물을 채용하지 않는다면, 저희로서도 큰 손실을 입게 될 수밖에 없어요."

"그래도 괜찮은가요?"

"네. 실례인 줄은 알지만, 여기에 들어온 이후로 알프 씨의 모습을 계속 살펴봤습니다. 면접에서 자신을 꾸미는 태도를 보기보다는, 당신과 린코의 대화로 그 관계를 보는 것이 더욱 믿을 수 있는 정보니까요."

그렇게 해서 작은 손과 손을 맞대며 하쿠로 씨는 나에게 신상에 관한 이야기를 요청했다. 그 정도로 심사를 통과할 수 있다면 상관없으리란 생각에 나는 솔직하게 대답했다.

차까지 대접을 받으면서, 나는 조금 시간을 들여 지금까지 있었던 일의 경위를 설명했다.

도중부터 흰 손수건을 꺼낸 어린 사장님은 몇 번이고 눈가를 닦았다.

아무래도 굉장히 감동한 모양이다. 마치 지상에 내려온 천사가 불행한 사람들을 발견하고 눈물을 흘리는 듯한 광경이었다.

"흐윽, 기특하군요. 훌륭해요. 이렇게 어린 나이에……. 흐윽, 수행에 몰두하는 나날, 그리고 여기까지 오시다니……. 훌쩍……."

"하쿠로는 이런 이야기에 금방 감정이입을 해서 이렇게 되더라."

"죄송해요. 나이를 먹으면…… 훌쩍…… 눈물이 많아져서."

"아니, 원래 그랬잖아."

한 입 사이즈의 봉투에 담긴 과자를 뜯으면서 린코가 당황하는 나에게 보충 설명을 해 주었다. 과자는 거의 다 린코가 먹고 있었다.

근처에 있던 티슈를 뽑아 코를 풀고, 하쿠로 씨는 서랍에서 흰 종이 한 장을 꺼냈다.

"사, 사정은 잘 알았습니다. 좋습니다, 당신을."

"코맹맹이 소리가 납니다, 코맹맹이 소리가 나요."

무심코 그런 지적을 하자 하쿠로 씨는 한 번 더 티슈를 꺼냈다. 그리고 다시 시작했다.

"……실례했어요. 그러면 결론부터 말씀드리겠습니다."

커다란 도장을 찍고 180도 돌려 다시 나에게 건네준 문서는 이력서였다.

검게 찍힌 도장을 보니 '채용'이란 글자가 적혀 있었다.

"축하드립니다, 알프 씨. 퇴마사가 모이는 '북두'에 오신 것을 환영합니다."

이날 나는 염원하던 퇴마사가 되었다.

3장 엘레메아 학교 잠입

입사한 지 1년 후.

나는 천장에 담배 연기가 피어오르는 '북두' 의 흡연소로 들어갔다. 손에는 비닐봉지를 들었다.

"실례합니다~."

최근 흡연 장소가 엄격하게 분리되고서 이 좁은 방에 남자들이 가득 들어차기 시작했다. 그곳에 비흡연자가 등장하자 모두의 시선이 한 곳으로 쏠렸다. 모두 B급 퇴마사다.

로브를 걸치고 후드를 머리에 써 얼굴을 감춘 자, 아무리 봐도 회사원으로 보이는 사람, *스카잔을 입은 청년.

부업이나 여러 사정으로 입사한 십인십색의 모습이었다.

일반적으로 퇴마사는 현장으로 출근할 때는 의무적으로 지정된 제복을 입어야 한다고 한다.

나는 아직 그런 경험이 없다.

"오오. 청소 수고 많아, 꼬마야. 담배도 안 피우는데 고생이 많네."

"네에. 일이니까요."

---

* 스카잔: 광택 있는 재질 야구 점퍼에 일본풍 자수를 넣은 옷.

사람들은 특별한 반감도 기피도 없이 다시 잡담을 시작했다.

"그 사람은 여전히 솜씨가 좋네. 얼마 전에도 상위 황혼을 몇 마리나 사냥하고 멀쩡히 돌아왔잖아."

"아마오보로(天朧)인가. 우리 에이스니까."

"내가 알기론 코끼리형 황혼을 뒤엎어 쓰러뜨렸다던데."

"괴조(怪鳥)를 활로 쏴 쓰러뜨렸다는 얘기도 있더군. 3미터나 되는 괴물을 지상에서 말이야! 무기도 여러 가지를 잘 다루는 천재야. 대체 우리 보스는 그런 사람을 어디서 데리고 왔지?"

"결국 정체는 사장님밖에 모르겠지. 그 초특급 엘리트 루키. 실명도 나이도 개인 정보도 꽁꽁 감춰져 있으니. 우리는 체면이 말이 아니야."

"누가 아니래. 언론도 난리라 얼마 전에는 전문가가 인물 분석을 하며 무책임하게 누군지 추측을 하더라니까."

이자들이 입을 모아 이야기하는 아마오보로라는 인물. 그자는 갑자기 퇴마사 조직 '북두'에 나타나 파죽지세로 정점에 오른 정상급 요원이다.

"저길 봐. 바로 나오는군."

드레드록스 머리를 한 남자가 설치된 소형 TV를 가리켰다.

그 방송 영상에는 사람의 그림자가 비쳤다. 그 사람 그림자는 새처럼 외벽을 가볍게 질주했다.

특징은 노출을 피한 검은 코트 의상에 까마귀 텐구를 본뜬 빨간 두건이 이마에 장착된 샤프한 가면. 그를 아는 자는 모두 공통적으로 그러한 정보를 알고 있었다. 반대로 말하면 그 이외에는 자세하게 아는 사람이 없었다.

"서로 다루고 싶어 안달이네, 저 녀석. 퇴마사를 만화의 영웅처럼 다룬 적은 없었는데."

"야, 너도 보고 배워. 저렇게 될 수 있도록 노력해야지. 말단이긴 해도 아직 젊으니까 이런 데서 풀 죽어 있으면 안 돼."

"네네~."

"현장에 나가는 우리를 제쳐 놓으면 어쩌자는 건지, 하하하하."

재떨이를 비우는데 나한테 말을 걸어왔다. 나는 생글거리며 분위기를 맞춰 주었다.

자신을 어떻게 본받으면 될까, 하는 그런 감상은 가슴에만 담아 두었다.

직접 자신의 평판을 들으니 왠지 쑥스러웠다. 더 나쁜 평판을 들을지도 모른다고 우려했는데.

"그리고 쟤의 파트너인 아마가네 누님도 굉장해."

"살아 있는 전설, 영웅의 정령수가 돌아왔다고 해서 작년엔 대소동이 벌어졌잖아. 그게 그 사람이 쭉쭉 뻗어나가는 데 박차를 가했겠지."

"대체 무슨 정령수인지 밝혀지지 않았지. 완전히 사람 모습이라 난 모르겠어."

"사람이라 보면 아마가네는 정말 죽이지. 몸매도 좋고, 예쁘고."

"그 커다란 가슴에 푹 안기고 싶어. 나중에 저녁 먹자고 데이트 신청이나 해 볼까."

"멍청하긴. 어차피 거절당할 게 뻔한데. 괜히 집적거리면 아마 오보로한테 된통 당할걸? 계약한 주인이라고 하니까."

"아, 그런데 얼마 전엔 수영복 사진 제안을 받았다던데? 사무원이 그랬어."

"진짜요?! 처음 듣는데요?!"

아마가네, 즉, 린코에 관한 저속한 대화에 무심코 나도 반응을 보이고 말았다. 또 사람들이 시선이 나를 향했다.

"꼬마야…… 너."

으악, 너무 반응이 심했다. 나는 혹시나 들키지 않았나 해서 조마조마했다.

하지만 남자 한 명이 이죽거린 덕분에 그 걱정은 괜한 걱정으로 끝났다.

"야, 그렇게 아마가네 누님의 수영복 차림을 보고 싶냐. 그럼 말을 하지 참. 너도 남자고 그림의 떡이란 생각도 할 테니, 사진집 나오면 내가 두 권 정도 사 줄 수도 있는데."

"아……하하, 아니요, 괜찮아요."

업무를 마치고 나는 사장실을 노크한 뒤 일곱 개의 별이 디자인된 문을 열었다.

눈앞에는 작은 천사가 산더미 같은 서류에 파묻혀 있었다. 바쁜 시기와의 사투에 거의 패배하기 직전의 모습이었다.

"하쿠로 씨. 살아 계신가요?"

"간신히요. 조금 쉴게요……."

"알, 일 끝났어?"

"린코. 언제 그런 제안을 받았어?! 나한테 숨기다니 너무하잖아."

"제안? 아, 수영복 사진집?"

이미 마스코트 취급을 받는 아기 여우는 응접 책상 위에서 쌀과자를 먹고 있었다.

복슬복슬한 작은 체격으로 수영복 사진집 같은 단어를 말하는 모습은 좀 기묘하게 느껴졌다.

"바로 거절했으니 굳이 말할 일은 아니라고 생각했거든."

"그건 잘 알지만⋯⋯."

"미안해. 걱정했구나?"

책상에서 내려온 린코가 펑 하고 연기를 내뿜는 연출을 선보이며 정장 차림의 금발 미녀로 바뀌었다. 이제는 빛나는 연출을 생략하고 있다.

그리고 나와 숨결이 닿는 거리까지 접근했다. 숨이 막힌다.

린코가 내 쇄골 부근에 검지를 대고 미끄러뜨리며 유혹했다.

"근데 알한테라면 얼마든지 보여 줄 수 있어. 어때?"

"린코."

"응~?"

"입가에 과자 가루 묻었어."

"⋯⋯이크, 미안."

내 지적을 받고 린코는 자신의 얼굴을 손으로 닦았다. 위험에서 벗어난 모양이다.

"그럼 다시. 알, 혹시 보고 싶어?"

"우와, 아직 계속하는 거야?!"

"비키니를 입는다면 빨간색과 파란색 중에 뭐가 더 좋아? 역시 빨간색일까? 응? 어떻게 생각해?"

"노 코멘트!"

"심술궂긴. 그럼 나중에 기회가 돼도 입을 수가 없잖아."

"일부러 안 입어도 돼!"

이런 느낌으로 이런 나날에도 익숙해졌다.

S급 요원 아마오보로로서 황혼과 싸우고, C급 퇴마사 수습생 겸 말단인 알프 올랑으로서 잡일도 맡아서 하는 이중생활. 이곳에 있는 사람 이외에는 아무도 내가 퇴마사 등록을 두 개로 나눠서 했다고는 생각도 못 하겠지.

그렇게 개인 정보를 숨기는 이유는 업계 내 다른 회사의 헤드헌팅을 방지하고, 사생활을 최대한 침해당하지 않기 위해서였다.

그 덕분에 우리는 유명해졌으면서도 세상의 쓸데없는 간섭을 받지 않고 살 수 있었다.

"아, 그러고 보니."

조금 부활한 하쿠로 씨가 웨이브를 만 옅은 금발을 흔들며 들어 올렸다.

"그 의뢰, 생각해 보셨나요? 이제 대답을 해 줘야 하는데요."

"학교의 의뢰죠? 요즘에는 아마오보로를 많이 지명하고 있는데, 설마 교육 기관에서도 부르게 될 줄은 몰랐어요."

퇴마사를 몇 명이나 배출한 명문 학교 엘레메아 학교. 후계자 문제가 없었다면 나도 언젠가 지망했을 가능성이 있는 학교다.

　아무래도 그 근처에서 황혼이 이상 발생하고 있어서 사태가 진압될 때까지 감시 역할과 원인 조사를 해 주길 바라는 듯했다.

　"그곳은 제 지인이 운영하는 곳이에요. 그리고 린코와도 아는 사이니, 그 린코의 콤비인 당신에게 의뢰를 하기로 결정한 거겠죠."

　"우엑. 그럼 걔잖아? 난 별로 내키지 않아! 웬만하면 만나고 싶지 않으니까."

　웬일로 린코가 싫다는 표정을 지었다.

　"하지만 알프 씨에게는 좋은 기회예요. 알프 씨는 지금 규정을 어긴 상태로 정상에 올라가 있으니까요. 사실 우리 회사에는 고등학교 이상의 퇴마 학과 전공을 2년 이상 수료하지 않으면 들어올 수 없어요. 물론 제가 받아들인 거고, 린코의 조언과 특이 전력으로서의 실력이 있었기에 아마오보로로서 채용했지만요."

　"으으……. 정말 미안해요. 하쿠로 씨에게 폐를 끼치고 있으니 뭐라고 사과를 하면 될지……."

　그러면서 고개를 숙이자 우리의 사장이자 작은 천사는 당황하며 부정했다.

　"아니요! 오히려 제가 감사하고 싶을 정도인걸요! 당신의 활약은 큰 도움이 되고 있으니까요. 단, 그래선 최고 실력자로서의 활약이 알려졌을 때 역시 반발하는 분도 있을 거예요."

　"어쩔 수 없잖아. 알은 경력도 백지가 돼서 학교에도 다니지 못했으니까. 이대로는 안 돼?"

　"언젠가 사실이 밝혀졌을 때가 문제예요. 그런 점을 생각하면 알프 씨를 위해서도 학교에 들어갔으면 하는 마음이에요. 그러면 혹시나 하는 사태가 발생해도 수습하기 쉬우니까요."

지금 나는 F1 레이서가 정해진 운전 교육을 받지 않고 면허를 취득해 레이스에 나가고 있는 상태나 마찬가지였다.

하쿠로 씨의 연줄과 조직의 힘, 개인 정보의 은폐로 지금껏 버텨 왔다.

"그 학교에도 퇴마사를 지망하는 분들의 학과가 있어요. 언젠가 수업을 받아야 한다면 알프 씨가 이번 잠입 임무를 수행하는 게 가장 합리적이지 않을까요? 그리고 우리 회사의 퇴마사 대부분은 성인이니까요."

"그 제안을 감사히 받아들이겠습니다. 자, 린코도."

불만스러워하던 린코도 내 의사를 따라 마지못해 받아들이기로 했다.

천진난만하고 웬만해선 대범하게 행동하는 여우 무녀가 이렇게까지 싫어하다니. 대체 어떤 사람이길래 그러는 걸까?

오랜 시간에 걸쳐 아마오보로와 아마가네의 지명 의뢰를 거절하며 활동을 줄인 우리는 알프 올랑과 그 아기 여우 정령수 린코라는 신분으로 학교를 찾아갔다.

나는 블레이저 차림으로 교문을 지나 학생들 사이에 섞여들었다. 처음 보는 얼굴을 보고 학생들은 나를 호기심 어린 눈길로 쳐다보았다.

"난 학교생활은 처음이라 신선해~. 물론 이 모습으로 계속 지낼 생각이지만."

"이런 모습으로 다니니까 그립네. 어릴 적에 잠깐 다니고 처음 와 보는 거니까."

"알은 월반이었으니 그럴 수밖에."

내가 주목을 받는 가장 큰 이유는 어깨에 아기 여우가 있기 때문인지도 모른다. 누구나 정령수가 있는 건 아니니까.

귀족이나 부호는 경제적으로 여유가 있어 소환할 수 있지만 현대에 있는 정령수와 계약할 수 있는 기회는 그다지 많지 않다.

그런 이유도 있어 대부분의 퇴마사 학과는 인기가 있었다. 정령수 파트너를 원해 퇴마사가 되고 싶지 않은데도 들어오는 사람이 있을 정도다.

구체적으로 말하자면 이곳의 주요 수업 중 하나로 지망자가 정령수를 소환하는 수업이 있다. 나는 집이 부유해서 개인적으로 린코를 소환할 수 있었지만 말이다.

"실례합니…… 어?"

교장실에 가 봤는데 실내에는 아무도 없었다. 이곳의 주인이 없다. 의뢰한 장본인은 어디로 갔지?

"교장 선생님은 현재 일주일 정도 돌아오지 않으실 예정입니다. 우연히 급한 일이 겹치고 말아서요."

안경을 쓴 여교사가 대신 편입 절차를 밟아 주었다. 어깨의 파트너가 따지고 들었다.

"우우, 그게 뭐야. 사람을 불러 놓고 제멋대로네?"

"린코, 그러면 실례잖아."

"아니요. 그 말씀대로입니다, 아마가네 님. 오늘의 무례를 용서해 주십시오."

"그래. 올타나가 그렇게 말한다면 어쩔 수 없지."

충고하기는커녕 오히려 동조하는 교사. 그보다도 이 사람과 린코는 서로 아는 사이인 듯했다.

교장도 린코와 아는 사이인 모양이니 이상한 일은 아닌가.

"바로 본론으로 들어가자면, 부디 학생이 되어 주변 조사를 해주셨으면 합니다. 알프 올랑으로서요."

"조사요? 저도 좋은 조건이라 지명을 받아들였지만, 조사라면 더 적합한 사람이 있지 않을까요?"

"황혼 발생은 학생들의 활동권 범위 내에서 빈도가 늘어나고 있다는 통계를 확인했습니다. 이건 아직 공개하지 않은 정보이지만, 교장 선생님은 신속한 해결을 원해 두 분을 우리 학교로 모신 겁니다."

"그건……. 아니, 인위적인 발생이라고요? 처음 들어보는데요."

"가능성이 있다는 이야기입니다. 그렇기에 결백을 증명했으면 하는 마음에서 의뢰한 일이기도 합니다."

학생과 황혼의 다발이 어떠한 인과 관계가 있을지도 모른다. 직접 말하지는 않았지만 그런 취지라는 사실을 나도 이해했다.

잠입 수사란 그걸 밝히기 위해 학생들 틈에 섞여 수상한 인물을 꼽아 보라는 건가.

"……알겠습니다."

"좋아~. 나하고 알한테 맡겨줘."

뭐가 됐든 하면 그만이다.

노크 소리에 대화가 중단되었다. 여기서부터는 일개 학생처럼 행동하는 데 집중했다.

"들어오세요."

"실례합니다. 올타나 선생님, 편입생 안내를 부탁받아서 왔습니다."

"딱 적당한 시점에 왔군요. 알프 올랑. 이분은 3학년인 벨 카데 날입니다."

교사가 소개한 사람은 남자 교복을 입은 매우 아름다운 사람이었다.

짧고 옅은 은발의 보브컷, 그리고 터퀴즈 색 눈동자. 좁은 턱에 우아하고 아름다운 표정을 지닌 그 학생은 중성적인 이목구비로 이 세상 사람이 아닌 듯한 덧없는 분위기를 풍겼다.

"처음 뵙겠습니다. 알프 군이라고 했지? 난 벨. 벨 카데날이야. 잘 부탁해."

"알프 올랑입니다. 잘 부탁드립니다."

예쁘고 흰 손을 내밀길래 나도 같이 손을 내밀었다.

앞에 서서 학교를 걷는 벨 선배 뒤를 따라갔다.

나는 그 뒷모습에 눈길이 갔다. 바지를 입은 다리는 가늘고, 발걸음은 모델 같아 아주 멋져 보였다.

"혹시 선배는."

"여자야. 교복 때문에 헷갈렸어? 집안 관습에 따라 남자로서 행동해야만 하거든."

그렇게 말하며 등 뒤로 손을 하늘하늘 흔들었다. 천천히 움직이는 그 손놀림은 우아한 느낌으로 가득 차 있었다.

"그러셨군요. 죄송합니다. 그런 줄도 모르고 괜한 질문을."

"아니, 신경 쓸 건 없어. 처음에 날 보면 누구나 그런 관심을 보이니까. 이해해 준다면 그거로 충분해."

나는 식당, 별동 등의 시설을 돌아보면서 선배와 이야기를 나눴다.

카데날 가문이라면 꽤 유명한 가문이었던 기억이 난다.

정확히 기억은 나지 않지만 기품 넘치는 분위기나 일상적인 행동 등을 보면 선배는 신분이 높은 집안사람이 맞겠지.

"선배~. 전학생 안내인가요?!"

"응. 맞아."

"수고 많으세요, 선배! 저희 오늘 학교 끝나고 노래방 가려고 하는데 같이 어떠세요?"

"기쁘지만 난 노래를 잘 못해서. 정중히 사양할게."

수업이 시작하기 전이라 그런지 스쳐 지나가는 여학생들이 벨 선배에게 말을 걸었다. 인기가 많은 모양이다.

그리고 이어서 나한테도 관심이 집중됐다. 소곤거리는 목소리가 들려왔다.

"쟤가 그 전학생? 어깨에 있는 동물, 작고 귀여워~!"

"이미 정령수랑 계약했으면서 여기에 또 들어오다니 특이하네."

"그럼 퇴마사 지망인가? 약하고 얌전해 보이는 얼굴인데 괜찮나?"

"내가 듣기론 쟤……."

사람은 새로운 생물에 유난히 관심이 많다. 화제가 사람을 모이게 만들었다.

그리고 그 순간이 찾아왔다.

"찾았다아아아아아아아아아아아아아아!"

큰 목소리가 주변 사람들의 목소리를 잠시 잦아들게 만들었다. 그리고 우리도 그 목소리에 이끌려 뒤를 돌아보았다.

북적이던 사람들이 모세의 기적처럼 좌우로 갈라지고 보니, 그 중앙에는 학생 한 명이 서 있었다. 당당하게 우뚝 선 모습으로.

그 사람은 성큼성큼 나와 벨 선배가 있는 곳으로 다가왔다.

"설마 이런 곳에서 만날 줄이야."

"아, 안녕. 앨리스. 진짜 오랜만이네. 키도 많이 컸고……."

내면의 동요가 파문이 되어 퍼져나갔다. 몰랐다.

설마 친여동생이 이곳의 학생이었을 줄이야.

불타는 듯한 빨간 포니테일. 나와 같은 색이지만 지기 싫어하는 성격이 드러나는 눈동자. 키는 나보다 작았지만 그 박력만큼은 충분히 전해졌다.

6년 전, 의절당해 집에서 사라진 나는 앨리스 셰이크리어와 지금까지 연락을 하지 않았다. 하지만 감동의 재회와는 거리가 멀었다.

"어? 앨리스. 너랑 아는 사이야?"

"안녕하세요, 벨 선배. 이제 이 자식을 교실로 보내면 그만이죠?"

앨리스는 딱 봐도 눈은 웃지 않고 입만 억지로 생긋거리는 모습으로 내 소매를 꽉 쥐고는 말을 계속했다.

"오빠한테 볼일이 있으니 좀 데려가도 될까요?"

"아, 그렇구나. 남매였어?"

선배가 아름다운 얼굴에 쓴웃음을 지으며 한 발 뒤로 물러섰다. 나도 지금까지 고마웠다는 의사 표시로 희미하게 미소를 지으며 고개를 끄덕였다.

"아하하. 그럼 실례합니다! 자, 조금 이야기해 볼까요? '오빠'!"

"……응."

앨리스는 무작정 나를 끌고 가더니, 주변 사람들이 없는 멀리 떨어진 장소로 나를 연행했다.

책상과 의자를 한쪽으로 밀어 둔 인기척 없는 빈 교실로 데려간 앨리스는 그제야 나를 풀어 주었다.

"얘, 앨리스."

"거기 앉아."

앨리스가 가리킨 곳은 반짝거리는 바닥이었다. 깔고 앉을 만한 물건도 없었다.

"아니, 여기 의자도 있으니……."

"앉아."

도저히 거절할 수 없을 만큼 패기가 넘치는 한마디였다. 오빠로서의 체면은 이미 흔적도 없었다.

나는 반항하지 못하고 그 자리에 무릎을 꿇고 앉았다.

린코는 어떻게 반응해야 할지 고민한 끝에, 내 생각을 감지하고는 어깨 아래로 내려갔다. 일이 어떻게 진행될지 지켜보려는 듯했다. 다행이다. 일이 복잡해지지 않을 테니까.

여동생은 팔짱을 끼고 나를 험악한 얼굴로 내려다보았다. 그리고 신문이 시작되었다.

"지금까지 뭐 하고 지냈어?"

"어……. 속세에서 벗어나 수행을 했어."

"어디서? 누구랑?"

"그건, 말할 수 없어."

"그래? 그럼 왜 이제 와 학교에 온 거야? 넌 이미 월반해서 졸업했잖아."

내 기억 속 9살짜리 여동생은 더 어리광쟁이고 연약해서 이렇게 상대를 압박하는 성격이 아니었다.

환경과 세월이 사람을 변하게 만든 걸까. 아니면 나한테만 이런 걸까.

그거야 어떻게 됐든, 지금은 식은땀이 온몸을 타고 흘렀다.

나는 신중하게 생각하며 대답했다.

"훌륭한 퇴마사가 되려면 전문 학과를 수료해야 하니까."

"보증인은? 호적은? 학비는? 주소는 등록돼 있어? 안 그러면 학교에는 들어올 수 없잖아. 그건 어떻게 해결했어? 올랑이란 성은 뭐야? 가명을 쓰다니 재주도 좋네?"

"으으⋯⋯."

"물론 대부분은 '북두'에서 해결해 줬겠지만."

"어?"

"알고 있어. 어떤 방법을 썼는지는 몰라도 입사했다는 사실은. C급 수습생이니 승급을 위해 학교에 다니라는 말을 들었던 걸까?"

"앗, 그건 기업 비밀인데! 앨리스가 그걸 어떻게 알고 있어?!"

"알 필요 없어."

한마디로 더는 묻지 말라며 차단당했다.

그럴 수밖에. 나는 이미 셰이크리어 가문과는 무관한 사람이다.

"예전부터 퇴마사가 되고 싶다고 했는데, 설마 여태까지 자격조차 따지 못했었다고? 큰소리 뻥뻥 쳐놓고 이 모양이라니! 이렇게까지 낯 뜨거운 꼴일 줄은 몰랐어! 믿을 수가 없다니까! 집이 얼마나 난리가 난 줄 알아?! 아버지는 노발대발이고! 넌 행방불명이고! 아무런 소식도 없고!"

"⋯⋯."

혹시? 나는 눈치챘다.

이런 설교를 하게 된 현재. 앨리스와 내 생각은 서로 엇갈린 상태였다.

"일단 내 얼굴을 봐서 아버지에게 사과하러 가자. 그리고⋯⋯."

"안 돼, 앨리스."

"어째서?!"

"그럴 순 없어. 난 그 사람과 만나지 않을 거야."

"그건 대답이라고 볼 수 없어!"

"그 인간도 나도 그런 일은 원하지 않아. 이 정도 말했으면 충분히 알겠지?"

"이 자식이……! 좋아. 여기에 다니게 된다면 기회야 얼마든지 있으니까."

예비종이 울리자 말을 중단한 앨리스는 문을 열고 나가며 이런 말을 남겼다.

"널 우리 집으로 돌아오게 만들겠어. 그때까지는 아버지 귀에 안 들어가게 하겠지만, 계속 고집 피우게 내버려 두진 않을 거야. 어느 교실에 가야 할지는 아까 안내받아서 알고 있을 테니 교실은 혼자서 찾아가."

타악. 여동생은 기세 좋게 문을 닫고는 떠나갔다. 낯선 교실이 조용해졌다.

"폭풍 같은 아이네. 그런데 이게 어떻게 된 거야? 왜 알이 혼자서 가출한 것처럼 말해?"

이야기를 계속 듣고 있던 린코가 돌아왔다.

"그 남자가 '그 자식은 잊어라'라고 했거나, '일족의 수치'라는 말을 해서 의절한 이야기를 숨겼겠지. 앨리스한테는 내가 예전부터 퇴마사가 되고 싶다고 말했으니, 그걸 근거로 내가 마음대로 집을 나갔다고 착각한 걸 거야."

"사실을 확실히 이야기해 줬어야 하지 않을까?"

"필요 없는 소동은 일으키고 싶지 않아. 앨리스는 굳이 얘기하지 않을 셈인 것 같으니, 잘못 말했다가 사정이 알려지면 임무가 문제가 아니게 돼."

하물며 아마오보로라는 사실이 알려지기라도 하면, 셰이크리어 가문으로 돌아가니 안 돌아가니 하는 문제로 더욱 혼란스러워질 것은 자명하다.

"그러니까 현상 유지가 최고야. 여동생은 아무것도 모르는 게 나아."

집안 그 자체에는 원한이 없다. 나를 내쫓은 집안이라고는 하지만 앨리스의 거처를 엉망으로 만들고 싶지는 않았다.

앨리스가 건강하게 잘 있다는 사실만으로도 충분한 낭보다.

당분간은 제대로 말도 걸어 주지 않을 듯하지만.

벌써부터 불길한 분위기를 풍기는 스쿨라이프가 아무래도 걱정되었다.

이렇게 해서 드디어 시작된 학교생활.

교실에서는 쉬는 시간이 될 때마다 아이들이 계속 말을 거는 바람에 제대로 쉬지도 못했다.

어디서 왔는지, 이전 학교와 비교해서는 어떤지, 정령수를 계속 꺼내놓는데 그래도 괜찮은지 등등의 질문들을 받았다.

나는 애매한 대답을 해서 어물쩍 넘어가거나 실수 없이 미리 준비해 온 대답을 하여 그 난관을 헤쳐갔다. '북두'에서 사람을 상대한 경험을 살릴 수가 있었다.

덧붙이자면 정령수는 평소에 자신의 결계 안, 또는 계약한 주인 안에서 동화되어 있으면서 자신을 부르기를 기다린다.

특히 사람보다 큰 개체가 일상적으로 계속 옆에 있어선 매우 불편하다.

그리고 계약을 끝마친 정령수는 계약한 주인의 힘에 의존하는데, 그냥 가만히 있기만 해도 정령력을 소모하기 때문에 생활하는 동안 계속 밖에 있으면 소환한 사람의 정령력도 소모되고 만다.

미숙한 학생의 용량이어선 쉽게 고갈되어 버리기 때문에 몇 시간 유지하기도 벅차지 않을까 한다.

단, 린코처럼 매우 힘이 강해 자신의 용량이 방대한 정령수나 반대로 매우 약한 개체라면 소비하는 정령력보다 자연 회복이 더 빠르기 때문에 계속 밖에 나와 있을 수도 있다고 한다.

수업 내용은 한 번 공부한 적이 있는 내용이 그대로 실려 있어, 마치 복습하는 감각으로 강의를 들었다.

린코는 내 무릎 위에 몸을 동그랗게 말고 낮잠을 자는 중이다.

이곳의 규칙상 정령수는 수업을 방해하거나 주변에 피해를 주지 않는 한 나와 있어도 상관없다고 한다.

밀접한 관계를 가진 계약자의 생활이 어떤지 알 수 있는 기회를 주기 위한 조치라고 한다. 원래 밖에는 오래 있을 수 없으니 그걸 감안하고 마련해 둔 규칙이겠지만.

다른 학생들이 왜 그렇게 오래도록 밖에 있을 수 있냐고 계속 물어봐서, "이 정령수는 힘이 별로 없으니 정령력을 크게 소비하지 않아. 그리고 자신을 단련하기 위해서기도 해."라고 거짓말을 해 두었다.

단 한 번도 이 정령수를 내 안에 넣어 둔 적은 없지만.

많은 경우 화제에 오르는 린코의 사랑스러운 모습은 반 아이들과 친해지는 데 도움이 되었다. 단, 나는 이 학생들이 황혼 발생과 관계가 있는지 조사해야 하는 입장이다 보니 아무래도 심정이 복잡했다.

거리감을 생각해 둘 필요가 있었다.

그리고 점심.

"전학생. 우리랑 같이 밥 먹자. 도시락 가져왔어?"

"린코하고도 얘기하고 싶어~."

"마음은 기쁘지만 만나기로 한 사람이 있어서. 다음에 같이 먹자."

거짓말이다. 식당에서 얌전히 먹을 생각이다.

"아……. 그러고 보니 굉장히 화를 냈었지? 1학년 앨리스 셰이크리어라는 여동생이었던가? 너도 큰일이다."

왠지 몰라도 긍정적으로 생각해 주고 있는 듯, 큰 문제 없이 그 자리를 피할 수 있었다.

학생이 수백 명이나 되는 데도 식당은 매우 조용했다.

점심 해결 방법은 대부분 도시락이었고 두 번째가 매점, 그다음이 학생 식당으로 식당은 크게 인기가 없었다.

학생들의 용돈 사정을 생각하면 점심값으로 돈을 쓰고 싶지 않은 건 당연한 일인가.

메뉴 자체는 그럭저럭 괜찮은 편으로 나는 메뉴판을 올려다보며 어깨에 올라가 있는 아기 여우에게 물었다.

도시락도 나쁘지 않지만 학교 식당을 만끽해 보고 싶다는 요청을 받았으니까.

"린코는 뭘 먹고 싶어?"

"앗! 키츠네 우동이 있어! 키츠네 우동!"

　바로 결정한 듯해 나는 곧장 카운터로 갔다. 주문을 하자 사람 좋아 보이는 아주머니가 기분 좋게 주문을 받아 주었다.

"자. 서비스로 *유부를 많이 올렸어. 전학을 축하하는 의미로."

"우와아아아! 유부다, 유부야, 유부 튀김!"

"왠지 좀 죄송하네요."

　식탁 위에서 포크 스푼을 요령껏 들고 두꺼운 유부를 입에 넣는 린코. 나는 탄탄면이었다.

　린코의 모습을 보면서 나도 음식을 먹고 있는데 누군가가 말을 걸었다.

"웬일일까. 정령수가 식사를 다 하다니."

　남자 교복을 입은 아름다운 사람. 양손으로 쟁반을 든 벨 선배였다. 선배도 학생 식당을 주로 이용하는 모양이었다.

"선배도 점심 드시나요?"

"여기에 앉아도 될까?"

"그럼~."

　린코가 그렇게 대답했고 나도 앉으라고 권했다.

"여동생과의 재회는 괜찮았어?"

---

* 여우가 좋아한다는 유부를 얹은 우동을 키츠네(여우) 우동이라고 부른다.

"네, 어찌어찌요. 소란스럽게 해서 죄송합니다."

"집안 사정은 누구에게나 있는 법이지. 그런 일이 막 벌어진 참이라 껄끄럽긴 하겠지만 다른 사람은 그렇게까지 신경 쓰고 있지 않으니 너무 심각하게 생각하진 않아도 돼. 내가 가능한 범위에서라면 여러 가지로 상담과 조언도 해 줄게. 이를테면, 귀찮을지도 모르지만 주변 사람과는 가능하면 사이좋게 지내는 게 좋다든가."

"혹시 알이 여기서 혼자 먹고 있어서 일부러 말을 걸어 준 거야?"

린코가 거침없이 지적했다.

옆에서 보면 혼자 외톨이 상태인 나를 보다 못해 선배가 일부러 다가와 준 건가?

"그건 그렇지. 전학 온 첫날부터 혼자서 점심을 먹고 있는 모습을 보면 신경이 쓰일 수밖에."

"아니요. 아이들이 서로 같이 먹자고 했지만 린코와 마음 편히 먹고 싶었을 뿐이에요."

"그랬구나? 그럼 조금만 참아. 서로 익숙해지면 대하기 편해질 테니까. 다른 아이들도 새로 온 아이는 드무니 관심을 많이 보이는 거겠지. 나도 마찬가지니까."

식사를 다시 시작하자 "음~♡" 하며 유부를 만끽하는 정령수를 벨 선배가 물끄러미 쳐다보았다.

"역시 신기한 아이야. 작은 정령수라도 말을 할 수 있을 정도의 지능이 있는 개체가 가끔 있긴 한데…… 이 모습을 보면 계속 너와 함께 있는 것 같기도 하고, 똑같이 음식을 먹는 아이는 처음 봐."

"난 특별해. 사람처럼 맛있는 음식을 먹을 수 있다면 먹고 싶거든."

"그런 모양이네."

아기 여우의 말을 듣고 방긋 웃는 선배.

원래 린코 같은 정령수는 식사를 할 필요가 없다. 정령력이 있으면 생존할 수 있기 때문이다.

상위 정령수가 식사를 하려고 하는 이유는 사람의 모습을 흉내 냈던 때의 흔적이라 할 수 있었다.

예전에 식사를 할 때도 린코는 그런 말을 했었다.

나에게는 일상적인 풍경이라도 다른 학생들이 보기엔 아무래도 진기한 일일 수밖에 없는 모양이다.

"나도 한번 시험해 볼까? 이리 온, 스이네."

부름에 응답하여 은발인 벨 선배의 머리를 회전하듯이 생물이 하나 나타났다.

물도 없는데 바다처럼 공중을 헤엄치는 작은 녹색 돌고래였다.

"선배가 계약한 정령수인가요?"

"응. 잘 부탁할게. 얘, 너도 린코 군처럼 사람이랑 똑같은 음식을 먹어 볼래?"

끼이끼이 하고 우는 손바닥 크기의 돌고래에게 선배는 자신의 샌드위치를 조금 내밀어 보았다.

하지만 스이네는 고개를 돌리고는 자유롭게 우리 주변을 헤엄 쳤다. 식욕이 없는 모습이다.

"별로 좋아하지 않나 봐. 아쉽네. 너와 스이네의 차이는 뭘까?"

"종류! 난 여우고 스이네는 돌고래잖아."

질문에 간단히 대답하는 아기 여우.

"그건 가정이지. 여우 정령이 모두 똑같지는 않을 테니까."

정령수와의 막힘 없는 커뮤니케이션을 즐기는 선배.

"스이네는 보다시피 몸은 작지만 재미있는 특성이 있어. 소리에 관한 일이라면 많은 능력을 발휘할 수 있지. 녹음, 확성, 반향정위. 그리고 여러 소음을 흉내 낼 수도 있어."

"재미있는걸요?"

"린코 군은 무슨 특기가 있어?"

음~. 잠시 생각하더니.

"모든 사람들을 미소 짓게 만들어."

"오호라, 그건 그러네."

미소 짓는 선배의 주변이 반짝반짝 빛을 낼 것만 같았다. 아니, 좀 과장이 심했나.

하지만 신기한 사람이긴 하다.

린코가 다른 사람과 이렇게 많이 자발적으로 이야기를 하다니 그리 자주 있는 일이 아니다.

교실 안에서의 리액션도 이렇게까지 적극적이 아니었다. 이건 선배에게 마음을 열었다는 증거다.

나도 다른 학생과 거리를 두고자 하는 생각을 잊고 선배와의 이야기를 계속했다.

풍부한 사교성을 지녔고 독특한 말솜씨로 분위기를 띄우는 이야기 실력에 빠져들어 갔다.

"그러고 보니 나도 너하고 마찬가지로 작년에 이곳으로 편입했어. 서로 비슷한 학생이구나?"

"그러셨나요?"

"불안해지더라도 부끄러워할 필요는 없어. 처음부터 친구를 사귀어야 하다니 많이 힘들기야 하겠지. 그래서 고립되지 않기 위한 제안을 하려고 하는데."

뜻하지 않은 순간에 나온 제안. 벨 선배가 말했다.

"나와 친구가 되면 어떨까? 서로 마음이 맞을 것 같아."

"선배하고요?"

"학년과 성별은 다르지만 그건 사소한 문제일 뿐이야. 너희와 함께 있으면 즐거워. 내가 민폐가 되지 않았을 때의 이야기지만."

어때? 하고 선배가 제안했다.

나는 린코와 눈짓으로 신호를 주고받았다. 그런데 대답을 하기도 전에 다가오는 발소리가 들렸다.

"여어! 네가 그 전학생이냐?!"

큰소리로 떠드는 목소리에 식당이 쥐 죽은 듯이 조용해졌다.

"항상 오는 파괴자군."

벨 선배가 한숨을 쉬면서 야만적인 난입을 그렇게 평했다.

나도 목을 움직여 나를 가로막는 벽을 올려다보았다.

몸집이 큰 거한은 빈 의자에 털썩 힘을 주어 앉았다.

짧은 금발에 이목구비가 뚜렷한 얼굴. 거기에 삼백안까지 더해져 딱 봐도 야비해 보이는 분위기를 풍기는 학생이었다.

"또 가녀린 놈이 들어왔군. 야, 콩나물. 퇴마사 희망이라고?"

린코가 우물거리던 입의 움직임을 멈췄다. 나는 곧장 이야기 상대를 전환했다. 최대한 나에게만 말을 하도록 유도하자.

"2학년인 알프 올랑입니다."

"3학년인 라이언 레이벨트다. 풀네임을 밝혔으니 내 신분이 뭔지 잘 알겠지?"

"제 기억대로라면, 레이벨트 가문은 손꼽히는 재벌로 유명했습니다. 그곳의 도련님이신가요?"

도련님이라는 말과는 어울리지 않는 체격은 교복을 입고 있어도 확실하게 눈에 띄었다.

"그리고 셰이크리어도 잘 알고 있어. 케케묵은 영웅의 명성에 아직도 미련을 두고 있는 골동품 같은 가계. 넌 그 집안 사람이지?"

"그만둬, 라이언. 이 아이는 오늘 막 전학 온 참이야."

"그래서 인사하러 온 거잖아. 귀여운 후배에게 여러 가지로 가르쳐 주고 싶어서."

아무래도 이 선배는 나를 떠보려고 온 듯했다.

그건 상관없다. 존엄을 짓밟힌 정도로 동요할 내가 아니다.

그런데 왜 이 사람은 이 정령수 앞에서 도화선에 불을 붙이는 건지!

옆에서 아기 여우는 스푼을 든 손을 멈추고 침묵을 지켰다. 난 그런 아기 여우가 신경 쓰여 안절부절못하고 있었다.

내가 겁나서 벌벌 떠는 모습처럼 보였는지 무법자 라이언은 말을 계속했다.

"그런데 왜 넌 올랑이란 성을 쓰지?"

"그건, 제 나름 사정이 있어서요."

"왜 가출했는데?"

"……퇴마사가 되고 싶었기 때문인데, 그럼 안 되나요? 집안에 따라서는 여러 굴레가 있으니까요."

"그런 정령수와 계약해서 퇴마사가 된다고? 아무리 봐도 하위 중의 하위인 조무래기잖아. 지금 개그하냐?!"

시시콜콜 남의 사적인 얘길 하더니, 사람을 비웃기 시작했다.

나는 아무리 깔봐도 상관없다. 하지만 이 자식은 나를 키워 준 린코까지 모욕하기 시작했다.

"너 혹시 하등한 정령수를 불러내서 무능하다며 집에서 쫓겨난 거 아냐? 그러니까 올랑이라는 성을 쓰는 거지? 가출이 아니라, 의절당했으니까."

"추측만으로 남을 모욕해선 안 되지."

벨 선배가 끼어들자 상대는 기분이 나쁜지 얼굴에 분노를 드러냈다.

성격이 너무 거칠다.

"닥쳐라, 남장 여자. 남자 이야기에 끼어들지 마. 기분 나쁘니까."

"그런 식으로 말하면 나도 상처를 받아. 품위를 지키면 어떨까, 불량 도련님?"

"뭐?"

"안 들렸어? 아니면 한 번에 이해를 못 할 만큼 머리가 부족한 걸까?"

발끈. 라이언이 감정에 휩싸여 움직였다.

갑자기 일어선 라이언은 우리가 앉아 있던 테이블을 붙잡았다.

그 순간 그런 행동에 맞추듯이 나도 자리에서 일어섰다.

그리고 양손으로 테이블을 꽉 눌렀다. 테이블을 뒤집으려 한 라이언을 방해했다.

"죄송합니다. 제 정령수가 있으니 그런 짓은 그만두십시오."

"크……윽……?!"

꿈쩍도 하지 않는 테이블을 온 힘을 다해 뒤집으려고 하는 남자에게 나는 주의를 주었다.

체격도 크고 하니 완력에 어느 정도 자신이 있는 듯했지만, 쓸모없는 근육만 붙은 몸인 듯했다.

프로틴과 덤벨을 계속 들어 올려 만든 듯한 이 육체는 사람이 낼 수 있는 힘을 최대한으로 발휘할 수 없어 보였다. 힘을 어떻게 내면 좋을지 배우지 않았다는 증거였다.

사람은 원래 근력이 낼 수 있는 힘이 매우 크지만, 실제로는 큰 제약이 걸려 있어 그 힘을 모두 사용할 수 없다. 왜냐하면 자신의 몸이 부서지지 않도록 본능적으로 힘을 제약하기 때문이다.

나는 속세에서 떨어져 수행을 했지만 린코에게 신통력 같은 특수한 능력을 부여받지는 않았다.

단, 사람이 힘을 충분히 발휘해도 몸이 부서지지 않기 위한 토대를 쌓는 동시에 근육의 수축, 뼈를 움직이는 법처럼 부담을 줄이며 최대한의 완력을 끌어낼 수 있는 기술을 배웠다.

간단히 말하면 근육이 잘 발달되어 있는 동시에 절박한 상황에 최대한으로 낼 수 있는 힘을 평소에도 발휘할 수 있는 몸이었다.

"그리고 린코를 조무래기니 하등하다느니 했던 말과 선배에게 사용한 멸칭을 철회해 줄 수 있을까요? 이런 테이블에 화풀이하지 말고 부탁드립니다."

"너, 이 자식…… 사람을 뭐로 보고……."

"실례지만 고귀한 지위에 있다면 더 그에 걸맞은 행동을 해 주십시오. 초면인 상대에게 이토록 무례한 짓을 아무렇지도 않게 하면서 폭력에까지 의존하려 하다니. 꽤 오래전이라 기억이 어렴풋하긴 하지만, 각 지위에 속한 입장의 사람은 상식적으로 예절을 중시해야 한다는 점을 가장 먼저 배웠던 기억이 납니다. 적어도 당신에게선 그런 모습이 눈곱만큼도 느껴지지 않는군요."

나는 테이블을 아래로 누르면서 거침없이 말을 이어갔다.

온 힘을 내며 부들거리는 겉모습만 대단한 근육에 조금도 밀리지 않았다.

"어린 신입이 너무 건방진 말을 했군요. 그런데 라이라이 레이벨트 선배. 아직 더 하실 생각인가요?"

"빌어먹을! 난 라이언이야!"

숨을 거칠게 쉬며 난폭하게 테이블에서 손을 뗀 선배는 화가 치민다는 듯이 나를 흘깃 노려보았다.

원하던 상황은 아니지만 나를 완벽히 적이라 판단한 듯했다.

"철회해라, 라이언. 이 아이와 린코 군에게 사과해."

"뭐? 사실을 말했는데 뭐가 잘못이란 거지?!"

"억측으로 이야기를 늘어놓고 그걸 정당화할 생각이야?"

"의심받을 짓을 한 사람이 문제지!"

"너……! 진심으로 하는 말이야?"

"불만이 있다면 아니라는 증거를 내놓으면 되잖아! 아니면 뭐야? 네 돌고래가 싸우겠단 거냐?!"

아까 이야기에 따르면 벨 선배의 정령수는 싸움이 뛰어난 타입은 아니었다. 그걸 알면서 도발을 하는 중이었다.

"야. 내일 모든 학년 합동으로 정령수를 소유한 사람이 모여 수업을 받는다는 건 잘 알고 있겠지? 황혼에 대비한 훈련으로 정령수끼리 시합을 하거든. 지망자들끼리 우선적으로 대결을 하는데, 자신이 있다면 제일 먼저 내 정령수와 대결해라. 신청만 통과하면 학년의 차이는 상관없으니까."

"결투를 하자는 말인가요?"

"그래, 그 말대로다."

라이언이 의기양양하게 씨익 웃었다.

자신이 질 리가 없다고 판단하고 하는 대답.

상대를 깔볼 만큼 힘이 있는 정령수를 소유하고 있다는 자신감의 발로인가.

굳이 이걸 상대하는 것은 합리적이라 할 수 없다. 결론은 이미 났다.

괜히 눈에 띄기도 하고 자칫하면 정체가 탄로 날 위험도 있다.

대결을 해서 우열을 가리려는 행위는 그게 누구든 단지 자존심의 문제에 불과하다.

"이런 값싼 도발에 넘어가지 마, 알프 군. 냉정하게 생각해."

"야, 왜 그러냐? 안 하려고? 퇴마사 지망이라 들었는데 어이가 없군."

그래도 물러설 수 없었다. 두 사람을 모욕했으니 꼭 사과를 받고 싶었다.

린코가 고개를 끄덕였다. 내 판단에 모두 내맡긴다는 의사였다.

"좋아요. 받아들이겠습니다. 철회해 준다고 한다면요."

나는 곧장 받아들였다. 옆에서 벨 선배가 성급하게 결정하지 말라고 타일렀지만 때는 이미 늦었다.

"분명 한다고 했다? 크하하, 확실하지? 이제 와 빼지 마라, 콩나물."

거한은 그런 말을 남기고는 크게 웃으며 돌아갔다.

식당에서 그 모습을 보고 있던 학생들이 술렁였다.

"정말이야?", "편입생이 라이언에게 큰소리를 뻥뻥 쳤어.", "내일 대결한대." 같은 말을 하면서.

"넌 정말."

"편입하자마자 죄송합니다."

"나한테 그런 말을 해서 무슨 소용이야. 승산은 있어?"

"글쎄요?"

"저 남자의 정령수는 그 남자가 거만하게 굴 만큼 전투력이 높아. 학교에서도 손꼽힐 정도야. 일부 선생님들도 당해 내지 못할 만큼 강하지. 뻔히 지는 싸움을 하려는데 그냥 보고만 있을 수는 없어."

벨 선배는 주변 사람들 앞에서 공개 처형을 당하는 셈이라고 단정했다. 내 편이라도 분명 이기리라고 격려해 주지 않을 만큼 현실을 냉정하게 바라보고 있었다.

"하는 데까지 해 보겠습니다. 안 된다면 안 되는 대로, 저는 상대의 주장을 순순히 인정하면 그만이니까요. 그때는 벨 선배에게도 사과하겠습니다. 선배의 오명을 불식하지 못한다면 정말 죄송할 따름입니다."

"이런 사태가 벌어졌는데 날 걱정할 상황이야?"

조금 어이없다는 듯이 벨 선배가 쓴웃음을 지었다.

선배는 상황이 진정되어서인지 한숨을 내쉬며 가슴을 쓸어내렸다.

"……후. 야만적인 상황에는 익숙지 않아서. 조금 무서웠어."

"저도예요. 거친 행동은 별로 좋아하지 않거든요."

"아무렇지도 않은 표정으로 라이언과의 힘 대결에서 밀리지 않고 압도했으면서 그런 말을 하기야? 대체 어떻게 단련했길래? 그 체격을 상대로 한 발짝도 물러서지 않다니."

"내가 단련시켜 줬으니까!"

린코가 가슴을 펴며 그런 말을 하고 나서자 벨 선배가 작게 웃음을 터뜨렸다. 농담이라고 생각한 모양이다.

잠시 후 이젠 포기했는지 선배는 어쩔 수 없이 내 건투를 지켜보기로 했다.

"기왕에 승부가 시작되니 내기를 하면 어떨까? 만약 네가 지면 서로 상처를 보듬어 주는 의미에서 친구가 되자. 만약 이긴다면 어디까지나 선배와 후배의 관계를 유지하고. 그게 더 마음이 편하지?"

"아니요. 조건을 바꿔 주시면 안 될까요?"

"응? 무슨 문제라도 있어?"

"제가 이기면 우리, 절친이 되는 게 어떤가요?"

"그게 뭐야."

"기왕 도전하는 거니 그게 더 좋잖아요?"

"참 재미있는 아이야."

나의 도전적인 제안에 선배는 곧장 좋다고 대답했다.

그리고 이야기된 대로 나는 대결 신청을 하러 올타나 선생님에게로 갔다.

당연히 그 자초지종이 어떻게 됐는지는 말해야 했다.

"편입하자마자 학교생활을 만끽하고 있는 듯해 다행이에요. 너무 들떠 있는 건 아닌가요?"

뜻하지 않게 벌어진 소동에 관해 보고하자 선생님이 그렇게 비꼬았다.

일을 하러 와 있는 몸인데 이런 일이 생겨 죄송할 따름이었다.

"알은 아무 잘못 없어! 오히려 그 학생 대체 뭐야?! 예의 없이 기어오르기나 하고."

"물론 그 학생은 예전부터 문제가 많았지만, 그렇다고 이토록 쉽게 도발에 넘어가도 될 이유는 못 된다고 생각하는데요."

"말씀하신 대로입니다."

"그래도 이번엔 제가 감독을 하게 됐으니 그냥 못 본 척 넘어가 겠습니다. 단, 앞으로는 학교 내에서 이런 다툼이 일어나지 않게 자제해 주세요."

"네."

"물론 내일 시합에서 정체를 드러내는 짓을 해선 절대로 안 됩 니다. 만에 하나 그런 일이 생겼다가는 당신의 원래 목적이 문제 가 아니게 되니까요. 아시겠지요?"

이렇듯 충고를 듣기는 했지만 허락을 받을 수는 있었다.

방과 후, 도시로 돌아가는 길에 내 앞길을 막는 사람이 있었다.

빨간 머리의 포니테일 여학생. 여동생이었다.

보니 기나긴 짐을 어깨에 메고 있었다. 동아리 활동에 쓰는 도 구인가?

"앨리스?"

"편입하자마자 선배와 정령수 대결을 펼친다고?"

"응, 어쩌다 보니까."

"어이없어. 승산은 없어 보이던데. 그 자식의 정령수는 네 정 령수보다 체격이 몇 배는 크니 웬만한 학생은 상대가……."

이유는 모르겠지만 앨리스는 나를 불러세우고는 대화를 나눴 다. 아직 용서할 수 없다고 생각하고 있을 텐데도.

어쩌면 문득 내 머리에 떠오른 생각이 맞을지도 모른다는 생각 에 나는 동생에게 내 의문을 내던져 보았다.

"날 걱정해 주는 거야?"

"왜 얘기가 그렇게 되는데?! 그냥 보고만 있을 수 없을 뿐이야! 학교에서도 우리 가족이라고 다들 알게 된 이상, 네가 쓸데없는 짓을 하면 나도 괜히 부끄러워지니 화내고 있을 뿐이거든?!"

마구 대들듯이 앨리스가 나에게 바짝 다가서며 말했다. 매우 발끈한 모습이었다.

"다시 말해서 셰이크리어 출신이라는 사실도 다 알려졌는데 그 레이벨트 가문이랑 싸운다고 했으니, 진다면 그 의미는 단순한 패배 그 이상이야. 그걸 알면서 받아들인 거겠지? 처음부터 져도 된다고 생각하고 싸우는 거라면 내가 나가겠어."

"잠깐만. 앨리스를 말려들게 할 수는 없어."

"지금 말했잖아. 집안끼리의 대결이라면, 당연히 강한 패를 내놓아야 하거든? 그나마 내 정령수가 더 승산이 높아."

설마 교체 출전하겠다고 말을 꺼낼 줄이야. 내가 아니라 앨리스의 정령수로 싸운단 말이지.

하지만 난 앨리스가 어떤 정령수를 소유했는지 모른다.

대화 도중에 날카로운 비명이 들려왔다.

이어서 잇달아 거리 안에서 소란스러운 소리가 들려왔다. 우리는 그곳으로 시선을 돌렸다.

"무슨 일이지?"

"설마, 또 나온 건가……?!"

의미심장한 혼잣말을 흘린 앨리스는 망설이지 않고 소란스러운 소리가 들리는 곳으로 달려갔다.

소동이 벌어지는 한가운데로 직접 뛰어드는 여동생을 그냥 내

버려 둘 순 없다. 나도 현장을 향해 서둘러 달려갔다.

 상점가에서는 독기를 품고 있는 검은 날개가 주변을 날아다녔다. 머리 위를 휘도는 까마귀 우는 소리.

 평범한 새가 아니었다. 크기가 1미터는 되는, 윤기 어린 털을 가진 생물이 날뛰고 있었다.

 황혼이 길거리에 나타났다. 하위 황혼인 듯하지만 여럿이 동시에 나타난 게 문제였다.

 벌써 문제가 되는 사태를 마주하게 될 줄이야. 피해가 나오기 전에 해치우고 싶지만 아마오보로로서 활동할 수 없는 상태이니 대피를 우선할 수밖에 없나?

 하지만 나보다도 먼저 여동생이 움직였다.

 "네 차례야, 코도(虎土). 먼저 가."

 앨리스가 부르자 옆의 어디선가 나타난 그것의 정체는 불꽃 같은 반점 모양이 나 있는 옅은 흙색의 커다란 호랑이였다.

 "알겠습니다."

 호랑이는 굵은 목소리로 주인의 지시에 답하고 곧장 황혼을 향해 달려갔다.

 그리고 지상에서 도망치느라 바쁜 사람들을 습격하는 까마귀들을 내쫓았다. 호랑이가 휘두른 앞발에 맞은 개체는 그대로 제압당했다.

 그리고 파트너가 견제를 하는 사이에 앨리스는 자신의 짐을 땅에 내려놓았다.

짐 안에서 꺼낸 활에 활시위를 연결하는 작업을 열심히 하고는, 화살통에서 화살을 몇 개 정도 꺼내 시위에 매겼다.

"그거로 쓰러뜨리려고?"

"방해돼. 물러서 있어."

앨리스는 익숙한 손놀림으로 황혼을 노리고는 그대로 활을 쏘았다.

정령력이 담긴 화살은 커다란 새를 일격에 제압할 정도의 위력을 자랑했다.

앞으로 나서지 못한 채 앨리스가 쏜 화살을 보는 사이에 토벌은 서서히 진행되어 갔다.

잡초를 베듯이 황혼들을 굴복시키는 조복(調伏) 광경이 눈앞에서 펼쳐졌다.

설마 앨리스도 퇴마사 훈련을 받았나?

단 한 마리, 그 자리에서 멀리 떨어져 있던 큰 까마귀가 곧장 사수인 앨리스를 노리고 날아왔다.

코도가 돌아와도 제시간에 지켜줄 수 없다. 곳곳에 상처가 나 있고 날개가 뜯겨나간 개체다.

내가 앨리스를 감싸려고 앞으로 나섰다. 이어서 어깨에 올라가 있던 린코와 함께 요격을 하려고 하던 그때였다.

"에잇!"

그 사이로 다른 여학생이 뛰어들었다.

단순한 죽도에 정령력을 담았을 뿐인데 단번에 큰 까마귀를 때려 떨어뜨렸고, 뒤따라오던 족제비 정령수가 목덜미를 물어 결정타를 날렸다.

숨이 끊어진 황혼이 뒤늦게 빛이 되어 사라져 가는 모습을 확인한 뒤, 앨리스의 지인으로 보이는 여자 두 명이 우리에게 다가왔다.

"레이첼, 로베르타."

"앨리스, 움직임이 너무 빨라."

한 사람은 죽도를 휘둘렀던 밤색 머리카락의 스포츠 계열 소녀. 이름은 레이첼이었다.

"다친 덴 없어?"

또 한 사람은 이마가 드러나도록 가르마를 탔는데 나보다 광택이 도는 검은 머리카락을 지녔고 안경을 써서 우등생 분위기를 풍기는 학생이었다. 이름은 로베르타였고, 머리에는 옅은 신록색의 작은 올빼미를 올리고 있었다.

"이야기는 나중에 하자! 아직 안에 남아 있어!"

모인 세 사람은 잔당을 확실히 섬멸하기 위해 독자적으로 움직이기 시작했다.

"가라, 카마이(鎌居)!"

족제비 정령수는 지면을 질주하면서 온몸에서 둔탁한 빛의 칼날을 내뻗었다. 그리고 그 모습 그대로 자신에게 날아오는 황혼까마귀들을 스쳐 지나가며 베어 버렸다. 엄청난 살상력이었다.

그리고 그 족제비와 계약한 주인인 레이첼도 익숙하게 목도를 휘두르며 광폭한 새 몇 마리를 때려서 떨어뜨렸다. 조금 전과 마찬가지로 정령력을 두른 도신이 상당한 위력을 발휘했다.

"키쿄(木梟), 부탁해!"

올빼미 정령수는 로베르타의 말을 듣고 하늘을 날았다.

그리고 공중에서 거리를 둔 채 기회를 엿보던 황혼들에게 과감하게 다가갔다.

그와 동시에 근처에 있던 가로수가 부자연스럽게 흔들렸다. 키쿄의 행동과 연동되어 변화를 일으켰기 때문이다.

나무가 평소에는 생각하기 힘든 움직임을 보이며 빠르게 가지를 뻗어 놀랍게도 머리 위에 있던 까마귀를 붙잡았다.

이 올빼미는 혹시 식물을 조종할 수 있는 정령수인가?

안경을 쓴 여학생이 나뭇가지에 얽혀 꼼짝도 하지 못하게 된 황혼을 지상에서 마무리하기 위해 달려들었다.

안경을 쓴 여학생은 품에서 암기할 때 사용하는 단어장 비슷한 작은 종이 뭉치를 꺼내더니, 그 안의 몇 장을 링에서 빼냈다.

그러고는 그걸 상공으로 내던졌다. 그러자 공중으로 날아간 카드가 점멸하기 시작했다.

평범하게 보였던 종이에서 분출된 것은 새빨간 큰 고리.

업화의 불꽃이 창처럼 튀어 나가 움직임이 봉쇄되었던 여러 표적을 꿰뚫었다.

"저건 정령 마법을 부술화(符術化)한 거야. 미리 정령 마법을 저렇게 저장해 두고 사용을 간략하게 만든 거지."

"부술? 부적이 아니라도 괜찮아?"

"종이 한 장이면 개념으로는 같다고 볼 수 있지 않을까? 하지만 실전에서도 사용할 수 있는 수준으로 만들다니 놀라워."

린코의 해설을 듣는 사이에 주변의 소란은 점차 가라앉아 갔다.

퇴마사를 부르기는커녕 내가 나설 차례도 없이 여학생들이 황혼을 잇달아 쓰러뜨렸다. 마치 퇴마사 대신 출동한 자경단처럼.

"선배가 앨리스의 오빠야? '처음 뵙겠습니다.'라고 해야겠지? 난 레이첼."

"로베르타입니다. 앨리스는 반 친구로 많은 도움을 받고 있습니다."

작은 정령수를 거느린 여동생의 동급생들은 나와 인사를 나눴다.

"너희는 혹시 항상 이렇게 일하고 있어?"

"그렇지 뭐. 우리는 퇴마사 지망이거든. 장래를 생각해 실전에 나설 수 있도록 학생일 때부터 황혼을 조복하고 있어."

"그렇지만 저위의 강하지 않은 황혼만 쓰러뜨리고 있을 뿐, 그 이상의 상대는 어쩔 수 없이 본업인 분들에게 맡기고 있습니다."

"그랬구나. 앨리스도?"

"그럼 안 돼? 자발적으로 하는 일이야. 봉사 활동 같은 거지."

학생이 하는 일이라고 하기엔 너무 지나치다는 생각이 들기도 했다.

주의를 준다면 그건 너무 지나친 참견일까? 듣자 하니 일정한 선은 지키고 있는 듯하지만.

다만 솔선해서 황혼을 퇴치하는 앨리스를 가족으로서 제지할 자격은 없다고 생각한다. 나는 앨리스를 그동안 방치했었으니까.

중위인 호랑이와 하위인 족제비, 올빼미. 거기에 활과 죽도로 전력을 보충하는 그런 느낌이라 보면 될까.

실전을 치르는 퇴마사가 되기엔 아직 모자라지만, 학생으로서는 우수하다고 할 수 있을 듯했다.

"있지, 오빠. 들은 이야기인데 '북두'에서 일하고 있다고?"

"응?"

설마 말했나? 내가 돌아보자 앨리스가 시선을 돌렸다.

"저랑 레이첼, 앨리스는 언젠가 그곳에 들어갈 생각입니다. 그래서 들어가기가 얼마나 어려운지 잘 알고 있습니다. 굉장하세요, 선배."

"비, 비밀로 해 줬으면 좋겠는데."

"그렇지만 얜 C급. 실전엔 나가지도 못하는 말단이야."

밤색 머리카락의 스포츠 계열 소녀가 씨익 웃더니 앨리스 등 뒤로 돌아갔다.

"또 그런 소릴 한다. 사실은 오빠가 '북두'에 들어갔다는 걸 알고 퇴마사 전공이 있는 이 학교……."

"레이첼! 조용히 해!"

"네네, 화내지 마. 알았으니까, 화내지 마!"

조금 전까지 괴물들을 여유롭게 쓰러뜨린 학생들이라고는 생각하기 힘든 대화.

꺄르르 깍깍 하는 여학생들의 장난스러운 대화를 가만히 지켜보는데, 커다란 호랑이가 나에게 고개를 숙였다.

"처음 뵙겠습니다, 앨리스의 오라버님. 저는 코도라고 합니다. 앨리스와 계약한 신참입니다."

"예의 바르기도 하지. 고마워, 난 알프야."

"난 린코야~."

남매의 정령수끼리의 만남. 첫인상만 따지면 호랑이가 훨씬 더 강해 보였다.

"아까도 했던 말이지만, 이 코도가 나가야 내일 결투도 이길 확률이 더 커. 지금 전투를 보고 잘 알았겠지?"

"응. 앨리스의 정령수가 얼마나 뛰어난지는 잘 알았어."

"그러면······."

"하지만 그래선 의미가 없어."

내가 고개를 젓자 앨리스가 발끈하며 빨간 눈동자에 잔뜩 힘을 주었다.

"의미가 없다니, 뭐가?"

"라이언 선배는 린코가 약하지 않다는 걸 증명하라고 했거든. 그런데 다른 정령수가 나가면 그걸 인정하는 거나 마찬가지잖아?"

"그래서야 그냥 순순히 당하러 가는 것뿐이잖아!"

"나도 전투 경험이 없진 않아. 정말 아무것도 안 하면서 '북두'에 속해 있다고 생각해? 조금은 대결을 펼칠 수 있을걸?"

"그러다가 지면 어쩌려고?!"

"라이언이 강한 정령수를 소유하고 있다는 거야 다들 알고 있잖아? 그럼 '순순히 당하러 갔다'라고 받아들이겠지. 셰이크리어 가문과 관련이 있다고 아는 사람이 본다고 해도, 체면이 깎일 일도 없이 끝나게 될 거야."

그렇게 당할 생각은 전혀 없었지만.

상대가 실력이 얼마나 좋은지는 모르지만 반드시 이길 작정이다.

어쩔 수 없다고 생각했는지, 흐~응 하는 소리를 낸 여동생은 현장에서 원래 왔던 길을 따라 돌아가려고 했다. 떠나갈 때 보니 뒤로 보이는 포니테일이 휙휙 흔들거렸다.

여동생과 계약한 큰 호랑이는 예의 바르게도 고개를 숙이고는 그 뒤를 쫓아갔다. 떠나가면서 앨리스는 이렇게 소리쳤다.

"그럼 마음대로 하든가! 가자, 레이첼, 로베르타."

"앨리스네 오빠. 또 보자~."

"죄송합니다. 그럼 저희는 이만."

"응. 또 보자."

떠들썩한 세 사람이 떠난 뒤, 나도 하쿠로 씨를 찾아가 무슨 사태가 벌어졌는지를 보고했다.

겸사겸사 학교 첫째 날…… 특히 결투로 발전된 일을 보고한 다음 사과했다.

배정받은 학생 기숙사는 원룸으로 그럭저럭 괜찮은 내부를 자랑했다. 방을 다른 사람과 공유하지 않고 혼자서 쓸 수 있다니 참 다행이다. 린코의 인간형 모습을 들킬 위험이 크게 줄어드니까.

남학생 기숙사에 굳이 볼일이 있어 오는 사람은 거의 없을 테니, 실질적으로는 지금까지의 생활과 크게 달라지지 않으리라 생각한다.

그날 밤, 천천히 욕실의 욕조에 몸을 담그고 있는데.

"알~~."

유리문 너머로 살색의 커다란 사람 그림자가 보였다.

나는 당황해 곧장 문손잡이를 잡고 문을 걸어 잠갔다.

꼼짝없이 갇힌 채로 나는 크게 말했다.

"드, 들어오지 마! 넌 나중에 들어와!"

"뭐~? 그런 소리 하지 말고~."

이어서 분명히 문을 잠갔는데, 잠금장치가 저절로 풀리며 문이 열렸다.

자자, 잠깐만! 잠깐!! 그런 일까지 가능해?!

열린 문 너머에서 실오라기 하나 걸치지 않은 여우 무녀가 구김 없는 미소를 지으며 욕실 안으로 곧장 침입했다.

"같이 목욕하자~!"

"문을 잠갔는데 어떻게 들어온 거야~~~?!"

이래서야 여우 무녀가 아니다. 변태 여우다.

방에 들어와 보니 욕실을 잠글 수 있어 내심 기뻐하고 있었는데 이래서야 아무런 의미가 없다.

나는 곧장 뒤를 돌아보며 번뇌를 가라앉혔다.

"어머어머어머. 뒤를 돌아보다니. 알은 내가 싫어?"

"그런 문제가 아니라!"

린코의 몸은 건전한 남자가 보기엔 교육에 너무 좋지 않다. 귀와 꼬리를 제외하면 완벽하게 신비로운 여체니까.

지금껏 몇 번이나 그 알몸을 목격했지만 몇 번을 봐도 익숙해지지 않았다.

얼굴만 힐끔 보려고 했는데 온몸의 윤곽이 고스란히 눈으로 들어왔다.

보드라운 살결, 굴곡이 확실한 부드러운 몸매에 풍만한 두 가슴.

안 되겠어. 도저히 똑바로는 쳐다보기 힘들어. 당당하게 서 있는 린코를 보던 시선을 다시 앞으로 되돌렸다.

"더 이쪽을 봐~. 눈호강해도 괜찮으니까."

"일부러 그러는 거지~! 다 알면서 이런 소릴 하는 거야, 이 정령수는!!"

수영복 사진집을 찍자고 스카우터들이 점찍는 이유도 이해가 된다. 이런 몸매를 지닌 상대가 시시때때로 날 유혹하니 정말 위험하다.

그렇지만 이러쿵저러쿵하면서도 일선은 넘지 않는다. 린코는 지금까지도 그 일선을 지키며 날 덮친 적이 없다. 그건 린코의 양보로, 날 존중하고 있기 때문이란 사실을 나도 잘 안다.

날 소중하게 생각해 주고 있구나. 그런 다정함이 마음에 스르르 스며들었다.

아무리 그렇다고는 해도 이런 상황을 어쩌면 좋을까. 나를 구해준 은인과 문란한 관계가 되고 싶진 않다.

린코는 날 키워 준 부모님이나 누나 같은 존재. 그리고 무엇보다 계약을 맺은 소중한 정령수다.

"여, 여긴 좁아서 어차피 둘이서 들어와 있긴 힘들어! 그만 포기해!"

"응. 그건 그럴지도 몰라. 혼자서 욕조의 대부분을 차지하고 있으니까."

최소한의 요건만 충족한 기숙사의 시설인 만큼 욕조도 좁아 이 곳엔 한 사람밖에 들어갈 수 없었다. 린코는 잠시 생각하더니.

"그럼 이렇게 하자. 자, 짜잔. 이런 모습이면 괜찮지?"

"……그거라면, 응."

린코는 말을 끝내자마자 아기 여우로 변했다. 나는 그 정도에서 어쩔 수 없다는 듯이 받아들여 주었다. 자극적인 알몸을 보지 않고 이 자리를 넘기는 데 성공했다. 역시 이런 모습이어선 욕망이 자극되진 않는다.

린코는 물에 몸을 담근 채 "후아아." 하고 가볍게 숨을 내쉬었다.

"오늘은 참 여러 가지 일이 벌어졌지? 생이별했던 여동생과 재회하고, 학교 식당에서는 선배의 도발이 있었고, 그리고 조사의 목적이었던 황혼도 발생하고."

"바쁜 하루였지."

수증기가 충만한 천장을 올려다보며 나도 그런 감상을 소리 내어 말했다.

하지만 방과 후에 발생한 큰 까마귀를 보고 눈치챈 일도 있다.

몇 번이고 실전에서 황혼과 대치한 경험 덕분에 이번 발생에서 부자연스러운 위화감을 받았다.

계약하지 않은 정령수가 황혼에게 습격당한 영향으로 타락하는 사례는 몇 번이나 확인되었으니, 황혼이 여럿 발생하는 일 자체는 드물지 않다.

하지만 그런 사건이 같은 지역에서 반복해 일어나다니 그건 역시 좀 이상했다.

그리고 이번에 황혼으로 변한 큰 까마귀. 그중 한 마리는 전투가 시작되기도 전에 유난히 크게 찢어진 상처를 입고 있었다. '북두'에 연락해 확인했는데, 그 지역에서 그 외에 발생한 개체의 보고에 따르면 종은 다르지만 마찬가지 흔적이 목격된 적이 있다고 한다.

야생의 정령수는 사악한 기운을 접했을 때뿐만이 아니라 원한이나 강한 분노 탓에 황혼으로 전락하기도 한다. 사람과의 알력으로 인해 타락하는 경우다.

예를 들면 야생 정령수에게 일부러 그런 상처를 입힌 자가 있다? 그렇게 해서 부정적인 생각을 심는다면?

그런 추리를 하고 있는데…….

"내일은 더 바빠질 것 같아. 라이언의 정령수와 일대일 대결이니까."

"미안해. 대결을 선뜻 받아들인 사람은 나인데 싸우는 사람은 린코잖아. 뭐하면 내가 직접……."

"그래서야 전대미문의 일이잖아. 보통 퇴마사는 주력 정령수보다 전투력이 뛰어나지 않아. 정공법대로 정령수는 정령수가 싸워야지."

"그런가? 그렇구나."

"하지만 괜찮아. 내가 획획 쉽게 끝내 버릴 테니까. 이 모습으로 싸울게."

콧노래를 부르며 몸을 담그고 있던 린코가 기쁜 표정으로 그렇게 나섰다. 기분이 좋은 듯했다.

"계약을 한 내가 이제 알의 깎여 나간 존엄을 회복해야겠구나."

"나는 됐고, 린코나 선배에게 했던 폭언을 철회한다면 그걸로 충분해."

"뭘 모르네. 난 작다느니 조무래기라느니 하는 소릴 들어도 별 생각 없어. 난 무엇보다도 알을 모욕한 일을 용서할 수 없을 뿐이야."

"왜, 왜 그래?"

빙글 돌아본 아기 여우가 불쑥 나에게 가깝게 다가왔다.

"알은 다른 사람에 모욕당한 일은 화냈지만, 자신이 모욕당한 일은 화를 안 냈지? 그렇게 무시했는데도 부정도 안 하고."

"그건……."

"자신보다 다른 사람을 우선했어. 나쁜 버릇이야. 도발을 받아들인 이상 상대가 그런 점을 반성하게 만들어야지."

린코가 앞발을 내 가슴에 댔다. 여우의 발에도 말랑거리는 볼록살이 있다.

그런데 이건 반성을 재촉하는 행동이라기보다는 찰딱거리며 쓰다듬는 느낌이었다.

나중에는 흐물거리며 미소를 짓더니.

"우헤헤헤헤, 슬렌더하지만 멋진 근육질 몸매♡"

"……."

"옛날처럼 등 밀어 줄까?"

"안 돼."

린코는 항상 욕실에 들어오는데, 그 목적은 이미 스킨십을 위해서가 아니라 내 몸을 감상하기 위해서라는 사실을 나는 어렴풋이 깨닫기 시작했다.

4장 버려진 정령수

 평일의 수업이라고 하기엔 뜨거운 열기가 크게 소용돌이치고
있었다.

 다른 학년 학생들도 훈련장의 자리에 앉아 이 결투를 관전했
다.

 "헤헤. 겁먹고 도망칠 줄 알았는데 말이야."

 라이언 선배는 야비한 웃음을 지으며 날 마주 보았다. 압도적
인 자신감은 어제부터 전혀 흔들림이 없었다.

 그리고 라이언 선배는 자신의 정령수를 불러냈다.

 "자, 나와라, 마카미(眞嚙)."

 거칠게 불어닥친 바람 속에서 나타난 정령수는 푸르른 은색 털
을 지닌 늑대. 중위 정령수인가.

 그 정령수를 상대하기 위해 린코도 내 어깨 아래에서 내렸다.

 체격의 차이는 압도적. 다른 사람의 눈으로 보면 이미 승패는
결정 난 것이나 마찬가지겠지.

 그런데도 주목을 모으는 이유는 라이언의 도발에 맞서는 편입
생이 어떤 인물인지 알고 싶다는 호기심 때문이다.

 그리고 그 자리에 나선 아기 여우를 보고 모든 사람이 승부 자

체에 관해선 예측을 포기했다.

이건 단순한 라이언이 사적 제재를 하는 사건으로 끝나겠다고 생각해서.

"땅꼬마 자식, 내 정령수가 몇 초 만에 짓밟아 주마."

"잘 부탁드립니다."

나는 시합 전에 뻥뻥 치는 큰소리에 반응하지 않고 고개를 숙여 인사만 했다.

아기 여우는 앞다리로 팔짱을 끼고 두 다리로 걸어 앞으로 나섰다. 푸른 늑대도 으르렁거리며 천천히 앞으로 나섰다.

심판의 신호와 함께 마카미라 불린 늑대가 온몸을 굽혔다.

"물어 죽여라!"

정령수가 라이언의 지시에 따라 움직였다.

푸른 늑대는 몸집이 아기 여우가 상대인데도 가차 없이 강인한 입을 쩍 벌리며 달려들었다.

턱을 닫을 때의 딱! 하는 커다란 소리가 울려 퍼졌다. 악어처럼 박력이 넘치는 물기.

사람의 팔이라면 쉽게 물어뜯어 버릴 듯한 위력이 고스란히 전해졌다.

그 공격을 린코는 훌쩍 뛰어 가볍게 피했다.

그 과정을 계속 지켜보던 여학생들은 아슬아슬하게 피한 모습을 보고 작게 비명을 질렀지만, 내가 보기엔 아무런 위험도 없이 회피한 모습이었다.

푸른 늑대는 손, 정확하게는 턱을 쉬지 않고 아기 여우를 제압하기 위해 계속해서 달려들었다.

빠르다. 기동력은 정령수 중에서도 손에 꼽을 만큼 뛰어났다.

하지만 몇 번이고 공격을 반복한 송곳니는 아직 작은 표적을 물어뜯지 못했다.

"촐랑촐랑 도망이나 다니고. 여우가 아니라 쥐새끼냐?! 너도 대체 뭐 하는 거야! 얼른 사냥해!"

허무하게 늑대의 공격이 허공을 가르자 초조해지기 시작한 정령수의 주인이 노성을 질렀다. 린코는 상대의 앞발 할퀴기 공격이나 돌진도 전부 조금씩 움직여 피해 버렸다.

저 정령수의 잠재 능력은 확실히 뛰어나다. 학교에서 대단하다고 인정하는 분위기도 이해가 되었다.

하지만 그건 어디까지나 실전을 모르는 세계의 이야기였다.

"참 품위가 없네. 안 그래, 알?"

한눈까지 팔기 시작한 파트너는 내 판단을 구했다.

"이제 시작해도 되겠지?"

"맡길게."

그 틈에 옆에서 확 낚아채는 듯한 공격이 펼쳐졌다.

하지만 린코는 훌쩍 뛰어 늑대의 머리 위를 넘어서 한 번 회전하며 등 뒤에 착지했다.

그리고 린코는 드디어 공격을 감행했다.

"그러면, 화토주(火吐珠)!"

아기 여우 주변에서 무수히 많은 진홍색 여우불이 떠올랐다.

원을 그리듯이 늘어선 농구공 크기의 화염탄이 늑대를 향해 날아갔다.

린코는 불 정령 마법이 특기다. 이 기술은 그 특기 중에서도 특기.

"피해라!"

마카미도 몸을 놀려 공격을 피했다. 순순하게 정면으로 맞받아치지는 않는 건가.

하지만 그 사이에 작은 금색 동물은 늑대를 향해 바짝 다가섰다.

"좌아아아앗~."

자기가 직접 입으로 효과음을 내면서 린코가 푸른 늑대의 네 다리 아래로 미끄러져 들어갔다. 불꽃은 속임수이자 미끼.

피하느라 자세가 무너진 늑대의 무방비한 몸통을 향해 곧장 뛰어올랐다.

린코의 공격은 이른바 날아차기였다.

"린코 폭렬각(爆裂脚)~!!"

"커헉!!"

압도적인 체격 차이인데도 린코의 가벼운 발차기에 맞은 늑대는 곧장 공중으로 떠올랐다.

묵직한 추락음과 함께 옆으로 쓰러진 정령수. 한 방에 격침되었다.

"……어?"

당황해하는 라이언. 심판이 잠시 머뭇거리다가 시합 종료 판정을 내렸다.

잠시 조용해졌던 주변 사람들도 뒤늦게 놀랍다는 감정이 퍼져 나갔다.

"우, 우오오오오오오오오오오오오?!"

"저 작은 정령수가 한 방에 쓰러뜨렸어!"

"우와, 말도 안 돼!"

"라이언의 정령수가 이렇게 쉽게 당하다니, 쟤 뭐야?!"

"린코 대단해애애애애애!"

예상을 뒤엎는 승리에 관중들이 들끓었다. 누가 이런 모습을 상상이나 할 수 있었을까.

나는 곧장 번개를 맞은 듯이 멍하니 서 있는 체격 좋은 선배 곁으로 다가갔고, 린코는 시합을 시작하기 전처럼 팔짱을 끼며 다가갔다.

"자, 약속을 이행해 주세요. 어제 그 폭언을 사과해야죠."

"너, 이 자식 대체……."

"선배가 깔본 조무래기 정령수인데요? 음~. 이번엔 그냥 우연에 불과했을까? 그래도 이긴 사실은 변하지 않아요."

내가 그렇게 단언하자 라이언 선배는 더는 말을 잇지 못했다. 이제 선택지가 없다.

잠시 후, 이를 꽉 다문 남자는 나에게로 다가왔다. 그리고 마지못해 고개를 숙였다.

"인정하마. 그 정령수는 조무래기가 아니야."

이것으로 다툼이 하나 마무리된 건가. 이제 벨 선배에게 사과하라고 하면 끝이 난다. 라이언 선배도 자신이 패배한 이상 자신을 이긴 상대에게 함부로 시비를 걸거나 하지는 않겠지. 개인적인 원한을 풀겠다며 행동에 나서지 않을 때의 이야기지만.

그런데 고개를 숙였다 고개를 든 선배는 예상도 하지 못한 발언을 했다.

"그래서, 얼마지?"

"네?"

처음에는 내기에 건 돈이나 사례금의 이야기를 하는 줄로만 알았다.

그렇지만 금품을 걸고 치른 시합도 아니고, 따로 배상금을 책정해야 할 그런 문제도 아니었기 때문에 나는 당황스러움을 감출 수 없었다.

"말을 못 알아들었냐? 얼마를 주면 그 정령수를 내놓을 수 있는지 묻잖아."

혼란은 더욱 깊어졌다. 이 남자는 무슨 소릴 하는 거지? 뜬금없이 매매를 제안하고 있는 건가?

"이 잠재력이라면 그만한 가치가 있으니, 네가 평생 놀고먹어도 될 만한 거금을 얼마든지 지불하마. 야, 그거 얼마면 넘겨줄 수 있지? 의사소통이 가능하니까 계약은 쉽게 해제할 수 있을 텐데? 나한테 넘겨라, 후배."

"당신. 지금 자신이 무슨 말을 하는지 알고 있어요?"

"귀족에게 정령수는 별로 드문 존재도 아니지. 더 좋은 상품을 입수하려고 하는 거야 당연한 일 아닌가?"

"그게 아니라! 당신에겐 이미 정령수가 있잖아요!!"

"네 정령수에 비하면 쓸모 없잖아. 이런 도움이 안 되는 놈은."

쓸모가 없다고? 자신의 정령수한테 그런 소릴 하다니?!

이 자식은 아무런 망설임도 없이 그렇게 단언했다. 마음속에서 가라앉기 시작했던 열기가 다시 솟구치기 시작했다.

라이언 선배는 어이가 없어 아무 반응도 보이지 못하고 있는 나를 무시하고 혼자서 거래 이야기를 계속 진행했다. 반쯤 강제로.

"원래 보유 가능한 마릿수가 한 마리라는 원칙도 없잖냐. 물론 계약은 하나만 가능하니 선정을 엄격하게 해야 하지. 기껏 불러내 당첨이라고 생각했는데 이런 꼴이라니. 갈아타기엔 딱 좋을 즈음이야."

"……."

"왜 그러지? 애완동물은 둘도 없는 가족이니 뭐니 가난뱅이 같은 생각을 하는 건가? 다른 애완동물은 누구나 아무렇지 않게 비싼 돈을 주고 사서 키우면서 왜 정령수만 특별 취급이지? 팔면 아무런 부족함 없는 부자로 다시 돌아갈 수 있는데 뭘 망설여?"

"진심으로 하는 말인가요?"

"진심이라니, 그게 무슨 말이야? 부자는 서민하고는 달리 농담으로 억 단위 거래를 제안하진 않아."

"정령수는 키우는 존재가 아니야. 인간의 파트너로서 둘도 없는……."

"방해만 되는 파트너는 오히려 장애물에 불과하잖아?"

그 한마디에 발끈하려는데 린코가 돌아왔다. 그리고 나 대신에 선배를 올려다보며 말했다.

"돈으로 계약한 주인을 바꿀 수 있다는 소리야?"

"그래. 어때? 너한테도 나쁜 이야기가 아닐 텐데? 뭐든 좋아하는 음식을 매일 마음껏 먹게 해 주마. 식당의 맛없는 밥보다야 훨씬 낫지."

"혹시 유부를 마음껏 먹을 수 있다는 말이야?!"

눈을 반짝이는 린코. 선배는 그에 맞춰 주듯이 장점을 강조했다.

"그럼그럼. 좋아하는 만큼 얼마든지 주마. 넌 장래성이 있으니까, 우대해 줄게."

"우와아아아아! 좋겠다~!"

"그렇다는데? 정령수는 나한테 오고 싶은가 봐. 이거라면 합의하에……."

"그런데."

아기 여우는 선배의 말을 중간에 끊어 버렸다.

"아무리 최고급의, 질좋은 유부를 매일매일 잔뜩 먹을 수 있다고 해도."

린코는 라이언 선배를 그냥 지나쳐 나에게로 다가왔다.

그리고 돌아보며 단언했다.

"너랑 먹어 봐야 맛있다는 생각이 들 리 없지. 어차피 먹이를 줘서 길들일 생각밖에 안 하지? 난 알이랑 먹어야 행복해."

"뭐……?!"

"뭐든 원하는 대로 다 주면 끝이 아니야, 도련님."

단칼에 거절. 린코는 선배의 말을 일축했다.

이번엔 상대가 몸이 굳어야 할 차례였다. 그 사이에 린코는 내 어깨 위로 뛰어 올라왔다.

"자, 가자. 벨이 기다려."

"응. ……그럼 실례합니다."

"자, 잠깐 기다려! 바보 아냐. 이런 기회를 뻔히 두 눈 뜨고 놓치다니, 말도 안……."

선배가 날 멈춰 세우려고 했지만 안경을 쓴 여교사가 중간에 들어와 선배의 앞길을 막았다. 올타나 선생님이었다.

"시합은 끝났습니다. 다음 대전이 있으니 퇴장해 주십시오."

"쳇. 돌아와라, 마카미."

정령수를 불러들이고 힘없이 물러서는 선배를 슬쩍 보면서 나도 퇴장했다.

저건 다시는 상대해선 안 되는 인간이란 사실을 지금 깨달았다.

통로에서 짧은 은발에 남장을 한 벨 선배가 우리를 맞이해 주었다.

"수고 많았어. 알프 군, 린코 군."

"전 특별히 한 거 없어요. 열심히 한 사람은 린코죠."

"정말 놀랐어. 작은 체구로 굉장하구나?"

칭찬을 받자 에헴 하며 가슴을 펴는 아기 여우.

"그런데 죄송합니다. 어쩌면 그 사람, 선배한테는 사과하지 않을지도 몰라요."

"괜찮아. 어차피 그런 사람한테는 처음부터 아무런 기대도 하지 않았으니까. 사람에 따라선 나를 혐오하더라도 어쩔 수 없는 일이야."

역시 남장 여자라 기분 나쁘다며 험담을 들은 일로 내심 상처를 받았으리라 생각한다.

마지막에 독백을 하는 듯한 선배의 그 말은 어딘가 그늘진 것처럼 들렸다.

그래서 나는 선배를 위로했다.

"설령 누가 뭐라고 하든 전 그렇게 생각하지 않아요. 오히려 선배의 모습은 아주 우아해서 꼭 그림 같고, 교복도 아주 잘 어울리거든요."

"알프 군. 빈말은 안 해도 돼."

"아니요. 진심이에요. 선배는 남자로서도 여자로서도 아주 아름다워요."

"벨은 멋지고 예쁘고 귀여워!"

린코가 마치 초코 바닐라 민트 아이스크림을 칭찬하듯이 내 말에 힘을 실어 주었다.

그러자 선배는 쑥스러운지 입에 손을 대고 헛기침을 했다.

"아, 아무튼 고마워. 그렇지. 내기를 했는데 이겼으니 약속대로 절친이 되어야겠네?"

"그렇다면 저에겐 이 학교에서 처음 사귄 친구예요."

"……나도 마찬가지야."

"네?"

"깊은 교우 관계를 맺으며 지내지는 않았거든. 지인 이상 친구 미만. 모두 그런 사이였어."

혹시 선배는 어제 점심때도 우연히 혼자였던 게 아니라, 항상 혼자였던 걸까?

나처럼 일정한 거리를 유지하고 있었나?

비슷한 사람끼리라 마음이 잘 맞았다. 나도 그렇지만 선배도 남녀를 넘어선 친근감이 생겼는지도 모른다.

"이런 나라도, 선배라도 괜찮을까?"

"물론이죠. 저야말로요."

머뭇거리듯이 앞으로 내민 흰 손을 보고 나도 같이 손을 내밀었다.

원래의 목적이 있다고는 해도 이 사람 정도라면 친밀한 관계를 쌓는다 해도 문제없지 않을까.

"앞으로도 잘 부탁드립니다, 선배."

"……알프라고 불러도 될까?"

멋쩍은지 장미처럼 뺨을 물들이며 옆을 바라보는 선배에게 "네, 꼭 부탁드려요." 하고 나는 흔쾌히 대답했다.

결투 때문에 나는 온 학교를 뒤흔드는 고등학교 데뷔를 하는 결과를 낳고 말았다.

어제까지는 귀여운 정령수를 데리고 다니는 편입생 정도의 인지도였는데, 지금은 상급생 정예와 정면으로 대결해 승리한 다크호스로 학년 불문하고 주목을 받았다. 한동안은 차분하게 지내기 힘들 듯했다.

그날 하교 시간. 선배는 따로 할 일이 있다는 듯 학교에 조금 늦게까지 남아 있어야 한다고 했다.

그래서 학생 기숙사까지 아는 사람도 없이 혼자 걸어서 돌아가야 할 듯했다.

　그런데 같은 기숙사에서 학교에 다니는 동급생이 같이 가자고 말을 걸었다.

　지인과 같이 있으면 호기심에 말을 걸어오는 그룹이 이리저리 끌고 가려고 하지 않으리라는 배려였다.

　그 사람은 바로 어제 점심시간에 같이 점심을 먹자고 말한 남학생. 이름은 다리오 버든.

　자칭 표준적인 남학생. 헤드밴드가 트레이드마크.

　단, 교복 안에 파카를 입기도 하고, 금발에 귀에 구멍을 뚫어 귀걸이를 하기까지 한 모습이라, 표준적인 남학생이라는 자칭에는 조금 의문이 들 수밖에 없었다.

　"근데 전학생. 겉보기와는 달리 엄청난 정령수랑 계약을 했네? 보다가 정말 깜짝 놀랐어. 굉장해."

　"린코도 계속 훈련했으니, 분명 그 성과였을 거야."

　엄밀히 말하면 편입인데. 나는 그런 말을 집어삼키며 대답했다.

　"우리 반 애들도 네가 된통 당하는 게 아닌지 다들 걱정했었지만, 난 이기리라고 믿고 있었어."

　"정말로?"

　"그럼 물론이지. 너한테 걸었던 증거로, 매점에서 좋아하는 빵 두 개를 따내는 데 성공했거든."

　"……내기 판돈이 너무 적어."

　이 애는 겉과 속이 같기에 함께 하교하자는 제안을 받아들였는지도 모르겠다.

조금 전에도 말을 꺼내자마자 "주변의 분쟁을 막아 줄 테니까 계약한 정령수를 어떻게 강하게 만들었는지 가르쳐 줘."라고 흑심을 고스란히 드러내며 부탁을 했을 정도다.

"하아~. 얼른 이번 주말이 왔으면 좋겠어! 그런 시합을 봐서 그런지 나도 정령수랑 계약하고 싶어졌거든."

"2년째부터 겨우 정령수 소환 수업이 시작됐던가? 다리오는 아직 계약하지 않았구나?"

"당연하지. 일반 서민은 좀처럼 그럴 기회가 없어. 나도 일단 도련님이라 풍족한 편이지만, 젠장."

이 학교의 주요 과목 중 하나의 정령수 소환.

진로의 폭을 넓히기 위해서가 아니라 오직 그 수업을 위해 입학하는 학생이 있을 정도다. 일부러 편입까지 하는 학생도 적지 않다.

오히려 소환수와 계약은 하고 싶지만 퇴마사가 될 생각은 없는 학생이 더 많지 않을까.

그러니까 정령수가 있는 학생, 다시 말해 나 같은 학생이 유별나다고 불리는 것도 그런 이유 때문이다.

이 아이도 역시 그런 이유로 이 학교를 선택했다고 한다.

"이번 소환 때 중위보다 더 위의 랭크를 부를 수 있었으면 좋겠어. 멋진 정령수가 좋아."

"그러면 계약하기가 힘들잖아. 중위 이상은 동의가 없으면 안 되니까."

"아, 그런가? 그럼……. 불러내기만 했는데도 호감을 보이는 예쁜 누님 모습의 정령수가 와 줬으면~. 가끔 있잖아. 인간을 좋아해서 평생을 함께 해 주는 타입! 그런 정령수를 부른 자식들 너무 부러워! 그 '북두' 라는 퇴마사 기업에도 있지? 아마가네라는 사람 모습을 한 정령수. 크으으윽!! 그런 귀여운 정령수가 와 준다면 얼마나 좋을까! 서로 죽고 못 사는 사이가 되고 싶어!"

"너무 그렇게까지 욕망을 드러내는 건 좀 그렇지 않아?"

어깨에 올라가 있던 린코가 아무 말 없이 떨떠름한 표정을 지었다. 이야~ 그건 좀 싫다는 듯한 모습.

"어? 하지만 최고 아냐? 잠도 같이 자고 밥도 같이 먹고, 목욕할 때도 들어와 주고. 매일 참는 게 더 힘들걸?"

얘는 뭐냐. 초능력자냐?

"구, 군이 사람 형태가 아니라도 함께 생활하는 거야 평범한 일이야. 계약한 파트너하고는 같이 목욕도 하고 그러거든."

"어? 전학생 넌 그 린코랑 같이 들어가? 일단 성별은 암컷이잖아. 마음은 완벽한 여자아이거든?"

"어? 앗."

말을 하고서야 내가 자폭했다는 사실을 깨달았다.

일반적으로 정령수는 계약자와 침식을 함께하지 않는다. 실제로 그런 모습은 실력이 좋은 정령수나 인간형이 될 수 있는 고위의 정령수에게서나 볼 수 있는 경향이다.

더 나아가서 사람과 달리 정령수는 목욕을 할 필요가 없다. 그저 린코처럼 유별난 정령수만이 그렇게 할 뿐이다.

문제는 애가 말하는 아기 여우 모습이든 뭐든 의사소통이 가능한 여자아이와 욕조에 들어가는 관계였다.

먼 산을 바라보던 다리오가 손가락으로 코를 비비적거렸다.

"……누구나…… 자기 나름의 그게 있는 거지."

"아냐. 그게 아니라……."

"말하지 마. 다 알아. 나도 굳이 다른 애들한테 말할 생각은 없으니 안심해. ……단, 병에 안 걸리게 조심해."

"틀렸어. 앤 아무것도 모르잖아!"

"날 좀 믿어줘. 나랑 너의 관계잖아, 브라더."

"어제 막 알게 된 참인데 그렇게까지 사이가 진전돼?!"

아무래도 이상한 오해를 한 듯했다. 동물 모습 100퍼센트에 흥분하는, 특수 취향이 있는 사람이라고 생각하고 있는 모양이었다.

이제 막 알게 된 아이와 이렇게 만담 같은 이야기를 하고 있을 때였다.

지나는 길 앞을 벽이 가로막고 있었다.

"여어, 또 만났구나."

체격이 다부진 거한. 이번에는 다른 학생도 데리고 왔다. 무리를 지어서 대기하고 있다가 히죽거리고 있었다.

설마 바로 시비를 걸려고 나타날 줄이야.

"라이언 선배, 무슨 용건인가요? 결투라면 이미 끝났을 텐데요."

"아직 말하지 않은 일이 있어서. 잠깐 따라와라."

누가 봐도 불량배가 옥상으로 따라오라고 말하는 전개였다. 혼자서 대결해 이기지 못한다면 집단을 이뤄 덤비겠다는 심산인가.

섣불리 린코의 힘으로 격퇴해 버리면 사람에게 위해를 가했다는 문제로 발전해 사태가 더욱 성가시게 된다. 그걸 알고서 머릿수를 늘려서 왔구나.

다리오가 수습을 해 보려고 웃으면서 끼어들었다.

"아~. 죄송합니다, 선배. 전학생이랑 지금 같이 볼일이 있어서요."

"뭐? 우리를 제쳐 놓고 꼭 가야만 하는 볼일이 있단 말이야? 응?"

선배가 코웃음을 쳤다. 그 고압적인 분위기에는 역시 다리오도 뒷걸음질을 칠 수밖에 없었다.

"금방 끝난다. 빌려 가도 되겠지, 금발? 솔직히 방해거든? 야, 얼른 꺼져."

"……전학생, 미안해."

"내일 또 학교에서 보자."

다리오는 한마디 사과를 하고 그 자리를 떠났다. 브라더는 없었다.

하지만 사과해야 할 사람은 나였다. 다리오는 아무런 관계도 없는데, 무서운 일을 당하고 말았다.

상급생들에게 연행된 곳은 도시부 안에서도 사람의 출입이 없는 폐허가 된 공장 터. 비율은 3 대 1로 수적으로는 불리하다.

이번에는 내가 잘못했다며 잘못을 인정하고 사과할 목적이었다면 여러 명이 인기척이 없는 곳으로 데리고 왔을 리도 없다. 누가 봐도 나에게 복수할 셈이다.

이렇게까지 성가신 일에 말려들게 될 줄이야. 정말 황당한 인간들에게 점찍히고 말았다.

"설마 복수전을 희망하시나요?"

"그럼 그렇고말고. 그렇지만."

교복과 셔츠를 벗어던지고 탱크톱 차림이 된 라이언 선배는 시합 때처럼 푸른 늑대를 불러냈다.

하지만 아까와는 다른 모습에 나는 눈을 휘둥그렇게 떴다.

마카미라 불린 정령수는 그 자리에 웅크리고 있었다. 옅고 푸른 은발 군데군데에 붉은 점이 스며 나와 있었다. 출혈이었다.

"잠깐. 난 겨우 한 방 때렸을 뿐이야. 그것도 외상이 남지 않도록 힘을 조절했는데!"

린코도 한 번 대결한 결과와는 달라 당황해 그렇게 말했다.

선배는 어깨를 빙빙 돌리면서 말했다.

"이번엔 인간끼리 해 보자고. 누가 주인에 더 어울리는지 똑똑히 결정할 좋은 방법 아니냐? 거기다 저 자식은 보다시피 도저히 써먹을 수가 없어서."

"이게 어떻게 된 거죠? 왜 정령수가 저렇게……."

"당연히 벌을 받아서 그렇지. 도움이 안 된 자신을 반성하라는 의미에서."

라이언은 그렇듯 아무런 잘못도 없다는 듯이 딱 잘라 말했다.

벌? 마치 저 늑대가 뭐라도 잘못했다는 듯한 말투다.

그뿐만이 아니었다. 나로서는 도저히 믿을 수 없는 광경이 잇달아 펼쳐졌다.

"야, 마카미. 나와의 계약을 파기하는 데 동의해라."

움찔, 하고 늑대는 몸을 조금 움직이며 고개를 들었다.

"넌 이제 못 써먹어. 날 섬길 자격도 없다."

"그럴 수가……."

푸른 늑대의 입에서 떨리는 목소리가 새어 나왔다. 하지만 라이언은 동요하지 않았다.

"뭐냐? 미련을 버리지 못하는군. 싫다고 해도 동의할 때까지…… 또 따끔한 맛을 보고 싶나?"

온몸을 작게 떨던 마카미는 잠시 후, 가볍게 고개를 움직였다. 끄덕였다.

쇠약해진 이 정령수는 무슨 짓을 당해도 저항할 수 없었던 거겠지.

공포가 각인되어 버린 늑대의 선택지는 결국 하나밖에 없었다. 폭력을 휘두르는 라이언의 말대로 하는 수밖에.

라이언의 손등과 푸른 늑대의 머리에 연결된 빛의 선이 뚜렷하게 보였다. 계약의 실이 눈에 보이도록 드러난 것이다.

그 실이 지금 뚜욱 하는 소리를 내며 냉혹하게도 끊어져 버렸다.

계약 파기. 이것으로 마카미는 소유자가 없는 야생 정령수가 되었다.

이 모습이 일찍이 벌어졌던 그 일을 떠오르게 만들었다.

그 차가운 밤, 벤치에 앉아 있었던 그날을.

"하하. 이제 됐다. 자, 본론이다. 정령수를 교환하면 어떨까, 후배. 나랑 맞짱을 벌여서 결정하는 거다."

파이팅 포즈를 취하며 조금씩 휙휙 몸을 흔드는 남자.

"……니."

지금 그게 문제가 아니었다.

몇 번이나 이 남자의 언동에 감정이 격해졌을까. 이런 자식이 정말로 이 세상에 존재하다니 오히려 감탄이 나올 지경이다.

자신의 정령수를 때려? 그리고 필요 없어졌다고 버려?

이 자식 뭐지? 네가 대체 뭐라고?! 인간이 그렇게 대단하냐?! 정령수와 우리는 대등한 거 아니었어?

"……하다니."

입에서 튀어나온 중얼거리는 소리를 라이언은 크게 신경 쓰지도 않았다.

"뭐? 왜 그러냐. 안 싸울 거야? 이제 와 도망치려고 해 봐야……."

"이런 짓을 하다니. 작작 좀 해라 이 자식아!"

하지만 다시 선명하게 반복된 나의 말은 라이언 그 자식의 말을 중간에 끊어 버렸다.

스스로도 거칠어진 자신의 말투를 자각하면서, 나는 말을 계속했다.

이러면 안 된다는 걸 알면서도 무심코 말이 거칠어졌다.

"맞짱을 벌이자고 했지? 일대일 대결 맞아?"

"그, 그래."

"그래, 좋다. 대결하자. 네 조건을 받아들여 주마. 내가 이기면 그 정령수 앞에서 엎드려 빈 다음 다시는 계약을 하지 않겠다고 맹세해라."

분위기를 감지한 린코가 땅으로 내려갔다. 말을 하지 않았는데도, 린코는 나머지 두 사람을 감시하기 위해 나섰다.

그리고 난 자세를 잡았다. 수업 때와는 달리 구경꾼이 없는 제2라운드. 사람 대 사람의 맨손 싸움 대결이 시작되었다.

"상관 말고 시작해, 라이언! 너라면 웬만해선 다른 사람에게 안 지잖아!"

"그딴 자식은 네가 두세 방만 때리면 순식간이야!"

졸개들이 옆에서 부추기자 라이언은 기세를 되찾았다.

분명히 단순한 완력의 차이는 싸우는 방법을 알면 뒤집을 수 있다. 문제는 내가 전투 경험이 없는 초보라는 전제일 때의 이야기지만, 라이언은 내가 얼마나 단련되어 있는지 모른다.

단, 이런 뒷골목 싸움은 처음이었다. 태생이 태생이다 보니 상식과 교양이 있는 사람 이외엔 교류할 기회가 없어, 난폭하게 행동하는 동년배인 아이와 진심으로 맞붙어 싸울 기회는 없었다.

라이언 레이벨트는 스텝을 밟으며 주먹을 어깨 위로 올리고 슬금슬금 다가왔다. 명백히 싸움에 익숙한 동작이었다.

물론 단순한 힘이 뒤지더라도 어떠한 기술로 뛰어넘는 일도 불가능하지는 않다.

라이언의 양손이 흰빛에 휩싸였다. 정령력으로 손의 방어와 펀치의 위력을 향상시킬 작정이다.

퇴마사 실전 수업을 받아 그 능력을 배운 모양이었다.

"슛, 슈슛!"

이윽고 팔의 사정거리 내로 단숨에 거리를 좁힌 라이언은 재빨리 첫 번째 주먹을 날렸다.

이건 가벼운 잽이겠지만, 힘을 끌어올린 주먹에는 상당한 충격이 담겨 있었다. 맞으면 병원에 실려 가도 이상하지 않은 주먹이었다.

나는 턱을 당기고 몸을 젖히며 뒤로 후퇴했다.

콤비네이션 펀치를 피하며 빠져나간다.

철저히 회피하며 물러서기만 하는 나를 보고 놈이 소리쳤다.

"왜 그러지?! 조금 전의 그 기세는 어디로 갔어?!"

라이언은 계속 공격을 퍼부었다. 작게 계속해서 몸을 흔들면서 잽뿐만이 아니라 페인트를 섞고, 어퍼컷과 훅을 섞으면서 공격해 왔다.

눈앞에서 허공을 가르는 주먹. 종이 한 장 차이로 계속 피하는 가운데 라이언은 내 다리를 멈추게 하려고 더욱 거리를 좁히며 돌진해 왔다.

몸을 사각에 두고 옆구리를 노리는 혼신의 일격이 덮쳐 왔다. 공기가 웅웅 울렸다.

"으랴압! 간장에 한 방! 파열되려는 충격에 몸부림······?"

정령력을 담아 품으로 파고든 주먹을 손바닥으로 받아낸 나는 곧장 그 주먹을 붙잡았다. 겨우 빈틈이 크게 드러나는 움직임을 선보였다.

나는 곧장 팔을 바깥으로 비틀어 체격이 거대한 라이언의 균형을 무너뜨리고 한 바퀴 회전시켰다. 손목뒤집기로 내던져진 라이언은 지면에 몸을 세게 부딪쳤다.

"으어어어억. 크헉!"

라이언의 졸개들이 "라이언!", "이 자식, 무슨 짓을 한 거지?!"하며 가세하려고 했다.

하지만 앞길에 여우불이 떠올랐다. 린코가 "맞짱이잖아?"라고 말하며 앞을 가로막았다.

차가운 눈으로 내려다보는 내 얼굴을 보고, 내던져진 선배는 분노로 자신을 고무하며 몸을 일으켰다.

"이 자식. 사람을 깔봐도 유분수지, 이렇게 나온다 이거지?!"

"……."

"그 잘난 척하는 태도가 만났을 때부터 마음에 안 들었어!!!!"

날아드는 라이언의 마수가 아슬아슬하게 옆으로 빠져 지나갔다. 나는 라이언의 주먹을 피하며, 옷도 잡지 못하게 했다.

몸집이 거대한 상위 클래스 황혼과의 실전에선 공격이 스치기만 해도 인간에겐 치명상이 되고도 남는다.

따라서 피하는 능력이 얼마나 중요한지 나는 잘 알고 있었다.

그에 비하면 날 때리려고 덤벼드는 거한을 피하는 것쯤이야 매우 쉬운 일이었다.

조금 관찰해 보니 하단 공격이나 가까이 다가와 덤벼들었을 때 집어던지는 공격이 효과적일 듯했다.

이건 스포츠 시합이 아니었다. 발차기도 던지기도 반칙이 아니다.

나는 손목뒤집기뿐만이 아니라 다리후리기나 업어치기 등의 기술을 쓰며 선배를 농락했다. 린코한테 배운 체술은 상황에 따라 내 몸을 반사적으로 최적의 기술을 사용할 수 있는 형태로 움직이게 만들었다.

몇 번이고 몇 번이고 거한이 땅을 굴렀다. 상대가 숨을 헐떡일 때까지 그 과정은 계속됐다.

"제, 젠장…… 얼마나 더 나한테 창피를 주려는 거냐?!"

"그전에 더 부끄러워해야 할 일이 있을 텐데? 미처 다 알려 주기도 힘들 만큼 많아."

"시끄러어어어어어어!"

지금껏 뒤늦게 자세만 무너뜨리는 대처를 해 왔던 나는 더는 이성이 통하지 않는 짐승이 된 선배를 보고 대처 방법을 바꾸었다.

나는 손바닥 밑을 빠르게 내뻗어 라이언의 턱을 가격, 사고를 마비시켰다.

"으, 억……!"

이 일격으로 살짝 의식을 잃은 거한은 신음을 흘리며 몸을 뒤로 기울였다.

나는 그사이에 팔을 기역 자로 꺾으면서 녀석의 품으로 더욱 접근. 발을 크게 구르는 진각(震脚)과 함께 강한 팔꿈치 치기를 날렸다.

외문정주(外門頂肘). 라이언의 품에 팔꿈치가 깊숙이 파고들었다.

라이언은 뒤로 훌쩍 날아갔다. 팔을 버둥거리다가 웅크린 채 고통스럽게 신음을 흘렸다.

"크…… 으아아아아악."

난 정령력을 부여하지 않고 힘을 조절했다. 장기가 흔들릴 정도의 고통은 수반되었겠지만.

"따끔한 맛을 봤는데 이제 좀 알겠어? 네가 어떤 짓을 했는지."

푸른 늑대의 고통을 너도 느껴 봐. 둘 사이의 문제일 뿐이라는 사람도 있을지 모르지만 내가 알 바 아니다. 그런 마음을 담아 라이언을 때려눕혔다.

라이언은 틀림없이 이런 식으로 상대를 때리며 우월감에 젖어 있었겠지. 겨우 이런 정도로 의기양양하게 행동하다니 그게 뭐가 즐거운지 모르겠다.

"……주마."

라이언 레이벨트는 아직도 저항하려고 했다. 정령수와의 결투도 도전해 온 싸움도 일방적으로 당했으면서, 아직도 일어서려고 했다.

죽어도 지기 싫어하는 성격인지, 아니면 자존심이 허용치 않는 건지.

"죽여, 주마."

비틀거리며 일어선 라이언은 품에서 금속을 꺼냈다.

라이언은 접이식 나이프를 펼치며 위험한 반짝임을 앞으로 내밀었다. 무기에 의존하나.

"야, 라이언! 그건 좀 그렇지!"

"나이프를 꺼내다니, 너 진짜로 그거 쓰려고?!"

라이언의 졸개들은 흉기를 꺼낸 모습을 보고 겁을 집어먹었지만 정작 본인은 냉정함을 잃은 상태였다.

오히려 거칠게 숨을 반복해 쉬었고 눈은 충혈되어 있었다. 아무래도 단순한 위협은 아닌 듯했다.

"주먹 다음에는 날붙이라."

"앙?!"

"넌 최악의 인간이야. 그렇게까지 해서 우위에 서고 싶어?"

"계속 더 말해 봐. 혀를 잘라 버릴 테니까! 이 자식아!"

쓸데없는 자극은 상대의 끔찍한 행동을 부른다는 것 정도는 잘 알고 있다.

하지만 말하지 않고는 넘어갈 수 없었다. 나는 철저히 상대를 무력화하기 위한 준비에 들어갔다.

그런 긴장이 팽팽해진 분위기 속에서 갑자기 큰 사이렌 소리가 울렸다.

현장으로 급히 출동하는 경찰차가 달려오듯이 소리는 점점 이곳을 향해 다가왔다.

나이프를 들고 이런 곳에 있으면 더 이상 학교 내부의 문제 정도로 그치지 않는다.

경찰이 출동해 체포되면 제아무리 재벌가의 아들인 라이언이라도 궁지에 내몰릴 수 있다.

"……큭! 물러가자!"

조금 냉정함을 되찾은 라이언은 나이프를 집어넣고 그 자리를 떠났다. 단, 떠나기 전에 원망 섞인 말을 내뱉으면서.

"나중에 울상이나 짓지 마라! 네놈보다 더 뛰어난 정령수와 계약해 짓밟아 줄 테니까!"

남겨진 나와 린코 곁으로 사이렌 소리가 도착했다.

하지만 경찰차는 전혀 모습을 드러내지 않았다. 그 대신 정령수가 얼굴을 내밀었다.

소리가 가라앉으며 끼이끼이 하고 우는 소리로 변해 갔다.

"알프, 괜찮아?"

"야~. 전학생! 살아 있어?"

"벨 선배, 다리오."

달려온 사람은 경찰이 아니라 벨 선배와 조금 전에 막 헤어졌던 같은 반 학생이었다. 상황을 보건대 다리오가 선배를 불러온 듯했다.

"방금 경찰차의 사이렌 소리는 선배의 정령수가 낸 소리인가요?"

"응. 스이네는 소리를 잘 다루지. 반향정위로 주변의 사람을 찾을 수도 있고, 여러 소리를 흉내 낼 수도 있어. 뒤가 켕기는 사람에겐 방금 소리가 제일 효과 좋잖아?"

녹색 돌고래가 유유히 공중을 헤엄쳤다. 설령 전투가 적성이 아니더라도 그것만이 우수함을 결정 짓는 요소가 아니다. 그런 사실을 여실히 보여주는 아이였다.

"걱정을 끼쳐 죄송해요. 그런데 선배. 학교에서 달려오셨다고는 해도 꽤 빨리 도착하셨네요?"

"미안해. 학교에 볼일이 있다는 말은 거짓말이야. 사실은 널 미행했었어."

"네에?!"

"난 라이언의 성격을 잘 알아. 자신이 더 뛰어나지 않으면 직성이 풀리지 않지. 하물며 연하인 후배한테 당하기만 해서야 기분이 좋을 리가 없잖아. 그래서."

바로 보복할 가능성을 우려해 뒤에서 대기하고 있었다고 한다. 그리고 헤어진 다리오와 합류해 이곳까지 일이 어떻게 됐는지 보러 왔다는 건가.

"전학생, 너 진짜 대단하다. 선배가 속수무책으로 당했잖아! 격투 게임보다 더 대단해!! 린코도 강하지만 너도 강했구나? 나야 뭐, 처음부터 믿고 있었지만."

"알프를 놔두고 도망쳤으면서 그런 말을 하다니."

"어, 어쩔 수 없잖아요! 전 일반인이고 평범한 고등학생. 정령수도 없고 머리가 좋지도, 싸움을 잘하지도 않으니까. 그런데도 선배랑 같이 마지막까지 지켜봤잖아요?!"

"너도 참. 아무것도 안 했다는 말과 지켜봤다는 말……. 말은 하기 나름이구나?"

차갑게 바라보는 벨 선배에게 다리오는 변명을 했다.

그보다도 문제는 아직 남아 있었다.

푸른 털을 군데군데 붉게 물들인 늑대는 천천히 자리에서 일어섰다. 푸른 늑대는 부상당한 몸을 땅에 끌면서 그 자리를 떠나려고 했다.

"잠깐!"

불러 세우자 푸른 늑대가 천천히 노려보았다.

내가 가까이 다가가자 으르렁거리기 시작했다.

"오지 마!"

정령수 마카미의 잔뜩 억누른 그 목소리에는 어린아이 같은 분위기가 감돌았다.

"갈 곳 없잖아? 게다가 그런 상처까지 입고. 치료해야지."

"시끄러워. 너하고는 관계없어."

떨면서 몸을 움츠리는 늑대. 폭행당하고, 결국에는 버려지기까지 한 푸른 늑대이니 인간 불신에 빠졌다고 해도 어쩔 수 없는 일이다.

발밑으로 돌아온 린코가 그 모습을 보고 말했다.

"별로 좋은 상황이 아니야, 알."

"왜?"

"많이 약해졌어. 이대로 가다간······. 그리고 최악의 경우 황혼으로 변해도 이상하지 않아. 이런 취급을 받았으니 사람을 원망하는 마음은 점점 더 커질 뿐이겠지."

그냥 내버려 둘 수는 없다. 나는 더욱 푸른 늑대에게 가까이 다가갔다.

"오지 마!"

푸른 늑대가 얼굴을 일그러뜨리고 엄니를 드러내며 온몸으로 나를 위협했다.

"야야, 그만둬. 전학생!"

"함부로 접근하면 위험해."

두 사람이 제지했지만 나는 걸음을 멈추지 않았다.

"관계가 있든 없든 관계없어."

특히 누군가를 생각하는 마음에는.

"나는 널 돕고 싶어. 단지 그뿐이야. 여기로."

하지만 상대는 격렬한 거절 반응을 보였다.

"싫어! 인간 싫어! 싫다고 싫어 싫어 싫어 너무 싫어! 조금만 더 접근해 봐! 물어뜯어 주겠어!"

나는 사납게 울부짖는 늑대를 향해 다가가며 아래에서 손을 내밀었다. 손이 코에 닿을 듯한 거리까지 다가가자…….

"으르렁!"

"……!"

"알프!"

"아아, 역시 물렸잖아!"

마카미가 오른손을 깨물었다. 얼얼한 통증이 몸을 휘돌았다.

엄니에 피부가 꿰뚫리는 감각을 느끼면서, 나는 으르렁거리는 늑대에게 다른 한 손을 내뻗었다.

반격인 줄 알았는지 손을 깨문 정령수는 겁을 내며 눈을 꼭 감았다.

"네 마음 알아."

그 상태로 나는 푸른 늑대의 머리를 쓰다듬었다.

오늘 시합을 보고 알았지만, 마카미가 진심이었다면 내 손 정도는 쉽게 물어서 뜯어낼 수 있었다. 이렇게 궁지에 몰려 있으면서도 힘을 조절하는 다정한 아이다.

"나도 부모님에게 버려진 적이 있거든. 미래의 전망이 어둡다는 이유로. 그러니까 앞으로 어쩌면 좋을지, 뭘 의지하면 좋을지 모르는 상황의 그 괴로움은 가슴 아플 정도로 잘 알아. 싫지? 괴롭지?"

"……."

"미안해. 일방적으로 불러내서는 널 이렇게 만들었으니, 인간을 믿을 수 없다고 해도 그건 당연한 일이야. 정말로 미안해. 내 손이라도 괜찮다면 얼마든지 깨물어도 돼."

푸른 늑대가 턱에 힘을 주어 통각이 더욱 강한 위험 신호를 보냈다.

어서 뿌리치라고 반항하는 듯했다.

"알프, 안 아파?!"

벨 선배의 목소리.

"물론, 많이 아파요. ……굉장히요."

하지만 난 움직이지 않았다.

마카미는 눈썹을 움찔거렸다. 푸른 늑대가 속으로 갈등하고 있다는 사실을 알 수 있었다.

"하지만 너는 마음이 더 아프겠지. 많이 괴로웠겠지. 겨우 이런 정도로 용서받을 수 있을 리가 없어. 나랑 시합을 하지 않았다면 이렇게 되지 않았을 텐데. 그러니까 이건 정당한 벌이야. 미안해, 마카미."

움찔거리며 경련하는 손을 그대로 둔 채 나는 계속 사과했다.

턱의 힘이 서서히 빠지는 감각이 느껴졌다.

"상처를 서로 보듬어 주는 행동이 싫을지도 몰라. 도저히 믿을 수 없을지도 몰라. 단순한 속죄에 불과할지도 모르지만, 그래도 이렇게 묻고 싶어."

나는 하나 제안을 했다. 이 푸른 늑대를 구하는 가장 좋아 보이는 방법.

"나랑 계약하지 않을래? 그러면 넌 황혼이 되지 않을 수 있어."

의외의 제안에 놀랐는지 늑대는 입을 뗐다. 손에서 피가 흘렀다.

"또 하라는 대로 하는 존재가 되라는 거야?"

"아니야. 이번엔 진정될 때까지 같이 있으면 그만이야. 상처를 치료해 건강을 되찾으면 자유롭게 행동해도 돼. 원한다면 계약을 파기해도 괜찮아."

린코와 계약한 몸으로 또 다른 정령수와의 계약. 반드시 한 사람당 한 정령만 보유할 수 있다고 정해지진 않았다. 계약자가 지닌 정령력의 총량에 비례해 계약 가능한 정령수의 수도 늘어난다고 한다.

나는 수행을 통해 정령력의 용량을 늘린 덕분에 어린 시절과는 달리 여유가 있다. 중위 정령수라면 아직 몇 마리 정도는 더 계약할 수 있으리라 본다.

"그냥 죽게 내버려 둘 수는 없어. 이대로 그냥 방치해선 아무리 노력해도 슬픈 결말을 맞이할 뿐이야. 마카미, 조금만이라도 좋아. 우리와 함께 가 줘."

"……왼손, 머리에 올려."

포기했다는 듯이 마카미는 위협을 그만두고 주저앉았다.

"동의할게."

나는 마카미의 말대로 머리에 멀쩡한 손을 올려 두었다. 그러자 늑대가 빛에 휩싸여 모습을 감추었다.

하지만 내 안에서는 마카미의 존재가 느껴졌다. 린코는 지금까지 한 번도 안으로 들어온 적이 없어서 매우 신선한 감각이었다.

이렇게 해서 나는 새로운 정령수와 계약했다.

선배, 다리오와 헤어진 나는 곧장 '북두'에 도움을 청했다.

두 사람 앞에서는 린코의 치유술을 보여줄 수 없다는 점도 있었고, 무엇보다 마카미는 겉보기보다 훨씬 위중했다.

린코는 어디까지나 가벼운 상처를 치유하고 응급처치를 할 수 있는 정도였기 때문에, 더욱 치유술이 뛰어난 사람에게 데리고 가야 한다고 판단해 취한 행동이었다.

하지만 C급인 알프 올랑의 권한으로는 사람을 구하는 데 애를 먹을 듯해서, 친구가 된 '북두'의 사장님인 하쿠로 씨에게 직접 부탁했다.

그 몸집이 작고 귀여운 천사는 치유 분야의 전문가다.

하쿠로 씨에게 부탁하니, 나의 잠입 사정도 감안해서인지 북두에서 처치하지 않고 본인이 직접 온다고 해서 나는 곧장 학생 기숙사로 달려갔다.

"……그렇게 심한 일이…… 흐윽, 있었군요."

콧소리로 말하며 방안에 누워 있는 푸른 늑대를 치료하는 하쿠로 씨. 이야기하는 도중에 동정심이 들었는지 또 흑흑흑 하고 울었다.

그러는 상황인데도 내뻗은 작은 손에서는 희미한 녹색 빛이 뿜어져 나오고 있었다. 치유의 힘이다.

그 빛의 힘을 받고 있는 마카미는 계속 조용히 잠든 채였다.

기숙사 안에서 치유를 위해 불렀더니 나오긴 나왔지만 여전히 의식은 없었다.

"우리 정령수들도 감정이 있어요……. 그 감정은…… 훌쩍…… 상위나 하위에 관계없으니…… 노예처럼 다루면…… 히잉…… 너무 슬퍼요."

"그러게. 이런 짓을 하는 사람이 있다니 믿을 수 없어."

여우 무녀가 된 린코는 내 오른손을 소독하고 지혈했다. 뜻밖에 경상으로 끝났지만 역시 얼얼하고 아팠다.

"린코, 하쿠로 씨. 어쩌면."

나는 이번 소동 중에 조금 신경이 쓰였던 일에 관한 이야기를 꺼냈다.

아직 추측에 불과하지만 그 예상이 맞다면, 내가 그 학교에서 조사할 생각이었던 주변에 황혼이 이상 출현하는 원인이 확실히 밝혀질 가능성이 있었다.

"전에 들었던 정령수의 계약 파기 말인데, 양자의 동의가 없으면 성립되지 않는 게 원칙인 거죠?"

"응. 그러니까 지성이 있고 구체적인 의사소통이 가능한 정령수, 대부분은 중위부터인데, 그런 정령수가 아니면 파기할 수 없어. 내가 그렇게 말했었지?"

하지만 마카미는 조금 달랐다. 폭력과 위협, 공포로 억지로 계약 파기에 동의하게 만들었다.

만약 계약한 정령수를 죽이면 연결되어 있는 정령수와 계약한 주인도 심각한 악영향을 받는다.

그러니까 보통은 이런 짓을 하려고는 하지 않는다.

"의사를 바꾸게 만들어도 실을 끊을 수 있다는 사실을 이번 일로 확실히 알게 됐어요. 이건 어쩌면 상위나 중위에 한정된 이야기가 아닐지도 몰라요."

하쿠로 씨는 짚이는 데가 있는지 나를 돌아보았다.

"……외법(外法)이에요."

"하쿠로, 그게 뭔데?"

"있어요. 하위 황혼이라도 계약을 파기할 수 있는 숨겨진 요령 같은 방법이."

마카미의 상흔. 이 도시에서 다발하는 황혼들의 이상한 상흔.

점과 점이 선이 되어 연결되었다.

"간단히 말해, 양자의 커뮤니케이션을 통하지 않고 계약을 파기하도록 유도하면 돼요. 단순하지만, 도덕적으로는 용서받을 수 없고, 정당하지 않은 수단이죠."

"계약한 정령수가 설령 계약을 파기하고 싶지 않더라도, 계약한 사람에게서 도망치고 싶다고 생각하게 만들면 되는 거죠? 하쿠로 씨."

"설마 그 사람, 그 외에 계약한 정령수도 계약을 파기하기 위해서 학대를 했나?!"

라이언의 말투를 떠올려 보았다.

《귀족에게 정령수는 별로 드문 존재도 아니지. 더 좋은 상품을 입수하려고 하는 거야 당연한 일 아닌가?》

《야, 그거 얼마면 넘겨줄 수 있지? 의사소통이 가능하니까 계약은 쉽게 해제할 수 있을 텐데? 나한테 넘겨라, 후배.》

《기껏 불러내 당첨이라고 생각했는데 이런 꼴이라니. 갈아타기엔 딱 좋을 즈음이야.》

예를 들어 라이언 레이벨트가 정령수를 만족스러울 때까지 몇 번이고 불러냈다고 치자.

당연히 마음에 들지 않을 때마다 소환할 때 방해가 되는 계약을 파기하기 위해 그 외법을 사용했다고 한다면.

그 야생화한 정령수들의 말로가 어떻게 됐을지는 상상하기 어렵지 않다.

원한을 품고 황혼이 되었든가, 그대로 숨이 끊어졌든가.

"물적인 증거가 없는 이상 추측의 영역에 불과하지만."

"아니요, 충분합니다. 그 사람의 집에 설치되어 있는 소환대를 조사하면 방대한 이력이 남아 있을 테니까요. 황혼이 되어 버린 정령수의 정보와 대조해 보면 그 사람이 불러냈다는 증거가 되리라 생각합니다."

치료를 끝낸 하쿠로 씨가 자리에서 일어섰다.

마카미의 상처는 완벽히 아물었다. 이제는 안정을 취하면 그만이다.

"정령수와 사람의 문제야 어쨌든, 황혼과 관련된 문제라면 '북두'가 움직여도 되겠지요. 공로를 세웠군요, 알프 씨."

눈이 빨갛게 충혈됐는데도 의연한 표정을 지은 하쿠로 씨는 역시 조직의 보스다운 풍격이었다.

"린코. 알프 씨의 소독은요?"

"다 됐어. 하쿠로가 더 깔끔하게 고칠 수 있으니 맡길게."

"그럼 알프 씨."

작은 천사가 소파에 앉았다. 그리고 빈 자리를 툭툭 두드리며 재촉했다.

치료만 하는 게 아니라 이야기도 할 셈인 듯했다.

나는 재촉하는 대로 하쿠로 씨의 옆자리에 앉았다. 하쿠로 씨는 내가 내민 손에 치유의 빛을 내뿜기 시작했다.

"뒤처리는 다른 분에게 부탁하겠습니다. 알프 씨는 최대한 그 인물과 접촉하지 말아 주세요."

"알겠습니다. 사실은 처음부터 그럴 셈이었어요."

"무리한 행동만 하다 이렇게 상처를 입다니, 별로 칭찬받을 행동은 아니에요. 걱정하게 만들지 말아 주세요."

"죄송합니다."

"그리고 이번엔 참작의 여지가 있다고는 하지만, 결투처럼 눈에 띄는 움직임은 자제해 주세요."

"네."

혼나고 있었지만 통증에서 해방되어 기분 좋은 감각에 휩싸였다. 작은 손이 맞닿은 상태로 치료를 받으니 천사의 자애에 감싸인 듯이 마음이 따뜻해졌다.

"하지만 알은 이 아이를 그냥 두지 않고 데려왔어. 난 그 점을 높이 평가해."

린코가 새근새근 자는 늑대의 등을 쓰다듬으면서 말했다. 계약한 뒤로 얌전해진 늑대는 여우 무녀나 천사를 경계하지 않는 듯했다.

"이제 난 알의 계약을 마카미와 공유하게 되지만, 사정이 사정인 만큼 어쩔 수 없나."

"아……. 미안해. 거기까지는 생각해 보지 않았어."

"아냐, 괜찮아. 자신의 위험을 감안하고 계약한 거잖아. 꼭 주인의 계약을 독점해야 할 이유는 없어."

후후. 어쩐지 기뻐 보이는 여우 무녀. 그 이유를 물어보니…….

"무의식적일지도 모르지만, 내가 알과 만났을 때처럼 누군가를 받아들이려고 했잖아. 기쁜 일이야. 나를 불러낸 네가 라이언처럼 정령수를 부하나 졸개처럼 생각하는 사람이 아니라서 다행이야."

"그, 그래?"

"알도 참, 쑥스러워하긴."

"두 사람 모두 러브러브한 이야기는 제가 돌아간 다음에 해 주시길 부탁드릴게요."

키득키득 웃은 천사가 기숙사를 떠나려 했다.

바쁜데도 여기까지 와 준 하쿠로 씨에게 감사 인사를 한 뒤, 며칠 후에 학교가 진정되면 '북두'에 다시 얼굴을 비치겠다고 전달했다.

동아리에 들어갈 생각은 없으니 북두에서 일할 시간도 조금은 나리라 생각한다.

그리고 잠시 후에 눈을 뜬 늑대는 방의 구석으로 이동해 꼼짝도 하지 않았다. 나는 거리를 둔 채 늑대에게 말을 걸었다.

"일단 소개할게. 나는 알프 올랑. 그리고 이 사람이 마카미의 선배 정령수인 린코. 저게 진짜 모습이야."

"잘 부탁해."

"……상위?"

"아니. 놀라지 마시라, 천상위인 정령수야. 자, 마카미. 바로 제안 하나 하려는데."

학교의 마스코트처럼 행동하던 모습과는 달리, 린코가 늠름한 모습으로 늑대에게 말했다.

"나랑 훈련해서 지금보다 더 강해지자. 어때?"

"어떻게?"

"내 정령 결계는 넓으니까 수행하기에는 아무 부족함이 없어. 오늘 너를 데리고 오기 전에 알이 어떻게 움직이는지 봤지? 그것도 내가 직접 훈련시킨 결과야."

잔뜩 콧대를 세운 이 사람이 얼마 전에 학교 식당에서 유부를 줬다고 마구 흥분했던 그 아기 여우와 같은 사람이라고 대체 누가 생각할까.

잠시 생각하다 푸른 늑대가 우리에게로 다가왔다.

"……할래."

"그 기개야! 그 라이언이란 자식이 보고 후회할 만큼 강해지자."

정령수들의 훈련이 내일부터 시작된다.

다음 날, 등교 도중에 다리오와 딱 마주쳤다.

"오, 전학생. 어제는 고생 많았네."

"안녕."

나는 아무 일도 없었던 것처럼 학교생활로 돌아갔다.

"오늘은 린코가 어깨에 없네. 네 안으로 들어간 거야?"

"따로 행동하고 있어. 지금은…… 어……."

지금 정령수들은 린코의 정령 결계 안에서 열심히 수행 중이다. 산과 산을 열심히 뛰어다니는 도중이겠지.

어떻게 설명하면 좋을지 고민한 끝에 나온 말은.

"도그 파크?에서 달리고 있어."

옆에서 다리오가 웃음을 빵 터뜨렸다. 나이스 조크란다.

다리오는 아직 모르지만, 계약한 정령수를 둘이나 밖으로 내보내 별도 행동을 하게 만드는 것은 물론 수행을 위해 활발하게 움직이고 있는 일은 정령력 소비를 생각하면 터무니없는 이야기이다. 하지만 특별히 공개적으로 소문을 내고 다니지 않는다면 별문제가 없지 않을까 한다.

"혹시 그 늑대도 거기 갔어? 개도 아니면서. 그런데 어제는 그렇게 많이 다쳤었는데 벌써 다 나았구나?"

"그야 뭐. 아는 사람 중에 치유의 프로가 있다고 했잖아? 내 손도 봐. 완전히 다 나았지?"

"그러면 다행이고. 아~아. 그 뒤로 다시 생각해 보니, 내가 계약했으면 좋았을 텐데."

"깨물릴 각오가 있었으면 좋았을 텐데."

내가 그런 말을 하면서 오른손을 들고 하늘하늘 흔들었다. 다리오는 잔뜩 표정을 일그러뜨리고는,

"……그것만은 못 하겠어. 역시 무리야."

깔끔하게 방금 한 말을 취소했다. 아주 아파 보이는 상처를 다리오도 봤으니까.

하지만 깨물렸을 때의 상처는 이미 하쿠로 씨가 고쳐 주어서 이미 흉터도 남아 있지 않았다.

하여간 다리오에게는 싸움이 벌어진 일을 알리지 말아 달라고 부탁해 두었다.

그럴 수밖에 없는 게 이틀간 나는 너무 눈에 많이 띄었다.

상대의 도발에 도발로 응수했다. 물론 벨 선배와 린코의 존엄을 지키기 위해서이니 후회는 하지 않는다. 그래도 지난 일을 반성하며 앞으로는 더욱 자제할 생각이다.

그런 의미에서도 주변 사람들이 나에게 익숙해지기까지는 아기 여우를 어깨에 올리고 다니지 말아야 더 눈에 띄지 않으니, 두 정령수의 별도 행동은 현재의 나에게는 도움이 되는 일이었다.

반 아이들이 역시나 린코는 어디 갔냐고 계속 질문했지만, 그래도 일단 수업이 시작되면 일상적인 시간이 돌아왔다.

일단 앞으로는 라이언 레이벨트의 동향에 주의해야 한다. 더 나아가서는 라이언이 도발해도 도발로 응수하지 않도록 노력해

야 한다. 가장 큰 문제는 어제처럼 시비를 걸어올 때의 일인데, 그건 어쩌면 좋을까.

하지만 그 일은 예상하지 못한 곳에서 해결되었다.

쉬는 시간. 나는 또 한 명의 목격자인 벨 선배를 만나러 갔다.

그런데 안을 교실 안을 들여다 봐도 선배의 모습은 없었다. 어쩔 수 없이 나중에 한 번 더 찾아오자며 아래로 계단을 내려가는데, 찾고 있던 남장 미인의 뒷모습을 발견했다.

혹시 서로 길이 엇갈린 건가? 말을 걸려고 나는 빠른 걸음으로 선배를 뒤따라갔다.

그런데 모퉁이 앞에서 다시 선배의 모습이 사라졌다. 단, 그 복도에는 빈 교실이 하나 있었다. 첫날에 여동생에게 설교를 들었던 그 방이다. 특별한 볼일이 없는 한 들어갈 일이 없는 곳이다.

이 교실에 있나? 나는 특별히 아무런 의문도 없이 빈 교실의 문을 열어 보았다.

"실례합니다. 어차피 아무도 없겠지………마아아안?!"

"아니?!!"

감은 적중했다. 벨 카데날 선배가 빈 교실 안에 있었다.

단, 돌아본 선배는 몸을 굽힌 채 교복 바지를 내린 와이셔츠 차림으로 몸이 굳어 있었다.

옷자락 아래로 뻗은 희고 아름다운 다리와 역시 순백인 속옷이 그대로 드러나 있었다.

옷을 갈아입는 중인 벨 선배의 선정적인 모습을 보고 내 마음 속 시간이 딱 멈추었다. 머리도 새하얘졌다.

그 요염한 상태를 보자 어떤 감상이 가슴속에 저절로 떠올랐다.

선배도 여자였구나.

아무리 평소에 남장을 하고 있다고는 해도 보기 드문 은발 외모와 온몸의 여성스러운 곡선은 차원이 다른 미의 상징이 되고도 남는다…… 같은 한가한 평가를 내리고 있을 때가 아니었다.

"……너."

수치심으로 곧장 얼굴을 붉게 물들인 선배. 나는 선배가 날카로운 비명을 지르지나 않을까 걱정했다.

"너는 정말……! 복도로 나가서 문 닫아!"

"죄송합니다 죄송합니다 죄송합니다!"

하지만 선배는 단지 강하게 명령할 뿐이었다.

상황을 보고 내가 곤란해지리라 생각한 선배는 일이 원만하게 진행되도록 판단을 내려 주었다.

나는 넋을 놓고 봤다는 사실을 부끄럽게 생각하며 곧장 교실 밖으로 나갔다.

닫힌 문에 기댄 채, 나는 격렬하게 심장이 뛰는 자신의 가슴에 손을 댔다.

저질러 버렸다. 철저히 노크를 해서 확인했어야 했다.

린코와 같이 지내며 여성의 노출은 여러 번 경험해 봤는데, 맨살에 익숙지 않은 상대에겐 수줍은 감정이 있는 만큼 배덕감과 충격으로 쓰러질 것 같았다.

몇 분 후. 신호와 함께 내가 문에서 떨어지자 선배가 교실 밖으로 나왔다.

운동복으로 갈아입은 선배는 아직 얼굴이 빨갛긴 했지만 조금 무뚝뚝한 표정이었다.

교복을 입었을 때도 그렇지만, 선배는 여성인데도 가슴은 보이지 않았다. 붕대를 감고 있는 거겠지.

멋쩍어하는 나를 보고 선배는 최대한 평정을 유지하며 말했다.

"알프. 각오는 되어 있겠지?"

"……네."

나는 기꺼이 벌을 받기로 했다. 그만큼 해선 안 될 짓을 했으니까 당연하다.

선배는 내 얼굴 근처로 손을 뻗더니 엄지와 중지를 맞댔다.

그리고 가볍게 손가락을 튕겨 내 이마를 때렸다. 딱밤 때문에 통증이 느껴졌다.

"이 정도로 끝나서야 너만 좋은 일이겠지만."

벨 선배가 한숨을 내쉬며 말을 이어갔다.

"넌 일부러 그럴 사람으로 보이진 않으니 이번에는 그냥 넘어가 줄게. 문을 깜빡하고 잠그지 않았던 내 잘못도 있으니까."

"정말 죄송합니다. 설마 이곳이 여자가 옷을 갈아입는 교실이었을 줄이야."

"아니. 탈의실은 따로 준비되어 있지만 내가 이용하기가 어렵잖아. 나랑 같이 옷을 갈아입으면 다른 여학생이…… 내가 남장을 해서 그런지 꼭 남자랑 옷을 갈아입는 것 같아서 부끄러운가봐. 그래서 난 이곳에서 옷을 갈아입고 있어."

"그러면 화장실 가기도 번거롭겠어요."

"교직원용 화장실을 쓰고 있어. 물론 다 허가를 받고."

역시 선배도 소녀였는지 고개를 살짝 숙인 채, "다음에 또 그러면 더 화를 낼 거니까 조심하도록." 하고 나에게 경고했다.

나는 알겠다고 굳게 다짐하면서 몇 번이고 고개를 숙여 사과했다.

"그런데 어제 다친 상처는 괜찮아?"

그리고 화제를 전환한 선배가 평소의 말투로 나에게 물었다.

"네. 겉보기보다 상처는 깊지 않았는지 치유술이 뛰어난 사람이 말끔하게 고쳐 줬어요."

"그럼 다행이고. 나한테 무슨 볼일이야? 아니면 이 교실에 볼일이 있었어? 수업 이외에는 거의 사용되지 않는 곳인데."

"아니요. 선배한테 어제 일에 관해 드릴 말씀이 있어서요."

아직 쉬는 시간이 남아 있는 중에 내가 다리오에게 그랬던 것처럼 말을 하지 말아 달라고 부탁하자, 선배는 흔쾌히 알겠다고 대답해 주었다.

그리고 선배가 나를 생각해 그 녀석들을 내쫓아 줘서 고맙다고 한 번 더 인사를 했다.

"이제 그런 사람들이랑 절대 얽히고 싶지 않아요."

"그거라면 걱정할 필요 없어. 내가 이미 다 끝내 뒀으니까."

"괜찮은가요?"

겸사겸사 "어제 같은 일이 있으면 이제는 꼭 도망칠게요."라고 말하며 더는 신세를 지지 않도록 하겠다고 말하자, 선배가 그런 의외의 대답을 했다.

"스이네. 어제의 그걸 들려줄 수 있을까."

"끼이이끼익."

불려 나온 녹색 작은 돌고래가 명령받은 대로 무언가 소리를 들려주기 시작했다.

아니, 소리라기보다는 목소리였다.

《이번엔 인간끼리 해 보자고. 누가 주인에 더 어울리는지 똑똑히 결정할 좋은 방법 아니냐? 거기다 저 자식은 보다시피 도저히 써먹을 수가 없어서.》

《이게 어떻게 된 거죠? 왜 정령수가 저렇게…….》

《당연히 벌을 받아서 그렇지. 도움이 안 된 자신을 반성하라는 의미에서.》

놀랍게도 돌고래는 내 음성과 라이언의 음성을 재생하기 시작했다. 어제 그 싸움이 시작되기 전의 음성이다.

"이것도 그 정령수의 힘인가요?"

"다 녹음해 뒀어. 그 자식이 여러모로 불리해지는 발언이지."

정령수 학대를 암시하는 언동. 거기에 협박을 하여 계약을 파기하고 나이프를 꺼내 졸개들이 주의를 주는 상황까지 전부 녹음되어 있었다.

만약 스이네의 이 음성에 법적인 효력이 있다면 명백한 물적 증거가 된다.

"정령수에게 심한 폭력을 휘두른 시점에 이미 불법이야. 이 음성으로 그 자식들을 협박해 뒀거든. 다음에 또 쓸데없는 짓을 하면 학교는 물론 경찰에도 신고하겠다고."

"그러면 선배를 노릴 수도……."

"그러니까 너한텐 이걸 줄게."

그렇게 말하며 선배는 컴퓨터의 USB 메모리를 건네주었다.

일련의 흐름을 보니 조금 전의 음성을 따로 녹음한 데이터가 들어가 있는 듯했다.

"나한테 혹시 무슨 일이 있으면 유출된다는 사실도 미리 알려 뒀어. 지금은 그 보험을 든 참이라 할 수 있지."

강인한 선배는 미소를 지으며 USB 메모리를 건네주었다. 나는 혀를 내둘렀다.

"듬직해요……. 다만 이건 조작할 수 있을 것 같은데요."

"음성을 통째로 흉내 낼 수는 있지만, 제아무리 스이네라고 해도 없는 말을 만들어 내지는 못해. 그래도."

방법이 없진 않지만……. 그런 독백을 듣고 나는 이 사람을 화나게 하지 말자고 새삼 마음속으로 다짐했다.

린코와 마카미는 밤이 되면 나한테로 돌아온다. 말은 돌아온 다지만 기숙사 방에 준비해 둔 정령 결계의 출입구로 나오는 게 고작이다.

여우 무녀가 "배고파~!"라고 말하며 얼굴을 내밀었고, 이어서 푸른 늑대가 비틀거리며 방안으로 들어왔다.

정령수라면 식사를 하지 않아도 계약한 주인의 정령력이 공급 되기만 하면 괜찮을 텐데, 정말 배가 고파서 하는 소리일까? 그런 의문이야 어쨌든 내가 직접 만든 저녁밥을 평소처럼 식탁에 차렸다.

"와아. 해가 질 때까지 움직인 다음 먹는 밥은 각별한걸?!"

"혹시 쉬지도 않고 훈련했어?"

"우리 정령수는 사람보다 튼튼하니까 괜찮아. 문제없어."

린코가 멀쩡한 걸 봐서는 어떤 수행을 했는지 상상이 잘 가지 않았다.

하지만 틀림없이 내가 받았던 수행보다 훨씬 힘든 수행을 했으리라 생각한다.

옆에서 엎드려 자는 늑대는 굉장히 피곤한 모습으로, 그 자리에서 조용히 머물러 있었다.

"너도 수고 많았어. 린코의 훈련을 버티다니 대단하네."

"……아직 더 할 수 있어."

허세를 부릴 수 있을 만큼은 기력이 남은 모양이었다.

문득 나는 손이 닿을 거리에 있는 마카미에게 "만져도 돼?" 하고 물었다.

잠시 뜸을 들인 마카미의 대답은 꼬리를 가볍게 흔드는 게 다였다.

눈을 감은 채 움직이지 않는 모습을 보면 허락한다는 의미인 듯했다.

털의 촉감은 더 뻣뻣하지 않을까 했는데, 실제로는 아주 보슬보슬하고 부드러웠다.

이런 아이를 때렸다니 도저히 믿을 수 없었다.

특별히 깨물려고 하지도 않아서 나는 계속 늑대의 등을 쓰다듬을 수 있었다. 이대로 인간을 싫어하는 감정이 사라졌으면 좋겠지만, 너무 서두를 필요도 없다.

계약한 정령수와 별도로 행동한 지도 어느덧 며칠.

주말이 다가온 날의 하굣길. 기지개를 켠 반 친구 다리오가 기뻐하며 말했다.

"드디어 내일, 기다리고 기다리던 정령수 소환 수업인가! 길었어~. 입학한 뒤로 대체 얼마나 고대하던 수업인지!"

1학년에 그 수업을 하지 않는 이유 중 하나가, 정령수 소환을 목적으로 입학했다가 목적을 달성한 뒤 곧장 자퇴를 하는 사람이 끊이지 않을 수도 있다는 우려 때문이었다. 그렇게 되면 학교 측도 입장이 곤란해진다. 그러니까 수업이 이렇게 짜여 있는 거겠지.

"……그럼 뭐야. 오늘 그건 기분 전환을 위해 우리를 제물로 삼았다는 거야?"

"아뇨아뇨, 그럴 리가요. 정정당당하게 후회 없이 진검승부를 벌인 겁니다."

"그 탓에 내 용돈은 다 날아가 버렸어."

나란히 서 있는 세 사람 중에서 밝은 사람은 다리오, 반면 표정이 잔뜩 흐린 사람은 벨 선배였다. 그 이유는 하교 때 벌어진 일에 기인한다.

학교에도 익숙해지기 시작해 이 멤버가 같이 방과 후에 잠시 놀러 가기도 하는 나날이 정착해 가는 도중, 다리오는 문득 이런 제안을 했다.

"오락실 가자! 상점가에 있어."

나와 선배는 그런 다리오의 제안을 받아들였다. 그게 비극의 시작이었다.

오락실 기계가 무수히 늘어서 있는 공간에서 다리오가 망설임 없이 기동한 게임은 격투 게임이었다. 현금을 동전으로 바꾼 다리오는 나에게 대결을 신청했다.

이런 놀이는 경험이 없던 나는 레버와 버튼을 어버버 거리며 눌렀는데 정신을 차려 보니 어느덧 한 판도 따내지 못한 채 KO를 당한 상태였다.

"실제로 싸우면 내가 못 당하지만, 이 분야라면 내 승리지."

"그럼 좀 봐주면서 하지~."

"미안. 이미 난 봐주면서 하고 있는 상태야."

동전을 세 번 정도 넣은 뒤에 난 포기했다. 명백히 나한테는 적성에 맞지 않는다고 깨닫고 단념한 것이다.

그러자 벨 선배가 호기심 때문인지 "나도 한번 해 볼까." 하고 적극적으로 대전을 하기 시작했다.

멀찍이서 화면을 보고 있었는데, 명백하게 나보다 훨씬 조작이 뛰어났다.

센스가 있다고 감탄했는데, 다리오는 그걸 비웃듯이 전승해 버렸다.

"한 번 더!"

오기가 생긴 선배가 몇 번이고 동전을 교환해 계속 도전했다. 정말 지기를 싫어하는 성격인지 당하고 또 당해도 계속해서 도전했다.

그리고 상당한 돈을 투입했는데도 전혀 승리하지 못한 선배는 결국 이렇게 삐치고 말았다. 의외로 어린아이 같은 면도 있구나. 나는 선배의 새로운 면을 발견하게 되었다.

"넌 그 게임 경력이 상당하지? 나도 조금 해 본 적이 있어서 그 실력이 어느 정도인지 잘 알아!"

그러면서 사실은 경험자였다는 사실을 밝히는 벨 선배. 그렇다면 초보자는 나 혼자뿐인가.

"헤헤. 죄송합니다. 그만큼 실력이 되는 분이면 저도 봐주면서 하기가 어려워서요."

"말도 참 얄밉게 하네! 그럴 때는 선배의 체면을 세워 주고 그래야지!"

"어? 그런데 제가 접대 플레이를 해서 이기면 오히려 더 화나지 않나요?"

"크으윽."

그렇듯 과열되기 시작한 시점에 내가 워워 하고 선배를 다독였다. 그래도 친구 관계라는 의미에서는 진전이 있다고 봐도 될 듯했다.

"하여간 오늘은 스트레스도 발산했겠다, 어떤 정령수를 부를지 이제부터 이미지 트레이닝이라도 할까요."

"이미지 트레이닝이라니……. 상상한다고 큰 영향이 있지도 않으니, 하늘에 맡겨야 해. 분명 다리오한테 맞는 상대를 부르게 될 거야."

당연하지만 난 패스. 원래부터 린코가 있었고 최근에 마카미와 계약을 하기도 한 참이다. 필요 이상으로 많이 불러 봐야 의미가 없다.

"부디 어떤 정령수가 나오든 포기하거나 버리려고 하지 마. 그 자식이랑 똑같은 사람이 되는 거니까."

벨 선배가 말한 '그 자식'이 누구인지 나와 다리오는 금방 알 아챘다. 그 사람은 바로 라이언을 말하는 거겠지.

"들은 이야기인데 IUCS의 요청으로 경찰이 움직이기 시작했다나 봐. 알프랑 계약한 마카미 외에 단체가 보호한 정령수한테서도 라이언에게 학대를 당한 정황이 포착됐대."

"IUCS?"

다리오가 어리둥절하게 물었다. 분명 공부했을 텐데.

"국제 정령수 보호 연합, 줄여서 IUCS. 부상당한 야생 정령수나 라이언처럼 계약한 주인에게 학대를 받은 정령수를 보호하는 단체야. 말 그대로." 라고 내가 보충 설명을 해 주었다.

"그건 목적의 일부긴 하지만, 아무리 레이벨트 재벌이라도 그 단체는 역시 무시할 수 없을 거야."

덧붙이자면 그곳이 민간인을 상대로 움직인 이유는 참가한 '북두'의 사장님 하쿠로 씨가 그곳과 담판을 지었기 때문이다.

보호된 정령수 중에는 같은 특징의 상처를 입은 개체가 선택되어 있었다. 그게 라이언이 계약했던 정령수인지 아닌지를 지금

한창 조사하는 중이겠지.

"그 녀석 집에 있던 소환대는 압류되고 경제 제재를 받게 되겠지. 하지만 본인은 반성을 하기는커녕 내일 수업 때 정령수 소환에 참가시켜 달라고 떼를 쓰는 모양이야."

"2학년생 수업에 끼어들 셈인가요?"

"엑, 어이가 없네."

"아직 교장 선생님도 돌아오지 않은 상태라, 올타나 선생님이 당연히 거부했지만. 참, 그렇게까지 이기적일 줄이야, 무슨 생각을 하는지 알 수가 없어."

라이언 레이벨트처럼 자신이 원하는 정령수가 아니면 내쫓으려는 인간이 되어서는 절대 안 된다.

사람과 정령수가 공존하는 사회인데, 어떻게 그런 짓을 벌일 수 있을까.

하지만 라이언은 자신이 한 짓에 응당한 대가를 받게 되리란 사실을 나는 잘 안다.

레이벨트 집안에 있는 정령수 소환대를 조사하면 지금은 계약이 파기되어 있는 수많은 정령수를 불러냈던 이력이 줄줄이 나오겠지.

그리고 그 정령수들이 황혼으로 변했다면, 퇴마사 조직 '북두'가 관장하는 영역까지 도달한다.

이번 일로 온 도시에 재앙을 불러온 범죄자로 취급당하게 되리란 사실을, 라이언은 생각도 못 하고 있지 않을까.

"그럼 난 이만 가 볼게."

"오늘은 이만 해산. 선배, 언제든 복수전을 기다릴게요!"

"과연 언제까지 여유를 부릴 수 있을까? 다음엔 오늘처럼 당하진 않을 거야."

"기대되네요, 하하하하. 알프도 안녕."

"응. 내일 또 보자."

즐겁다는 듯이 불꽃을 튀기는 두 사람과 헤어진 나는 마침 '북두' 근처라는 사실을 깨달았다. 기껏 왔으니 한번 들러 보자.

남들이 보기엔 교복을 입은 내가 들어가기엔 전혀 어울리지 않을 그 빌딩으로 들어가 보니, 안에 있던 사무원 여성 두 사람이 나에게 말을 걸었다.

"어머, 올랑. 오늘은 출근하는 날 아니었지?"

"혹시 학교 끝나고 집에 가는 길이야?"

"수고 많으세요. 오늘은 마침 근처까지 와서요."

친근하게 대해 주는 이 사람들은 내가 처음으로 '북두'를 찾았을 때 시험관과 안내원을 맡았던 콤비였다.

쿨뷰티에 야무진 사람이 지나 씨. 콤비 중 선배.

밝고 자유분방하지만 가끔 덜렁거리는 사람이 사샤 씨. 콤비 중 후배.

내가 시험을 치렀을 때 질문을 퍼부으며 나의 원래 얼굴을 보려고 했던 후배와 그걸 폭력으로 막았던 선배와는 이제 서로 얼굴을 아는 사이가 됐다.

"학교생활은 어때?"

"네. 지금은 평범하게 잘 지내고 있어요."

"그거 다행이네. 그래도 린코가 없으니 다들 섭섭해 하더라."

"그건 네가 섭섭할 뿐이잖아?"

"선배도 오랫동안 못 만져서 만지고 싶은 마음에 손을 막 굼지럭거렸잖아요!"

"또 쓸데없는 소릴!"

맞붙어 싸우는 광경을 쓴웃음을 지으며 바라보며 "전해 두겠습니다." 하고 말해 두었다.

그랬더니 사샤 씨가 퍼뜩 뭔가 생각났다는 듯이 나를 뚫어지라 바라보았다.

"그렇지. 올랑. 부탁이 있는데 괜찮을까?"

"네? 무슨 부탁인가요?"

"잠깐 뒤를 돌아 눈을 감고만 있으면 돼. 자, 어서."

무슨 의도인지는 몰랐지만, 나는 하라는 대로 등을 돌리고 눈을 감았다.

"이렇게 말인가요?"

"응. 그대로 있어……."

사샤 씨는 그 말을 마지막으로 아무 말도 하지 않았다.

"대체 뭘 할 셈이야?"

지나 씨의 목소리도 들렸다.

아무것도 보이지 않는데 등 뒤에서 왠지 불길한 소리가.

"아아, 너……!"

"으랴아아아아아아아압!"

계속되는 고함 소리가 가까이 다가와 나는 도저히 참지 못하고 눈을 뜨고 뒤를 돌아보았다.

날아든 것은 청소하느라 더러워진 메마른 대걸레였다.

"으아악?! 갑자기 뭐 하시는 읍!!"

"으얍으얍으얍!"

광기라고 표현할 수밖에 없는 짓이었다. 그럴 수밖에. 뒤를 돌아보라고 말하곤 머리를 향해 먼지가 가득 묻은 대걸레를 쭉 내밀고 있었으니까.

주변 바닥에 먼지가 흩날렸다.

"그만둬!"

도와주러 달려와 사샤 씨의 뒤통수를 때리는 지나 씨.

"윽……! 왜 그러세요, 선배."

"왜 그러냐니! 갑자기 뭐 하는 거야?! 왜 어린애를 괴롭혀?!"

"아니에요. 실력 테스트예요, 실력 테스트."

"뭐어?!"

"콜록…… 그게 무슨 의미인가요??"

기침을 하면서 나도 의도를 물었다. 이 사람, 정말 무슨 짓을 할지 예측할 수가 없어.

"만약 올랑이 아마오보로라면 이 정도 기습쯤은 쉽게 피할 수 있지 않을까 해서요. 그런데 설마 이렇게 아무것도 못 하고 당할 줄은 몰랐어요."

"너, 아직도 포기 못 하고 탐색하고 다녔어?"

사샤 씨는 예전에 아마오보로의 시험에 관여했던 사람이다. 아무래도 그 이후로 정체를 알아내려고 여러 사람들을 조사해

온 모양이었다.

"무슨 말씀인지는 알겠는데요, 왜 대걸레의 먼지로 화장을 해야 하는 처지가 돼야 하는 거죠?"

"미안해. 그래도 다치지 않도록 일부러 부드러운 대걸레로 공격했어."

역시 아니었구나. 사샤 씨가 그렇게 말하며 입술을 삐죽였다.

"아니, 그런 문제가 아니잖아. 이것 봐. 기껏 새로 맞춘 옷이 엉망이 됐잖아."

지나 씨의 지적대로, 아직 일주일도 입지 않은 교복이 먼지를 뒤집어써서 마치 헌옷처럼 변했다.

"얘는 이제부터 사장실에 갈 생각이었잖아. 학교 조사 보고를 하려고. 이런 모습으로 가면 우리 사장님이 어떻게 생각하시겠어? 분명 왜 이렇게 됐는지 사정을 물어보시겠지?"

"으으……. 그럼."

"그리고 자초지종을 들으면 노발대발 화를 내시지 않을까? 약한 연하의 아이를 이렇게 괴롭혔다면서. 이게 신입 괴롭히기 아니면 뭐로 보일까? 사장님과 잘 아는 사이인 이 아이가 읍소를 한다고 생각해 봐. 그랬다간 모가지일지도 몰라."

사샤 씨는 얼굴이 새파랗게 물들어 갔다. 그럴 생각은 처음부터 없었고, 우리 사장님이라면 그렇게까지 처분을 내리진 않으리라 생각한다. 아마도.

"죄, 죄송합니다! 전 그런 생각까지는 하지도 못해서……!"

"아~아. 됐으니까 넌 바닥의 먼지라도 청소해 둬. 내가 밖으로 데리고 가서 먼지를 털어 주고 올 테니까."

"아, 아니요. 괜찮아요. 제가 직접 할게요."

"됐으니까 따라와. 그래야 더 빨리 끝나잖아."

"미안해! 올랑, 정말로 미안해!"

지나 씨가 데리고 간 현관 뒷문에서 나는 교복을 털었다. 겉옷은 지나 씨가 맡아 주었다.

"우리 직원이 바보 같은 짓을 해서 미안해."

"전혀 신경 안 써요. 오히려 이렇게까지 도와주시니 죄송스러워요."

"역시 이 정도는 도와줘야지. 안 그러면 문제잖아?"

위험하다는 느낌이 들지 않아 반사적으로 움직이지 않기는 했지만, 참 험한 꼴을 당했다.

10분 정도 털자 먼지도 대부분 떨어져서 나는 옷을 고쳐 입었다.

"이제 괜찮을까. 그런 말까지 해 뒀으니, 이제는 질려서 그런 얼빠진 짓은 하지 않을 거야."

"감사합니다."

"사샤를 용서해 달라고는 안 해. 하지만 정말로 나쁜 뜻이 있어서 한 짓은 아니야."

"그렇게까지 대단한 일도 아니잖아요. 전 전혀 신경 안 써요."

"그러니? 그래도 나중에 꼭 이번 일에 대한 사과는 할 거야. 아니, 그 바보가 꼭 준비하게 만들게. 그런데 의심을 사다니 참 힘들겠어."

"제가 아마오보로라니 말도 안 돼요. C급 말단인데요."

"후후, 걱정하지 마. 여직원들끼리 대화할 때도 그런 뉘앙스를 풍기는 말은 하지 않을 테니까."

대담한 미소를 지으며 한 그 말을 듣고 나는 조금 몸이 굳어 버렸다.

"어? 어어? 혹시 절 떠보시는 건가요? 농담이시죠?"

"응, 맞아. 네 말대로 농담이야. 이제 사장님한테 가 봐야지."

지나 씨는 그런 말을 남기고 발걸음을 돌렸다. 이 사람은 이미 눈치채고 있는 걸까.

그리고 얼마 전의 일로 할 이야기가 있어서 나는 위층을 향해 올라갔다. 목적지는 사장실이다.

사장실에는 언제나처럼 천사와 초로의 거한이 있었다.

"오오, 알프 님."

"어서 오세요, 알프 씨."

"질바 씨, 하쿠로 씨. 수고 많으세요. 얼굴 비추러 왔습니다."

나는 얼마 전에 늑대 정령수를 치유해 줘서 감사하다고 한 번 더 인사하고 학교 조사 상황을 보고했다.

물론 조금 전 소동에 관한 고자질은 하지 않았다.

홍차까지 얻어 마시면서 마카미에 관한 근황까지 전달했다.

"그런가요. 건강해졌다고 하니 정말 다행이네요."

"하쿠로 씨 덕분이에요. 그 아이도 지금보다 더 강해지려고 노력하고 있어요."

"호오. 들어 보니 더 강해지려는 의지가 강한 정령수이군요."

질바 씨는 바위 같은 얼굴과 안대가 조합되어 엄격한 인상과는 달리 온화한 모습으로 고개를 끄덕였다.

"여러 정령수를 소유했던 경우도 과거에 있었죠?"

"그건 그렇죠. 알프 씨 이외에도 둘 이상과 계약한 경우는 가끔 있어요. 하지만 실제로 싸우는 퇴마사 중에 정령수를 동시에 거느린 분은 아직 안 계세요. 만약 연계해 움직일 수 있다면 아주 마음 든든할 거예요."

"힘이 되어 줄까요?"

마카미는 현재 나에게 협조적이지 않다. 만약 힘을 기른다고 해도 우리와 같이 싸워 줄지 어떨지는 확증이 없다.

어쩌면 곧장 계약을 해제하겠다고 말을 꺼낼지도 모른다.

"틀림없이 도와주실 거예요. 전 그렇게 생각합니다."

"정말 그럴까요?"

"그럼요. 그 아이는 알프 씨의 다정한 마음을 직접 접했으니까요. 언젠가 알아차려 주고말고요."

그리고 '북두'를 나선 나는 혼자서 장을 보고 학생 기숙사로 돌아갔다.

평소라면 저녁 찬거리 상담역이 항상 어깨 위에 있으니 뭘 고르면 될지 거의 고민하지 않았었다.

유부를 사서 돌아가면 일단 아무런 불만이 없으니까.

현관에 접어들어 열쇠를 꺼내려고 했는데 내 방의 문이 저절로 열렸다.

조심성 없기는. 그런 생각을 하면서도 나를 맞이해 주는 상대가 있는 곳으로.

"린코, 뭐야. 다른 사람이 따라오고 있을 수도 있으니 사람 모습으로…… 어?"

처음에는 오늘 수행을 끝내고 결계에서 돌아온 여우 무녀가 있을 줄 알았는데, 방안에서는 처음 보는 사람이 나왔다. 그것도 모자라 숨지도 도망치지도 않고 방의 주인 앞에 당당하게 모습을 드러냈다.

살짝 푸른빛이 도는 흰색 쇼트 헤어. 몸집이 작고 10대 초반으로 보이는 소녀였다.

반소매에 앞이 확 트인 외투, 쇄골과 잘록한 배가 그대로 드러난 튜브톱에 검은 가죽 핫팬츠. 외투를 빼면 피부 노출이 많은 옷차림이었다.

무엇보다 머리와 엉덩이에 동물 같은 부위가 드러나 있다는 것이 특징이었다. 강아지 같은 귀와 꼬리. 둘 다 액세서리로는 불가능한 움직임을 보였다.

"어서 와."

그 인물은 그런 말을 하자마자 처음 보는 나의 가슴에 안겨들었다.

"누구야?!"

사람을 잘못 본 건가?

내가 당황하든 말든 동물 귀 소녀는 뺨을 내 몸에 대고 비비적거렸다.

이게 어떻게 된 거지? 처음 보는 사람과의 스킨십이라기엔 너무 친밀하지 않아?

"어? 알, 어서 와~."

안에서 이번에야말로 여우 무녀 린코가 고개를 내밀었다. 그렇다면 역시 이 여자아이는 린코와는 별개의 인물이다.

"이 아이, 아는 사이야?"

"그럼. 갑자기 안겨들어서 깜짝 놀랐어? 그야 그렇겠지~. 우후후후. 사실은 얘, 알도 아는 사이야."

"뭐~? 전혀 기억에 없는데?"

"참. 이 아이는 마카미야, 마카미."

"마카미?!"

당황은 놀라움으로 바뀌었다. 사람 형태가 될 수 있으리라고는 상상도 못 했다.

졸린 듯 뜨고 있는 푸른 눈이 나를 가만히 올려다보았다.

"린코. 이건 중위에서 상위 정령수가 됐다고 받아들이면 될까?"

"응. 요 며칠간 비약적으로 성장했거든. 원래 발전 잠재력이 상당히 컸나 봐. 지금까지 단지 환경이 좋지 않았을 뿐이겠지. 발전할 수 있는데 발전하지 못했던 곳을 조금 자극했더니 이런 결과가 됐어. 물론 계약한 주인이 알인 덕도 있지만."

의미심장한 여우 무녀의 말. 마카미가 증명을 위해 늑대 모습으로 돌아가자 체격이 소녀일 때보다 한층 더 커졌다. 기숙사 안에서는 좁아서 행동하기 힘든 크기다.

한바탕 바람을 일으키며 곧장 사람 모습으로 돌아간 마카미는 어떠냐는 듯이 콧김을 내뿜었다.

정령수는 성장한다. 하위에 해당하는 개체가 중위가 되고 중위에 해당하는 개체가 상위가 되는 사례는 자주 보고된다.

하지만 겨우 며칠간 산에 틀어박힌 정도로 이렇게 변화하다니 정말 놀랍다.

"주인님."

마카미가 나를 그렇게 불렀다. 아무래도 갯과 사회에 맞추어 주종 관계에 가까운 지위를 구축하기 시작한 듯했다.

"내가 성장해서 기뻐?"

"그, 그야 기쁜 일이지. 굉장해."

살짝 입매를 누그러뜨린 늑대 소녀는 꼬리를 격렬하게 움직였다. 감정이 얼굴보다 꼬리로 더 강하게 표현되는 모양이다.

나는 마카미의 뒤를 따라 방안으로 들어갔다.

마카미를 상대하느라 바쁜 나를 대신해 린코가 내가 장을 봐 온 음식을 냉장고로 가져갔다.

내가 소파에 앉자 늑대 소녀는 맞은편 자리가 아니라 비어 있는 옆자리로 다가왔다. 처음보다 훨씬 날 잘 따르는 듯한 느낌이 들었다.

"주인님. 손을 내밀어. 오른손."

"그야 괜찮지만……. 앗!"

"냄새, 기억할래. 사실은 계속 이러고 싶었어."

하라는 대로 손을 내밀자 마카미는 내 손을 양손으로 붙잡고

사랑스럽다는 듯이 뺨을 갖다 댔다.

"난 이 손에 아픈 짓을 했어. 주인님한테 사과하고 싶었어."

내가 손을 내밀었을 때 저항하며 물어서 상처를 입힌 일을 말하는 것임을 곧 깨달았다.

마카미 자신도 그 이후로 계속 신경을 쓰고 있었던 모양이다.

그런데 이렇게 빨리 하쿠로 씨의 말대로 될 줄이야.

"그때는 무서웠잖아. 어쩔 수 없는 일이야. 봐. 이제 흉터도 남지 않았어."

"하지만 아픈 기억은 남았잖아. 그건 쉽게 사라지지 않아. 나도 그래."

아무리 상처는 나아도 푸른 늑대 마음속에서 매를 맞았던 과거는 사라지지 않는다. 문제는 그걸 극복했느냐 하지 못했느냐다.

"이번엔 부드럽게 만져 줄게. 많이 많이, 더 많이."

"너무 무리하지 않아도 괜찮아."

"깨달았어. 고마워. 내가 이렇게 있을 수 있는 건 다 주인님 덕분이야."

솔직하고 올곧은 감사의 마음. 나는 겸연쩍어 시선을 돌렸다. 이런 말을 들으면 기분이 안 좋을 수가 없다.

"아~. 그래서 말인데, 알. 마카미가 상위 정령수가 돼서 평범한 계약이 가계약 상태로 전환됐어. 시간이 지나면 언젠가 계약은 자연히 풀릴 거야."

마침 생각난 듯 여우 무녀가 그런 지적을 해 주었다. 랭크가 상위 이상이 되면 소환했을 때와 마찬가지로 그 이상의 계약을 맺어야만 한다. 이 늑대 소녀도 예외는 아닌 듯했다.

나는 제안했다.

"마카미는 어떻게 하고 싶어? 이대로 가면 자유의 몸이야. 상위가 됐다면 독립을 해도 문제없을 테고, 정령계에도 혼자 힘으로 돌아갈 수 있어."

"……주인님은?"

"나? 음, 계약한 이상 얼마든지 책임을 져야지. 어떤 선택을 하든 난 마카미의 의사를 존중할게. 다른 주인을 찾아 계약하겠다면 그것도 돕겠어."

"싫어."

마카미는 강하게 거부했다.

그리고 심장의 고동을 전하려는 듯 쥐고 있던 내 손을 자신의 가슴에 댔다.

"앗!"

허둥대는 나는 상관 않고 마카미가 말을 계속했다.

"난 선택할래. 주인님을 따르기로 결정했어. 구해 준 주인님이 아니면 싫어. 곁에 있을래. 있게 해 줘."

"그렇게 대단한 일을 한 건 아닌데."

"본계약, 싫어? 난 필요 없어?"

안타깝다는 듯이 나를 올려다보며 그렇게 물으니 내가 접고 들어갈 수밖에 없었다. 이렇게 방침이 결정되어 갔다.

먼저 계약한 린코에게 확인해 보니 "나야 물론 찬성이야. 린코 언니라고 불러 주거든." 하고 흔쾌히 허락. 장애물은 아무것도 없었다.

"마카미, 정말 나라도 괜찮다면 계약을 맺자. 어떻게 하면 돼? 또 머리에 손을 올리면 될까?"

"조금 달라. 여기, 만져 줘."

강아지 귀 부분을 가리키며 마카미가 내게 머리를 내밀었다.

"많이 부드럽게. 그러면 성립이야."

"쓰다듬으면 돼?"

뭔가 린코 때보다 느슨하단 생각이 들었다. 깊은 신뢰를 표명하는 행위니까 어떤 조건을 정할지는 자유지만.

나는 조금 푸른빛을 띤 흰머리에 손을 올렸다. 그리고 머리카락을 가르듯이 손가락을 움직이기도 하고, 요청에 따라 귓가를 쓰다듬듯이 만졌다.

마카미는 눈을 감은 채 내가 하는 대로 가만히 있었다. 등에서는 꼬리가 이리저리 흔들렸다.

마카미가 됐다고 할 때까지 나는 그렇게 계속 쓰다듬었다.

1분 경과.

"어때?"

"아직."

약간의 접촉으로는 부족한 모양이다. 조금 더 쓰다듬어 주자. 마카미도 기분 좋아 보이고.

5분 경과.

"……아직이야?"

"더."

생각보다 시간이 걸리네.

역시 본계약이니 계약할 때의 터치와는 달리 깊고 친밀한 접촉을 나눌 필요가 있나 보다.

10분 경과.

"저어, 마카미."

"더~."

마카미는 멍한 표정을 지은 채 계속 쓰다듬어 달라고 요구했다. 아냐, 아무래도 이상하다. 언제가 되면 끝나지?

20분 경과.

"두 사람 모두, 저녁 준비됐어. 마카미도 먹고 싶다고 해서 준비해 뒀으니 먹어 봐~."

"……역시 이제 계약은 끝났지? 이제 끝나지 않았을까? 이제 슬슬 그만하면 어때?"

"조금만 더."

"어, 어쩐다."

이제는 단지 응석을 부리고 싶을 뿐이란 사실을 알게 된 나는 그냥 곤란할 뿐이었다. 호의를 품고 요청하는 거니 거절하기가 힘들었다.

손이 지쳐가기 시작했을 즈음에 린코가 개입해 주어 겨우 난 해방되었다.

늑대 소녀가 새끼손가락을 내밀어 나도 같이 내밀자, 그 사이에서 연결된 빛의 실이 눈에 보이는 형태로 나타났다.

유대의 증거. 이미 본계약은 성립되어 있었다. 다시 말해 지금까지는 마카미의 개인적인 욕구였다는 말이다.

그건 그렇고, 이것으로 인간형 정령수가 둘이다. 단 이 늑대 소녀는 아직 아기 여우처럼 작아질 수가 없어서 학교에 갈 때는 늑대 같은 모습이 되든가, 내 안에서 대기하고 있기로 미리 이야기해 정해 두었다.

안 그러면 인간형 정령수라며 큰 소동이 벌어진다. 인간형에 관해서는 하쿠로 씨에게만 알리면 되려나? 내가 계약한 사실을 아는 벨 선배와 다리오에게는 미안하지만, 둘에게는 비밀로 해 둬야 더 무난할 듯했다.

식사 후 샤워를 하는데 문 너머의 탈의실에 그림자가 생겼다.

"……린코. 또 들어오려고?"

욕실의 잠금장치가 의미 없다는 사실에 체념하면서 나는 수도꼭지를 잠그고 미리 준비해 둔 타월을 꺼냈다.

그러는 동안 욕실 안으로 들어오려는지 손잡이가 돌아가며 문이 열렸다.

"우앗?!"

"주인님, 내가 등을 밀어 줄게."

너무 놀라 눈이 휘둥그레졌다. 들어온 사람은 여우 무녀가 아니라 옷을 벗은 마카미였다.

유일한 위안은 흰 목욕 타월을 몸에 두르고 있다는 것. 지금까지 늑대 모습이어서 부끄러움과는 거리가 멀었던 마카미가 이러고 있는 모습을 보면, 역시 따로 지식을 배워서 그런가.

나도 타월 하나로 아래를 가린 모습으로 뒷걸음질을 쳤다.

"굳이 묻지 않아도 뻔하지만, 린코한테 배웠어?!"

"응. 사람의 문화, 배우기 위해서. 이걸 두르면 주인님 기뻐해. 수줍음? 그걸 느껴야 더 좋댔어."

"그건 잘못된 문화야! 이상한 바람 불어 넣지 마, 변태 여우!"

나는 린코의 소행에 머리를 감싸 쥐었다. 지금 틀림없이 방에서 웃고 있겠지.

"분명 이걸로……."

마카미가 목욕 스펀지를 들고 거품을 내려고 했다.

으악. 이대로 가면 마카미가 이상한 걸 배우겠어.

나는 다급히 마카미의 팔을 잡고 샤워기로 손에다 물을 뿌렸다.

"……난 괜찮으니까 마카미는 이제 돌아가도 돼."

"그래? 아무것도 안 해?"

"이미 다 씻었으니까 마음만 기쁘게 받아 둘게. 성의는 잘 전해 졌어. 고마워."

잘 모르겠다는 듯이 고개를 갸웃하기에 일단 나는 더 밀어붙이듯이 머리를 마구 쓰다듬었다.

그러자 곧장 마카미가 얼굴을 반짝였다.

"린코 언니! 주인님한테 칭찬받았어!"

달성감을 얻은 늑대 소녀는 순순히 욕실 밖으로 나갔다.

나중에 항의하겠어. 새삼 그런 결심을 하면서 나는 다시 샤워를 시작했다.

5장 불도마뱀 황혼

주말 수업에서 정령수 소환이 시작되었다. 나는 그 모습을 지켜보는 학생들 편에 섰다.

정령수와 아직 계약하지 않은 학생들은 모두 소환대 앞에 모여 있었다.

"자～자자. 드디어 이때가 왔구나."

다리오는 앞줄에 서서 자신의 차례를 기다렸다.

그을린 은색 비석이 넓은 훈련장의 한가운데에 설치되어 있었는데, 학생들은 한 명씩 그 앞에 섰다.

정령수를 소환하려는 학생에게는 정령계에 있다고 하는 정령석이란 광석이 지급되었다. 그걸 촉매로 사용해 우리 세계와 정령계를 연결해 부름에 응한 정령수를 소환하는 것이다.

"나도 저렇게 불려왔었지?"

어깨에 올라가 있던 린코가 말했다.

"나도 지금은 같이 있는 게 당연한 일이 되었지만, 계약하면 인생의 파트너가 생기는 거잖아. 다리오가 기대하는 그 마음도 이해가 돼."

소환대에 서서 정령석을 들어 올린 2학년생들은 섬광이 비치자 정령수를 불러냈다.

　나타난 정령수의 종류는 매우 다양했다. 등이 불타는 검은 고양이, 자색 털 비비, 커다란 매를 불러낸 학생도 있었다.

　그리고 금발 남학생 다리오가 소환을 시작했다. 자, 뭘 불러내게 될까.

　"와라!! 나의 정령수우우우우!"

　기합을 단단히 넣고 다리오가 돌을 사용해 빛을 일으켰다. 소환대에서 그림자가 튀어나왔다.

　"콕콕콕콕콕콕!"

　"아얏?"

　작은 동물이 다리오의 미간을 쪼았다. 검은 날개를 지닌 작은 새, 제비가 소환된 것이다. 단, 평범한 제비와는 달리 신비한 연푸른색 오라가 느껴졌다.

　제비는 엉덩방아를 찧은 다리오의 정수리에 앉았다. 아무래도 자신과 계약한 주인으로 인정한 듯했다.

　"헤헤……. 잘 부탁해. 아얏! 아파! 야, 그만둬! 뭐 하는 거야?!"

　"콕콕콕콕콕콕콕!"

　"얘가! 머, 머리카락! 왜 머리카락을 뽑고 그래?!"

　다리오의 금발을 몇 번씩 쪼더니, 잡초처럼 계속 뽑기 시작하는 새 정령수.

　"어? 왜 저러지?"

　"머리 위가 마음에 들어 둥지를 만들려는 게 아닐까?"

　"대머리 되게 생겼어, 그만둬!"

"보아하니 서로 궁합은 좋아 보이네. 축하해."

"린코한테는 그렇게 보여……?"

그런 작은 소동이 있었지만, 다리오도 무사히 정령수 소환을 끝냈다.

다리오는 그 새에게 특징을 살려 검은 깃이라는 뜻의 쿠로우 (黑羽)라는 이름을 지어 주었다. 하위 정령수의 이름은 이곳에서 명명되는 경우도 적지 않다.

소환 수업이 끝난 뒤 교실은 학생들의 정령수들로 넘쳐났다. 이제 막 소환된 참이라 아직 흥분도 쉽게 가라앉을 상황이 아니었다.

"자, 얘들아. 마음은 알지만 다음 수업에 방해가 안 되게 안으로 집어넣어라."

남자 교사의 무심한 듯한 목소리. 아무래도 항상 매년 겪는 광경이라 그런 듯했다.

천장에서 쿠로우가 날아다녔고 그 아래에서는 다리오가 흥분한 모습으로 나에게 다가왔다.

"근데 있잖아! 내 정령수도 커질 수 있을까?! 린코처럼 강해지려면 어떻게 해야 돼?!"

"글쎄……."

린코는 내가 키운 게 아니라서 난 뭐라 대답하면 될지 몰라 말을 얼버무렸다.

단, 수업에서도 배우는 일이라고 말을 덧붙여 두었다.

이제부터 퇴마 전공을 선택하는 학생들은 자신을 방어하는 수

단뿐 아니라 실전을 위해 정령수를 단련시키는 수업도 받게 된다. 다리오의 제비도 앞으로 어떻게 될지는 미지수다.

오후에도 뒤쪽 숫자 반이 소환 수업을 받지만 다리오와 정령수가 이어지는 모습을 봤으니 이 정도면 충분하다.

그런 생각을 하던 그때였다.

갑자기 복도가 어마어마하게 소란스러워졌다. 도망쳐라! 라는 비명이 들렸다.

잠시 조용해진 교실 옆을 다른 반 학생들이 **빠르게 뛰어 통과**해 갔다.

보통 일이 아니라는 듯 분위기가 확 변했다.

《전교생에게 알립니다.》

그리고 교내에 방송이 흘러나왔다. 확성된 벨 선배의 목소리였다. 스이네의 힘을 빌리고 있는 듯했다.

《현재 훈련장 내에서 황혼이 나타났습니다. 화재도 발생했습니다. 당장 침착하게 밖으로 대피해 주십시오. 반복합니다.》

"뭐지?", "무슨 일인데?", "불이 났대.", "불?", "조금 전에 훈련장에서.", "황혼이 나와서 그렇대!", "황혼?!", "왜 학교에?", "위험하잖아…….", "우리도 도망치자."

당황은 이윽고 패닉 상태로 변했다. 자리에서 일어서는 학생들.

"진정해라! 시끄럽게 떠들지 마!"

선생님이 소리치자 교실이 조용해졌다. 그리고 선생님은 냉정하게 대피 유도를 시작했다.

모두 복도로 나가 훈련장에서 이탈하듯 밖으로 움직였다.

상황을 정확하게 파악하긴 힘들었지만 아무래도 황혼이 교내에 나타난 모양이었다.

일개 학생의 입장에서는 교사에게 맡겨 두는 게 좋을 듯했다. 선생님 중에는 퇴마사 자격증을 가지고 있는 사람도 있을 테니까.

하지만 만약의 경우에 대비해 나도 움직여야 하나? 일선에서 물러나 있는 교사들이 감당할 수 없는 수준의 황혼이라면 나서 달라고 요청을 받게 될 가능성도 있다.

나는 학생들의 대이동에 섞여 사람들을 거슬러 올라갔다. 계속 나아가 보니 연기가 천장을 타고 이동하는 모습이 보였다.

상관하지 않고 도망치는 학생들의 반대 방향으로 이동해 보니, 조금 전 교내 방송을 했던 벨 선배와 마주쳤다.

"알프! 다행이야. 다리오는?"

"조금 전에 도망쳤어요. 전 여동생이 걱정돼서 상황을 살피러 온 거고요."

"그랬구나. 하지만 함부로 접근하진 마. 황혼이 소환대 근처에서 날뛰고 있거든."

"왜 거기서 그러죠?"

"라이언의 짓이야."

인상을 찌푸리며 벨 선배가 말했다.

아무래도 소환 수업 중에 그 선배가 함부로 소환대를 이용한 듯했다.

하지만 정령석은 관리를 받고 있어 반출하긴 어려울 텐데? 어떻게 정령수를 불러냈을까.

"그 자식은 상위 정령수를 소환하는 데 성공했어. 다만 잘 알고 있듯이 중위보다 랭크가 높은 정령수는 조건부로 본계약을 맺어야만 하잖아. 그게 원활히 잘 되지 않았나 봐."

"그게 황혼 발생이랑 무슨 관련이 있죠?"

"그 상위 정령수가 갑자기 황혼으로 변했어."

그 정보를 듣고 나는 진심으로 놀랐다. 계약에 실패했다고 황혼이 되는 경우는 들어본 적이 없다.

"그래서 선생님들이 황혼을 조복하려고 했지만 고전 중이야. 퇴마사에게 해결을 요청할 수밖에 없는 상황이래."

"그런가요……."

"지금은 훈련장 내에서 억누르고 있지만, 피해가 얼마나 커질지는 알 수가 없어. 아무래 린코가 있다고 해도 대피해야 해."

"여동생의 교실은 분명 훈련장 근처였죠?"

"알프……. 걱정되는 그 마음은 알지만 이런 일은 프로한테 맡겨야 해."

"괜찮아요. 무리는 하지 않을게요. 같이 도망치기만 할게요."

"잠깐, 알프……! 터무니없는 짓 하지 마."

계속 입씨름을 계속할 수 없어 나는 일단 사과하고 달리기 시작했다.

그리고 인기척이 없는 곳에서 평소에 들고 다니는 가면을 썼다.

까마귀 텐구 가면을 얼굴에 대자 접촉만 했을 뿐인데도 얼굴에 딱 달라붙었다.

"린코."

가면 효과로 목소리도 낮은 톤으로 바뀌었다.

"알겠어."

귀와 꼬리를 감춘 양복 차림의 인간형으로 변한 린코는 내 교복을 마법처럼 변화시켰다. 나는 알프 올랑이라는 신분이 아니라, S급 퇴마사 차림의 모습으로 변했다.

"아마오보로가 되어 나가자."

"난 아마가네가 되어 나가 볼까."

검은 코트를 휘날리며 우리는 현장으로 급히 달려갔다.

훈련장 입구에서 미처 도망치지 못한 것으로 보이는 사람을 발견했다. 우리는 곧장 그 사람에게 다가갔다.

"카마이! 카마이!"

쓰러진 족제비 정령수를 부르는 밤색의 스포츠 계열 여학생 레이첼.

"……아, 당신은."

축 늘어진 올빼미를 안고 있는 안경 여학생 로베르타.

두 사람은 앨리스의 친구들이었다. 아무래도 파트너가 상처를 입은 모양이었다.

괜찮아? 그런 말을 걸려다가 말을 집어삼켰다.

지금 나는 알프가 아니다. 그래서 행동 방식을 바꾸었다.

"황혼에게 당한 건가?"

"네. 조금 불꽃에 당해서요. 허둥지둥 여기까지 벗어나긴 했지만……."

설마 방과 후의 작은 황혼을 퇴치하던 감각으로 상위 황혼을 상대했던 걸까.

"왜 도망가지 않았지?"

이건 프로로서의 비난이었다. 본격적으로 황혼을 조복하는 세계에서 아마추어나 마찬가지인 두 사람의 행동은 칭찬받을 일이 아니다.

감당되지 않는 상대라면 그걸 직업으로 삼는 사람에게 맡기라고 했는데 왜 무리를 한 걸까.

하지만 스포츠 계열의 소녀가 나의 그 말에 반발했다.

"우리도 퇴마사가 목표니까! 이럴 때를 위해 단련했었어! 피해가 확산될지도 모르는데 겁쟁이처럼 겁에 질려 있으라고……?!"

"무모함과 용기는 달라. 자신의 역량을 확실히 파악하지 못해서야 오히려 역효과만 발생할 뿐이잖아."

"그래도……!"

"네 족제비를 봐 봐. 경상이니까 다행이었지, 하마터면 파트너를 잃을 뻔했어."

내 질책을 듣고 레이첼은 괴로운 듯 신음을 흘렸다. 자각은 있는 모양이었다.

목소리와 겉모습을 숨기면 쉽게는 들키지 않겠지. 같은 학생 입장이라면 몰라도, 아마오보로가 충고를 하면 귀를 기울이리라 생각한다.

"아마가네, 두 사람의 정령수를 돌봐줄 수 있을까?"

"아마오보로는? 혼자서 괜찮겠어?"

"첫 출진으로는 딱 좋지 않아?"

내가 말하자, 린코는 내 말의 의미를 알아듣고는 정령수들의 응급 처치를 시작했다.

나는 린코에게 이곳을 맡기고 훈련장 안으로 들어가려 했다. 천장에서 연기가 새어 나오고 있었다.

"저어."

나를 불러세우는 로베르타. 나는 뒤를 돌아보았다.

"왜 그러지?"

"안에서 앨리스가…… 친구도 싸우고 있어요! 분명 저희를 위해 시간을 벌려고……!"

대체 뭐 하는 거야?! 나는 마음속으로 소리쳤다.

퇴마사 놀이를 하기에는 역시 너무 도가 지나치다. 설마 두 사람을 위해서 발을 묶는 역할을 하려는 셈인가?

"알았어. 걱정하지 마. 뒤는 내가 알아서 할 테니까."

"네……."

그 말만을 남기고 나는 안으로 달려 들어갔다.

현장에는 후끈거리는 열기가 가득 차 있었다. 드문드문 검은 독기가 떠돌았고, 불길이 살짝 솟아올라 안에는 작열하는 공간이 형성되어 있었다.

방화 대책이 되어 있는 건물답게 스프링클러가 작동하고 있어 다행히 큰 화재로는 연결되지 않았다. 하지만 불길이 완전히 진화되지는 않았다.

그런 상황에도 선생님 몇 명이 황혼과 대치하고 있었다. 중위 정령수들이 안에 있는 괴물을 견제하고 있는 듯했다.

"이렇게 바쁜 상황에 누구냐?! 관계자 외에는 출입 금지일 텐데?!"

다부진 교사가 나를 보고 그렇게 힐난했다.

"아마오보로. 근처에 있었는데 요청이 들어와 급히 달려왔다."

"그, 그런가! 미안하다."

아직 요청은 들어오지 않았다. 요청이야 나중에 받게 되겠지.

"'북두'에서 지원이 온 건가?!"

"든든하군……!"

"아마오보로가 왔다면, 이 자리도 어떻게든 수습되겠지!"

다들 열기와 긴장으로 인해 땀을 흘리면서도 살았다는 표정을 지었다. 그 안에는 호랑이 정령수를 데리고 있는 빨간 머리 여학생도 어른들 틈에 끼어 있었다.

"당신이 아마오보로? 지, 진짜로……?"

여동생은 필사적이었던 건지 긴장의 끈이 끊어져 안도한 모습으로 그 자리에 주저앉았다.

레이첼처럼 학생이 왜 독단적으로 행동했는지 혼을 내야 할지, 아니면 잘 버텼다고 칭찬해 줘야 할지.

하지만 황혼이 있는 이곳에서 한가하게 이야기를 하고 있을 틈은 없었다. 나는 일단 여동생을 최전선에서 멀리 떨어뜨려야 한다고 생각했다.

"학생이 이런 곳에 있어선 안 돼. 친구가 걱정하더군. 바로 여길 떠나라."

"아, 알겠습니다."

"선생님들도 물러서 줬으면 한다. 괜히 말려들 수 있으니까."

나는 내 할 말만 하고 사람과 정령수들보다도 앞으로 나섰다. 황혼의 관심을 나에게 집중시키기 위해서였다.

소환대 너머의 아지랑이가 흔들리는 저편에서는 천장에 닿을 만큼 거대한 몸이 앞을 가로막고 있었다.

저게 이번 소동의 원흉인가.

"크르르르르."

파충류 모양의 빨간 갑각을 두른 모습에 긴 목과 네 개의 다리, 세 갈래로 갈라진 가느다란 꼬리가 보였다. 부리가 있는 뾰족한 턱에서는 낮게 으르렁대는 소리가 흘러나왔다.

불도마뱀이라고 하면 될까. 상위 정령수가 타락한 존재다.

설마 소환된 순간에 황혼으로 변하는 개체가 나올 줄이야. 아니, 어쩌면 처음부터 그런 징후가 있는 개체를 불러내고 말았을 가능성도 있다.

어느 쪽이든 간에 랭크가 높은 상대임에는 틀림없었다.

"사……살려 줘……."

그 뒤쪽에서 도움을 청하는 목소리가 들렸다.

자세히 보니 흔들거리며 움직이는 꼬리에 휘감겨 꼼짝하지 못하는 학생이 있었다.

라이언 레이벨트. 여기서 허가 없이 정령수를 불러낸 장본인이었다.

불도마뱀은 이 남자를 생포했다. 틀림없이 그 목표는 라이언

안에 있는 정령력을 흡수하기 위한 것이다.

황혼은 정령과 마찬가지로 정령력으로 생명을 유지해야 한다. 사람이나 정령수를 습격하는 이유는 그 때문이다.

그리고 이건 추측이지만, 조금 전까지 라이언과 불도마뱀은 가계약을 맺고 있었다. 즉, 라이언이 지닌 정령력의 맛을 봤기 때문에 내버려 둘 수 없었던 거겠지.

주변 공격에 저항하면서도 훈련장 밖으로 나가 날뛰지 않은 이유는 정령력 포식을 우선했기 때문이다.

"제발 살려 줘……."

꺼져 들어가는 목소리로 애원하는 라이언. 자신이 일으킨 소동이면서.

그렇지만 이대로 오랫동안 구속되어 있으면 그것만으로도 위험하다. 사람이 오랫동안 버틸 수 있는 온도가 아니었다.

뭐가 됐든 이 불도마뱀을 조복하지 않는 한 2차 피해가 발생한다. 여기서 막아야만 한다.

"야, 멍청아."

내가 아무런 주저도 없이 그렇게 말을 걸었다. 내 말에 반응을 보인 황혼이 날 견제하기 위해 꼬리 세 갈래 중 하나를 움직였다.

채찍처럼 움직인 꼬리의 일격이 바닥을 꿰뚫는 위력을 선보였다.

나는 그 자리에서 몸을 젖혀 아슬아슬하게 그 공격을 피했다.

"그래. 네 상대는 나다. 각오는 됐겠지?"

"쿠에에에에에에에에에에에에엑!"

대기를 진동시키는 이질적인 포효. 음산한 기백이 온몸을 때렸다.

하지만 나는 그 위협에 겁먹는 일 없이 곧장 여유롭게 손을 앞으로 내밀었다.

"네 차례야. 인간형이라도 상관없어."

나는 또 한 명의 정령수를 불러냈다.

내 말에 응답해 나타난 늑대 소녀.

"주인님. 불렀어?"

"이런 모습이라 미안해. 누군지 알겠어?"

"냄새가 똑같아. 알아. 그런데 저건?"

마카미는 내가 가리킨 황혼으로 시선을 돌렸다.

"황혼이야. 우리의 적."

"크네?"

"둘이서 저 녀석을 조복하자. 준비는?"

"됐어."

입매를 누그러뜨린 마카미의 양팔이 변화했다.

양팔에는 푸른 늑대 모습처럼 털이 돋아났다. 부분적 동물화라고 칭하면 될까.

"수행의 성과. 주인님한테 보여 줄게."

"기대할게."

나는 마카미 옆에 서서 우리를 내려다보는 괴물을 향해 자세를 잡았다.

불도마뱀 황혼과의 대결은 이렇게 시작되었다.

마카미가 움직이자 그에 반응한 불도마뱀이 입에서 불꽃을 방사했다. 그러자 주변 일대가 뜨거운 열기로 가득 찼다. 이게 이 참상의 원인인가.

우리가 그 자리에서 뛰어오르자마자 놈은 돌진하기 시작했다.

게다가 그 체격에 걸맞지 않게 매우 재빨리 움직이며, 긴 턱을 최대한으로 벌려 늑대 소녀의 몸을 노렸다.

그러나 마카미의 기동력은 불도마뱀을 가볍게 능가했다.

내 시야에서 마카미가 사라졌다. 불도마뱀의 물어뜯기는 허공을 갈랐고, 놈도 마카미를 놓치고 말았다.

내가 위치를 파악했을 때는 이미 마카미가 놈의 등 뒤로 돌아가 사각에 들어가 있는 상태였다.

후방으로 물러서는 그 잠깐 사이에 적의 안쪽으로 바짝 다가서다니. 게다가 마카미의 강점은 기동력뿐만이 아니었다.

마카미가 부웅 바람을 갈랐다. 그리고 굉음이 울렸다.

그 동물 모습으로 변한 팔이 날린 일격은 불꽃의 비늘 갑옷을 비웃듯이 추정 수 톤이나 되는 괴물을 옆으로 쓰러뜨려 버렸다.

건물 안에 땅울림이 울려 퍼졌다.

"크아아아악?!"

"……우어어?!"

"와앗?!"

공격을 날린 마카미 자신마저도 놀랐다.

린코의 훈련을 받아, 그 힘의 한계는 스스로도 어디가 한계인 줄 모를 정도였다.

"건방지게, 굴지 마라아아아!"

놀랍게도 언어를 구사하며 불도마뱀이 포효했다. 반격이라는 듯이 바람을 휘잉 하고 가르는 소리를 내며 꼬리 두 개가 휘어졌다. 끝없는 난타가 주변으로 퍼져나갔다.

하지만 늑대 소녀는 그런 공격을 아무렇지도 않게 피하며 빠져나갔다. 단 한 번도 정통으로 맞지 않을 만큼 그 움직임을 완벽히 간파했다.

종횡무진 공중을 날던 마카미는 실전인데도 들뜬 목소리로 말했다.

"몸이 가벼워. 깃털 같아."

상위로 진화한 마카미의 잠재 능력은 놀라웠다. 압도적인 체격 차이조차도 아랑곳하지 않고 상대를 일방적으로 농락했다.

사방팔방으로 뛰면서 황혼을 농락하는 마카미. 상대는 마카미의 속도를 도저히 따라잡지 못했다.

불 같은 입김도 닿지 않았고, 갈고리처럼 날카로운 발톱도 허무하게 공중을 갈랐다. 불도마뱀은 분노하며 포효했지만 아무런 의미도 없었다.

스쳐 지나갈 때마다 마카미에게 묵직한 일격을 계속 얻어맞은 괴물은 행동은커녕 몸조차 제대로 움직이지 못했다.

그리고 마카미가 적절히 시선을 끌어 준 덕분에 나도 불도마뱀의 발밑으로 접근할 수 있었다.

나는 불도마뱀의 품에 도착해 몸을 옆으로 움직여 자세를 낮췄다.

이어서 무방비한 불도마뱀의 긴 몸통을 향해 최대한 지르기를 날렸다.

"합!"

정권의 위력을 최대한으로 발휘한 지르기, 충추(冲捶). 그 충격과 동시에 진각을 밟으며 주먹에 감싸인 정령력을 폭발시켰다.

늑대 소녀의 일격에 필적할 만큼의 충격으로 황혼이 날아가 버렸다. 그 사이에 마카미가 꼬리를 때리며 괴물에게서 라이언을 구해냈다.

공중에서 몸을 돌린 불도마뱀은 그 거대한 몸으로 주변을 엉망으로 만들면서 저항했다.

하지만 이제 마음껏 공격할 수 있다. 인질이었던 라이언이 없는 지금, 우리는 온 힘을 다해 황혼을 조복할 수 있게 됐다.

불도마뱀에게 원한은 없다. 그냥 날뛰는 정도라면 참작의 여지가 있었다.

그러나 황혼이 되어 인간에게 해를 끼친 이상 근절하는 수밖에 없었다. 불도마뱀도 적대감을 고스란히 드러내며 일어섰다.

"힘이, 부족하다……."

무시무시하게 불을 흘리던 턱에서 말이 새어 나왔다.

"주인님."

"그래. 다음 공격으로 제압하자."

옆에 있던 늑대 소녀는 동물로 변한 팔의 발톱을 힘껏 뻗으며 대답을 대신했다.

그러나 불도마뱀과의 결판을 방해하는 자가 있었다.

"이 녀석을 죽이지 마!"

그 성난 목소리는 나와 마카미 사이에서 들렸다. 누구의 목소리인지는 뻔히 알고 있었지만, 약간 옆으로 의식이 쏠렸다.

주변은 뜨거운 모래사막처럼 온도가 매우 높은데도 불구하고 라이언이 창백한 얼굴로 엎드려 기면서 트집을 잡았다.

"기껏 불러낸 내 정령수야! 계약, 계약을 해야 돼."

"이미 늦었어. 이건 황혼이야. 조복을 할 수밖에 없어."

"외부인이 참견하지 마! 음침한 자식아!"

이 마당에 이르러서도 욕심을 부리는 이전 계약자를 보고 마카미는 불만스러운 듯 그 모습을 바라보았다. 그리고 중얼거렸다.

"이게, 믿었던 인연의……."

나도 라이언의 지금까지 행동을 알기에 가면 안에서 혐오감에 찬 표정을 지었다.

라이언의 행동으로 인해 우리는 조금 표적에게서 눈을 떼고 말았다.

그 사이에 불도마뱀이 움직이기 시작했다. 우리가 아닌 뒤쪽을 향해 재빨리 움직였다.

"더 많은 힘을 모아, 더 강해지겠다아아아아아!"

목적은 정령력 보급. 불도마뱀은 훈련장의 벽을 부수고 밖으로 도망쳤다.

"쳇."

기습이었으면 대처할 수 있었겠지만, 설마 탈출을 선택할 줄이야. 라이언의 방해로 방심을 하고 말았다.

"먼저, 쫓을게."

마카미가 파괴된 구멍을 통해 먼저 앞서 나가며 추적을 시작했다.

나도 밖으로 나가려는데 등 뒤에서 "죽이지 마! 알겠지?!" 하는 쓸데없는 소리가 날아들었다. 그 목소리에 나는 뒤를 돌아보았다.

제발 그만 좀 해라. 나는 마카미에게 추적을 맡기고, 라이언에게 확실히 못을 박아 두기로 했다.

"그럼 네가 저걸 막아 봐. 이 문제를 전부 해결해 보라고."

"뭐……?! 왜 내가?!"

"소환한 사람은 너일 텐데? 원래는 네가 책임을 져야 할 문제야. 역할을 포기한 이상 어떻게 처우할지 결정하는 사람은 나다."

내 요구를 듣고 라이언이 당황했다. 이야기를 복잡하게 만들겠다면 아예 처음부터 확실히 차단해 버릴 필요가 있었다.

"내 방식이 마음에 들지 않는다면 쫓아와라. 그리고 저 괴물을 제거하지 못하게 막아라. 네가 직접. 한 번은 널 구했지만 자살 행위를 반복하는 자까지 구할 의무는 없어."

"이, 이 자식이! 넌 사회와 사람을 지키기 위해 있는 거잖아?! 정의가 할 말이 아냐!!"

"원흉이 지껄여 봤자지. 사회를 불안정하게 만들고 사람을 위험에 처하게 만든 사람은 너잖아?"

"큭?!"

"나는 단지 퇴마사로서 황혼을 조복할 뿐. 그게 내 일이다."

정의의 사도는 정의가 아니다. 단지 법에 따라 치안을 지키기 위해 움직이고 있는 사람에 지나지 않는다.

나는 그 말을 한 뒤, 라이언을 그대로 남겨 두고 몸을 돌렸다.

그리고 시원한 공기가 펼쳐진 밖으로 나갔다.

아주 잠시간이지만 쓸데없는 시간을 보내고 말았다. 어서 따라가 처리할 필요가 있다.

그런데 사태는 뜻하지 않게 마무리되었다.

"마카미!"

늑대 소녀는 훈련장 밖 바로 앞에서 멈춰 서 있었다. 그리고 그 앞에는 표적이었던 괴물이 쓰러져 있었다.

불도마뱀은 이미 숨을 거둔 상태였다. 단단한 부리가 있는 얼굴이 찌부러진 채 거품을 내뿜었다.

"벌써 처리했구나. 잘했어."

"아니야."

하지만 마카미는 고개를 저었다. 숨통을 끊은 사람은 자신이 아니라고 했다.

마카미는 어느 한 곳을 손가락으로 가리켰다.

그제야 나는 현장에 마카미 이외의 다른 인물이 있다는 사실을 깨달았다. 마카미보다도 황혼과 가까운 곳이었다.

그자는 조금 전까지 날뛰고 있던 무시무시한 불도마뱀을 앞에 두고도 전혀 당황한 낌새가 없었다.

"여어."

당황은커녕 마치 그 괴물을 방금 쓰러뜨렸다고 말을 하듯이 빛의 거품이 되어 가는 사체 위로 올라가 있었다. 그리고 가볍게 땅으로 뛰어내렸다.

새로운 난입자는 우리를 마주 보았다.

"퇴마사, 너무 늦었잖아. 게으름을 피우다니 실망이군."

거친 말투를 사용하는 그 사람은 어린아이였다.

특징이라면 햇볕에 탄 듯한 갈색 피부.

멜빵이 몸통까지 오는 오버올 차림에 물려받은 듯한 헌팅캡 모자.

마치 동네에서 야구라도 하고 있던 소년 같은 모습이었다.

하지만 이곳은 학교 안이다. 그러니 학생이나 학교 선생님으로 보이지 않는 이 아이는 명백한 외부인이었지만, 특히 눈길을 끄는 모습은 그런 것들이 아니었다.

"그래서 먹잇감을 내가 가로챈 거야."

야구방망이처럼 어깨에 걸치고 있는 물건은 금속 스파이크가 달린 철제 막대기.

동화에 등장하는 오니(鬼)가 들고 있을 법한 쇠몽둥이였다. 그보다는 조금 작고 가늘지만, 명백히 구타하는 데 특화된 둔기였다.

황혼의 머리에는 얻어맞은 흔적이 있었다. 그것과 이 아이의 행동을 연결하는 데는 오랜 시간이 걸리지 않았다.

"누구냐."

"야야. 이름을 묻기 전에 자기 이름부터 말하는 게 예의 아냐?"

헌팅캡을 쓴 아이가 입꼬리를 올리며 나를 깔보듯이 턱을 들고 말했다.

모자 아래의 피 같은 붉은 눈동자는 짐승의 동공처럼 가늘었다.

사람이 아니다. 하지만 몸에서 독기가 나오지 않으니 황혼도 아닌 듯했다.

"아니면 뭐야, 그 부자연스러운 차림이라면 어차피 유명하니까 말을 안 해도 안다고 생각해 생략한 건가? 너무 오만하지 않아? 아마오보로."

"질문에 대답해라."

"싫은데?"

아이가 혀를 내밀며 쇠몽둥이를 어깨에서 내렸다. 그 동작만으로도 이 자리의 분위기가 달라졌다.

곧 무언의 중압감이 짙게 내리깔렸다. 이 압박감. 비슷한 수준의 압박감을 나는 느껴 본 적이 있다.

"자, 그럼."

린코의 힘을 바로 코앞에서 느꼈을 때와 완전히 똑같았다.

아무리 낮게 잡아도 상위…… 또는 천상위의 정령수인가……?!

"시련의 시간을 가져 볼까. 자세 잡아라. 지금부터 나는 공격을 하겠어. 둘이서 같이 상대해도 좋아. 어설프게 봐주려고 하면 진짜 죽을 수도 있으니 조심하고."

정체도 목적도 불명. 아는 것이라고 하면 아군이라고는 생각하기 어렵다는 점뿐이었다.

정말 싸울 셈이다. 내가 자세를 잡는데 옆에서 마카미가 바로 공격을 시작했다.

"위험해! 주인님, 물러서!"

그건 야생의 감이었을까. 그 소년이 해방한 살기에 마카미가 먼저 움직였다.

나를 지키기 위한 독단적인 행동. 잠깐 기다리라고 미처 말도 하지 못했다.

"호오? 멍멍이가 먼저 덤비겠다는 건가?"

갈색 피부의 소년은 기습을 받았는데도 전혀 동요하지도 않고 웃었다.

빠른 발을 살린 늑대 소녀는 페인트를 걸면서 등 뒤로 돌아 동물처럼 변한 양팔을 고속으로 움직였다.

그건 마치 돌진하는 속사포 같았다. 1초에 두 자릿수에 달하는, 차원이 다른 연속 공격이 상대를 덮쳤다.

헌팅캡이 날아가며 한꺼번에 불꽃이 튀는 듯한 굉음과 폭풍이 나한테까지 불어닥쳤다.

소년은 가만히 선 채 계속 얻어맞았다.

하지만 그 자리에서 전혀 움직일 생각을 하지 않았다.

"오오, 어깨 안마가 참 시원한걸?"

마카미의 공격 하나하나는 수 톤에 달하는 몸을 지닌 불도마뱀을 쓰러뜨릴 정도의 위력이 있었는데도, 아이는 태연하게 그런 소릴 했다.

그리고 모자가 날아가 아이의 머리가 드러난 덕분에 정체가 확실하게 밝혀졌다.

그 아이의 이마에는 작은 뿔 두 개가 뻗어 있었다. 그야말로 오니 같았다.

잠시 후, 쇠몽둥이가 천천히 움직였다.

"그 자식한테서 떨어져!"

작은 오니는 내 경고보다도 빠르게 반격을 시작했다.

그리고 아이의 몸이 비정상적으로 크게 흔들리며 스윙을 시작했다.

땅을 스쳤을 뿐인데 대량의 토사와 먼지가 하늘로 휘말려 올라갔다. 돌멩이가 거리를 두고 서 있던 나한테로 날아와 몸을 세게 때렸다.

뒤늦게 찾아온 폭발음. 학교 건물 한쪽 구석에서 간헐천이 솟구친 듯한 소리가 났다.

"마카미!"

모래 먼지에서 늑대 소녀가 튀어나왔다. 아슬아슬하게 도망쳐 나온 듯했다.

"괘, 괜찮아."

겨우겨우 피해서 온 탓인지 마카미가 거칠게 숨을 쉬었지만 다친 곳은 없어 보였다.

하지만 안심하기에는 일렀다. 천천히 앞으로 나온 작은 오니도 여전히 건재했기 때문이다.

뿔 이외에는 어린아이의 모습일 뿐인데 그런 외모에는 어울리지 않는 초월적인 힘. 일격에 불도마뱀을 쓰러뜨린 아이다웠다.

"반사 신경도 합격점. 이제부터라고 보면 되나. 넌 합격점이야."

아이가 그런 말을 하면서 쇠몽둥이를 한 번 휘둘렀다.

옆으로 움직였을 뿐인데 모래 먼지가 하늘로 휘몰아쳤다.

전투 경험이 적은 늑대 소녀가 저 정도 수준의 상대와 싸우기는 아직 이르다. 나는 곧장 판단을 내렸다.

아니, 나도 이길 수 있긴 한가?

"주인님. 도망치자……!"

"하지만, 마카미."

"저건 사람이 상대해선 안 돼. 설령 주인님이라고 해도! 린코 언니가 도망치는 건 나쁜 일이 아니라고 가르쳐 줬어."

"너희가 도망쳐도 상관은 없지만."

중간에 끼어드는 오니.

"너희가 도망치면 내 울분을 토할 곳이 없어지잖아. 그럼 어떻게 될까? 여기에 마침 부수기 편한 건물이 있으니, 아~. 화풀이를 해 버릴까? 그리고 근처에 있는 놈들한테도 손을 좀 대 보고."

협박에 가까운 질문이었다. 도망치면 일부러 주변에 피해를 주겠다는 말이었다.

린코의 도움이 없는 지금, 내 실력이 천상위급에 얼마나 통할지는 알 수 없었다.

인간이 상위 이상의 정령수를 상대하는 일 자체가 상식을 벗어난 일이긴 하지만, 지금은 상대하는 수밖에 없었다.

"마카미, 물러나 있어. 놈의 목적은 나인 것 같으니까."

"그렇지만."

"괜찮아. 날 믿어."

늑대 소녀가 마지못해 뒤로 물러섰다.

작은 오니는 내가 앞으로 나서자 이를 드러내며 히죽 웃었다. 호전적인 성격이 절로 엿보였다.

"이제야 본인이 나선 거냐, 아마오보로."

"넌 목적이 뭐지?"

"그러니까 실력 테스트라고 하잖아. 네 실력을 한번 측정해 보고 있는 거야."

"그건 수단일 뿐이고. 진짜 목적이 뭐냐고."

"대답은 네가 얼마나 하느냐에 달렸어."

대화를 끊어 버린 작은 오니는 다시 걷기 시작했다.

그 발걸음이 빨라져 갔다.

"자아, 시작해 볼까!"

아이는 비어 있던 손에도 쇠몽둥이를 하나 더 생성했다. 양손에 둔기를 든 이도류를 구사하며 아이가 나를 향해 달려왔다.

나는 마카미와 거리를 벌리기 위해 후퇴했다.

작은 오니가 더욱 힘차게 지면을 차며 급가속. 쇠몽둥이가 내 몸에 닿는 범위까지 단숨에 접근해 왔다.

바람을 거느린 쇠몽둥이 공격이 급속이 다가왔다. 나는 반사적으로 팔을 쇠몽둥이 쪽으로 움직였다.

손바닥과 쇠몽둥이가 접촉했다.

물론 이대로 무지막지한 힘으로 날아오는 충격을 그대로 맞는다면 내 팔은 순식간에 산산조각이 난다. 그러니까 나는 방어할 생각이 없었다.

나는 손을 돌려 비틀면서 종이 한 장 차이의 타이밍에 힘의 방향을 다른 곳으로 돌려, 강력한 공격을 회피했다. 불온한 풍압이 머리 위를 스쳐 지나갔다. 힘을 그대로 받아들이지 않고 빗나가게 하는 것. 그것이 최선책이었다.

이어서 두 번째 공격. 이번엔 위에서 아래로 내려치는 공격이었다. 이건 굳이 건드릴 필요도 없이 피할 수 있었다.

토사가 다시 위로 솟구쳤다. 오니의 공격은 빠르고 정통으로 맞으면 위협적이지만 단조로웠다. 미리 예측해 받아넘기면 간신히 생존이 가능했다.

"잘 받아내는데?!"

겉보기에는 작은 어린아이일 뿐인 상대에게 위해를 가하려고 하니 왠지 꺼림칙했지만, 지금은 그런 소릴 하고 있을 때가 아니었다. 나는 옆구리 부근으로 발을 내디디며 정령력을 더해 혼신의 팔꿈치 공격, 정주(頂肘)를 날렸다.

"하앗!"

온 힘을 다한 위력이 담긴 일격이 적중했다.

"흥."

그러나 작은 오니의 몸은 멀리 날아갈 생각을 하지 않았다. 오히려 뿌리를 깊게 내린 거목과 부딪쳤을 때처럼 공격했던 내가 튕겨 나왔다.

이런 몸 어디에 이만큼의 중량을 가지고 있는 걸까.

이미 아이는 공격 간격을 회복한 상태였다. 작은 오니가 재주를 부리듯 쇠몽둥이를 휘둘렀다.

나는 곧장 뒤로 뛰어서 공격권 밖으로 몸을 피했다. 그리고 거리를 벌렸다.

이 일련의 흐름은 체감상 1분 이상이었지만, 실제로는 15초도 걸리지 않았으리라 생각된다.

"왜 그러지? 겨우 이 정도야? 그 자식이 선택해 계약한 주인의 실력이 이 정도라고? 정말이라면 너무 실망인데. 미리 말해 두지만, 난 아직 10퍼센트도 실력을 발휘하지 않았어."

"뭐?"

"넌 열화한 린코야. 저 개가 훨씬 장래성이 있어. 결국엔 남에게 의존하고 있을 뿐이잖아?"

작은 오니는 추격해 공격하기보다도 도발을 선택했다. 그냥 흘려들을 수 없는 말에 나도 반응하고 말았다.

"뭘 안다고 그런 소릴."

"아니? 아주 잘 아는데? 적어도 너보다는 훨씬 더. 그러니까 난 알 수 있어. 그 정도의 실력으로는 그 여우 무녀의 파트너로 적합하지 않아. 아~. 혹시 이거 완전 예상이 빗나간 건가?"

그 붉은 눈에는 실망의 기색이 역력했다. 이 녀석은 린코의 성격이나 실력을 잘 알고 있는 듯했다.

"솔직하게 말하자면 기본은 확실하지만 평범한 수준을 넘어서지 못했어. 린코한테 기술을 배우기만 한 건가? 너 자신만의 특기를 전혀 찾을 수가 없잖아. 세상 사람들은 널 주목하고 있지만, 그래 봐야 그 여우 무녀의 뒤에 숨어 후광을 입고 있을 뿐이군. 넌 오히려 족쇄밖에 안 돼."

그렇게 단언했지만, 나는 그걸 부정할 수 없었다.

린코는 나보다 훨씬 더 뛰어났다. '북두'에서는 일부러 수준을 맞춰 주고 있지만 실력은 하늘과 땅 차이다.

"흥. 침묵은 곧 긍정하는 말이라 봐도 되나? 야, 너. 네가 그 자식에게 어울리지 않는다는 사실을 스스로도 잘 알고 있지?"

나를 몰아붙이는 말이 계속해서 날아왔다.

실제로 작은 오니의 말처럼 난 리코에게 어울리는 사람인지 아닌지 자신이 없었다. 어쩌면 더 잘 어울리는 계약자가 있을지도 모른다.

하지만 처음 만났을 때 린코는 말했다.

《먼저 말해 두자면, 너한텐 자질이 있어.》

그 말에 격려를 받으며 여기까지 왔다. 내 인생은 린코가 있어야만 한다. 얼마나 감사하고 있는지, 그 마음은 자신조차도 헤아릴 수 없었다.

"이대로 가면 낙제점이야. 그 자식도 눈이 흐려진 건가. 이런 인간이랑 계약을 하고……."

"그게 무슨 관계가 있지?"

"응? 왜 그래? 내가 심기라도 건드렸나?"

"이제 네 말은 질렸다."

그러니까 자신의 수준에 맞게 린코에게 보답하면 된다. 다른 사람이 어떻게 생각하든 아무 상관 없는 일이다.

이번엔 내가 먼저 뛰쳐나갔다. 작은 오니는 그런 나를 요격하기 위해 쇠몽둥이 두 개를 위로 치켜들었다.

"에휴, 자포자기냐?!"

"과연 그럴까?"

나는 도망치지 않고 치켜든 쇠몽둥이 앞으로 그대로 돌진했다. 자폭인가 아닌가의 경계선으로 들어갔다.

나는 놈을 향해 손을 뻗었다. 아래로 내려치는 쇠몽둥이가 바람 소리를 냈다.

위기의 순간, 뇌리에는 주마등이 스쳐 지나갔다.

폭포가 굉음을 내며 쏟아지는 곳 옆에서 나는 여우 무녀와 커다란 바위에 앉아 있었다.

휴식을 취하면서 무심코 대화를 나눴던 기억.

"만약에."

"응?"

"린코 정도의 역량을 지닌 상대와 우연히 만나게 되면."

"그때는 내가 있으니 걱정하지 않아도 돼."

"아니, 그래도 만약에. 그런 적이 눈앞에 있는데, 린코가 다른 일로 바빠서 나 혼자 싸워야만 할 가능성이 있을 경우에."

"개별적으로 천상위급과 싸우는 일은 피할 수밖에 없지 않을까. 아무리 단련해도 사람에게는 한계가 있어."

린코가 딱 잘라서 말했다.

"역시 힘든가?"

"솔직히 말하자면 도망쳐 줬으면 좋겠어. 알이 웬만하면 살아남을 수 있도록 단련해 줬으니까. 전투 기술은 제쳐 두고 튼튼함, 체력, 근력을 최대한 이용하는 법, 위기 감지 능력을 단련했잖아."

그 말을 듣고 나는 팔을 바라보았다. 벌써 몇 년 정도 수행을 했는데, 팔도 꽤 두꺼워진 기분이 들었다.

"그럴 때 가장 좋은 방법은 내가 싸우는 거야. 그러니까 만에 하나 도저히 상대가 안 되는 상대가 나타나면, 알은 자신의 몸만 생각해."

도망치거나 린코가 도와주러 올 때까지 시간을 버는 게 한 수 위의 상대와 맞섰을 때의 가장 좋은 선택지다.

"아. 그래도 기왕에 말이 나왔으니 임시변통으로 쓸 만한 기술이라도 가르쳐 줄까? 먹히면 조금이나마 효과가 있을지도 몰라."

"임시변통……."

바위에서 내려간 린코의 재촉으로, 나도 바위에서 내려가 린코에게 지도를 받게 되었다.

조금 전에 올라가 있던 거대한 바위를 주먹으로 노크한 린코가 물었다.

"이걸 부수려면 어떻게 해야 제일 좋을까? 정령력으로 육체 강화를 하는 방법을 제외하고."

"역시 그건 좀 힘들지 않을까? 억지로 때려선 주먹만 아플 뿐이니까."

"그렇지? 맨몸으로 힘껏 때리면 몸만 상해. ……그럼 몸을 내맡겨 봐."

무슨 일인지 그런 말을 하고 나의 등 뒤로 돌아가는 여우 무녀.

그리고 내 몸에 꼭 밀착. 갑작스러운 접촉에 나는 곧장 몸이 굳었다.

한없이 부드러운 무언가가 등에 바짝 닿은 감촉이 느껴졌다.

"저기, 닿았어. 닿았다고!"

"부끄러워해서는 배울 수 있는 것도 못 배워."

머리 뒤에 린코가 웃을 때 발생한 숨결이 닿아 등골이 근질근질했지만 힘껏 참았다.

린코는 내 오른손을 잡고는 단단한 바위 표면에 바짝 갖다 댔다.

"뭐 해?"

"앞을 잘 봐."

속삭이면서 린코는 나와 겹쳤던 손을 앞으로 쭉 밀었다.

그러자 보이지 않는 힘이 내 손을 통과하는 기묘한 감각이 전해졌다.

부자연스럽게 균열이 가는 소리. 나는 눈을 휘둥그렇게 떴다.

손바닥에 닿았던 단단한 바위가 마치 점토처럼 움푹 들어가 있었다.

빠르게 움직이지도 않았고 힘도 주지 않은 상태로 쭉 밀었을 뿐인데, 놀랍게도 손바닥이 바위를 살짝 밀며 안으로 들어갔다.

깜짝 놀라 돌아보면서 살펴보니, 내 키보다도 큰 바위에는 전체에 걸쳐 금이 퍼져 있었다.

"이렇게 부수는 방법도 있어."

"린코, 이건……?!"

"이건 일종의 덤이라고 할까? 그렇지만 마음만 먹으면 힘을 서서히 조절할 수 있게 된 알도 틀림없이 습득할 수 있을 거야."

방금 그 기술은 팔의 힘도 거의 쓰지 않았고, 정령력도 사용하지 않았다. 체감을 통해 그것만큼은 확실히 알 수 있었다.

여우 무녀는 손을 접시처럼 만들더니 방금 일어난 결과에 대해 설명해 주었다.

"힘을 폭발에 비유해 볼게. 다이너마이트가 있지? 그건 흙 위에서 폭파해 봐야 파괴 그 자체로는 큰 효과가 없어. 그러니까."

린카가 주먹을 세로로 세우고 내 앞으로 내밀었다.

"밖에다 폭약을 사용하지 않고, 좁은 구멍에 넣어 안쪽에서 폭발을 시켜. 이런 느낌으로 충격의 점을 하나로 모으면 압력의 대부분이 공기 중으로 퍼져나가지 않아서, 퍼엉~!"

그 말을 하고 린코는 우아하게 주먹을 확 펼쳤다.

"그게 아까 그……."

"피해는 몇 배에 달하겠지."

그 설명을 들으니 몸에 소름이 끼쳤다.

어떻게 하는지는 아직 모르지만, 그걸 실현한 결과가 이거라는 사실은 듣지 않아도 알 수 있었다.

만약 그걸 사람에게 사용한다면…….

"응. 얼마나 위험한지 잘 전달됐나 보네. 임시변통이긴 해도 아주 강해. 아니, 강한 정도를 넘어서 지금 알이 배우고 있는 전투 기술은 사람의 생명을 빼앗을 가능성이 있다는 사실을 꼭 기억해 둘 필요가 있어."

"명심할게."

"그럼 괜찮아. 잘못 사용하지 않을 거라고 난 믿으니까."

나중에 이 기술을 습득한 소년은 린코도 생각하지 못했던 가능성을 추가로 발견하게 된다.

　그리고 현실의 시간은 빠르게 지나갔다.

　눈앞에 검은 쇠몽둥이가 비쳤다. 하지만 겁을 먹고 있을 수는 없었다.

　도약하는 듯한 발걸음으로, 아주 조금이지만 더 빠르게 거리를 좁혔다. 그 움직임 덕분에 나는 살아남을 수 있었다.

　아주 간발의 차이로 상대의 품으로 파고들어 적당한 거리 안으로 들어간 나는 상대의 배에 손을 댔다.

　그리고 큰 힘을 들이지 않고 손바닥 아래를 배에 대고 꾹 눌렀다.

　집중. 힘의 본류를 확산시키지 않고 안으로 보내자. 그걸 손에서 조금 앞으로 확장하는 이미지.

　도움닫기도 없이 만들어 낸 충격은 작은 오니 안에서 발생했다.

　이어서 상대의 등을 보이지 않는 힘이 관통한다.

　"윽."

　작은 오니가 처음으로 자신 이외의 힘에 밀려 움직였다. 몸을 기역 자로 꺾으며 후방으로 밀려나 발이 땅에 끌렸다.

　방금 날린 기술은 암경(暗勁).

　평범한 타격은 상대와 밀접한 제로 거리 상태에서는 공격 효과를 얻을 수 없다. 속도가 붙지 않으면 충격을 일으킬 수 없기 때문이다.

예를 들면, 주먹을 상대의 몸에 붙인 상태에서 주먹을 뒤로 빼지도 않고 때릴 수가 있을까?

정강이를 상대에게 밀어붙인 채로 걷어찰 수 있을까?

그렇기에 접근전을 펼칠 때, 혼신의 힘을 발휘할 수 없을 만큼 거리를 좁히는 일은 일반적으로 어리석은 짓으로 보인다.

하지만 이 암경…… 또는 침투경이라 불리는 기술은 그런 전제가 통하지 않는다.

손을 적의 몸에 붙인 채 사용하는 타법. 진각으로 힘을 염출하거나, 도움닫기, 근육의 신축을 이용하지도 않는다.

마치 물이 스며들어 가듯이 그 충격을 내부로 전달하는 린코의 오의 중 하나.

보통은 방어구를 입고 있어도 장기가 파열되는 위력을 동반한다.

"……콜록."

비틀거리는 작은 오니. 나는 추가로 타격을 입히려고 움직였다.

하지만 오니의 눈이 번뜩였다. 그 눈은 사나운 짐승을 방불케 했다.

그 패기에 나는 공격을 중단하고 일단 거리를 벌렸다.

"방금 그건 평범한 암경이 아니었어. 위력이 달라."

여전히 건재한 작은 오니는 자신이 받은 기술을 음미하기 시작했다.

"이봐, 아마오보로. 너 여기에다 정령력을 담았지?"

정답이었다. 나는 암경에 정령력을 더해 사용한다.

그 에너지를 물결처럼 확산시킨 충격은 원래 효과보다 훨씬 대상의 내부를 강하게 파괴한다.

이것을 이용해 사람인 내가 혼자서도 상위의 황혼을 쓰러뜨려 왔다.

어떠한 생물도 장기까지 단련할 수는 없다. 이게 적중하면 대부분은 결판이 난다.

불도마뱀을 상대할 때는 인질한테까지 충격이 전해질 위험이 있어서 사용하지 않았지만.

"파도 암경. 이건 내 오리지널이야."

"……"

"네 주장을 반박할 말은 준비할 수 없어. 하지만 가진 힘을 보여줄 수는 있지. 그것으로 판단해라."

나는 배운 기술을 그대로 흉내 내는 것만이 아님을 각인시켜 주었다.

그건 그렇고 설마 이 기술을 써도 물리칠 수 없을 줄이야. 물리치기는커녕 여력이 넘쳐 보인다.

린코가 달려오기 전까지 시간을 벌기 위해 이야기를 나눴는데, 그 대화도 중단됐다.

어쩌지? 이 임시변통은 더 이상 통하지 않는다.

"……후, 나쁘지 않은데?"

그러더니 작은 오니는 쇠몽둥이를 집어넣고 헌팅캡 모자를 주웠다.

그러고는 갑자기 발걸음을 돌려 멀어져 갔다.

"잠깐. 어디 가지?"

"볼일이 끝났거든."

작은 오니는 모자를 깊숙이 눌러쓰고는 경박한 아이처럼 행동했다. 그러자 주변의 압박감이 사라졌다.

"너도 아직 장래성은 있어 보여. 이번엔 이걸 봐서 합격이라고 해 줄게."

"패배자의 변명을 듣고 그냥 놔줄 거라 생각했나 보지?"

"너무 무리하지 마, 알프 올랑. 나는 더는 분위기를 흐릴 생각 없으니까 일단 진정해."

이 자식은 내 정체를 안다. 그것만으로도 나는 가면 속에서 크게 동요하기 시작했다.

"진짜 실력을 보고 싶어서 심술궂게 굴었지만, 인간 중에선 제법 괜찮은 편이야. 만족했으니 난 돌아갈게. 다음엔 정식으로 만나 얘기해 보자고."

이름을 언급한 사실만으로도 나를 견제하기엔 충분했다.

너무 많이 알려고 하면 너한테도 불리할 수 있다는 점을 넌지시 암시하고 있다.

"아, 린코한테는 아무 말도 하지 마. 알겠지? 안 그러면 후회할 테니까."

그럼 이만. 그 말을 남긴 오니는 어마어마한 다리의 힘을 이용해 하늘을 날았다. 어린아이 같은 모습의 오니는 순식간에 시야에서 사라졌다.

난입한 오니는 이렇게 모습을 감추었다.

긴장감에서 해방된 나는 한심하게도 일단 지면에 웅크려 앉았다.

"살아 있다는 실감이 안 나. 그 자식은 대체 뭐였지?"

위험한 상황을 몇 번이나 겪었다. 그런 수준의 적을 상대하기는 처음이었다.

게다가 린코를 알고 있는 듯한데 입을 막다니, 뭐가 목적인지도 짐작이 되지 않았다.

"주인님, 주인님. 괜찮아?"

"간신히. 다치지 않은 게 신기할 정도야."

"……미안해. 난 도움이 못 됐어."

"그건 어쩔 수 없지. 실제로 그냥 물러나 주지 않았다면 전멸했을걸? 지금은 서로 무사하다는 사실에 안도해야 할 상황이야."

나는 풀죽은 목소리로 말하며 다가온 마카미를 위로했다.

그 오니랑 대결을 해 보고 알게 됐는데, 사악함과는 다른 투쟁의 의지가 강렬하게 느껴졌다.

그냥 가게 놔둘 수밖에 없었지만 무의미하게 도시에 피해를 주는 행동을 하지는 않을 듯했다.

그런 오니가 마음에 걸리긴 했지만 지금은 황혼 소동을 더 우선하기로 했다.

나는 하쿠로 씨에게 일의 자초지종을 알리기 위해 연락했다. 불도마뱀은 내가 해치웠다고 보고하고, 그 인물에 관한 정보가 확실해질 때까지는 사실을 숨기기로 했다.

이번 사건으로 인한 피해는 다행히 건물의 일부가 파손되는 정도에 그쳤다. 부상자는 몇 명 정도 있는 듯했지만 사망자는 없었다.

정령수도 몇 마리 정도가 다쳤지만 린코의 치료 덕분에 생명에는 지장이 없다고 한다.

학교의 학생들은 하교 지시를 받았다. 앨리스와 두 친구도 이미 학교를 떠난 뒤였다.

나도 그만 돌아가고 싶었지만 아직 해야 할 일이 남아 있었다.

나는 마카미와 함께 소화 작업이 끝나가는 훈련장으로 돌아갔다.

훈련장에서는 감식반과 퇴마사들이 모두 모여 바쁘게 현장의 뒤처리를 하고 있었다.

하지만 모두가 힘을 합쳐 작업을 하는데, 그걸 방해하는 사람이 있었다.

"이거 놔! 혼자 걸을 수 있거든?! 누구 허락을 받고 이런 짓을……."

훈련장에서 들것에 실려 나가면서도 소란을 피우는 사람이 보였다. 구속구에 묶인 채 발버둥을 치고 있다.

라이언은 오랜 시간에 걸쳐 황혼에 붙잡혀 독기에 노출되고 말았다. 독기는 인체에 악영향을 줄 가능성이 있어 이제 정밀 검사를 받아야 했다.

본인은 자각하지 못하고 있지만 환자일 뿐만 아니라 죄수라는 측면도 있는 이상 자유롭게 활동하도록 놔둘 수는 없었다. 나는 그 사실을 알리기 위해서 왔다.

"구조 팀, 조금만 이야기를 하고 싶어."

나는 라이언을 데리고 가는 자들을 불러세웠다.

앞으로 있을 일도 모르고, 라이언은 나를 보자마자 소리를 치기 시작했다.

"야! 너! 이 자식이! 감히 내가 부른 정령수를 죽였겠다?!"

"말했을 텐데. 책임을 지지 못한다면 처리할 권리는 나한테 있다고."

"그럼 마지막까지 책임을 져야지! 이걸 어쩔 거야?!"

"황혼을 방치하라는 말인가?"

너무 이기적인 트집이었다. 조복은 퇴마사의 일이다. 항의를 들을 이유는 없었다.

나는 라이언의 항의를 들어줄 생각이 없었기 때문에 바로 본론으로 들어갔다. 연락을 하여 확인한 라이언의 죄상을 알리기 위해서.

"라이언 레이벨트. 전달해야 할 말이 있다."

"뭐?"

"너는 지금 황혼의 대량 발생의 원흉으로 이 도시에 크나큰 피해를 입힌 혐의가 있다. 그리고 정령수를 학대했다는 혐의도. 그러니 체포되는 거다."

무슨 말인지는 알지만 그 진의는 이해하지 못했다는 듯이 라이언이 눈을 휘둥그렇게 떴다.

"무, 무슨 소리야?"

"짚이는 데가 없나? 네가 불러낸 정령수는 불도마뱀 하나가 아닐 텐데? 다른 정령수들은 어쨌지? 우리 '북두'의 조사에 의하면 그 정령수들은 대부분이 황혼으로 변했어."

"그, 그래서 뭐 어쨌다고?! 난 관계없어!"

"그건 일종의 테러다. 도시를 파괴하는 행동을 방조했으니까."

나는 그렇게 단언했다. 증거가 확보된 이상 발뺌을 해도 소용없다.

들것 위에서 몸이 구속된 이유를 겨우 깨달은 라이언은 무의미한 발버둥을 쳤다.

"당연히 너는 징계 퇴학. 이 학교에도 다시는 발을 들일 수 없겠지. 함부로 소환대를 사용해 사건을 일으킨 이상 반론의 여지도 없어. 돈으로 해결하려 해도 소용없겠지."

"증거는 있어?! 내가 정령수 계약을 파기한 일과 그 자식들이 내 정령수라는 증거는?!"

"있으니까 이런 말을 하는 거다. 네가 정령수를 학대했다는 증거가 있고, 그로 인해 타락한 정령수의 개체도 모두 조회가 끝난 상황이야."

보이지 않는 법의 포위망이 서서히 라이언을 옥죄었다.

하지만 라이언의 의미 없는 저항은 계속되었다.

"그런 말을 할 정도라면 여기까지 데리고 와 봐! 내가 상처 입히고 계약을 파기했다는 정령수를 데리고 와 보라고! 난 인정 못해! 난 잘못 없어! 난 강한 정령수를 원할 뿐이거든? 너 같은 놈한테 날 이렇게 할 권리가 있다고 생각해?!"

라이언이 고함을 치자 주변 사람들의 시선이 우리 쪽으로 쏠렸다.

"증거가 필요해?"

내 옆에서 듣고 있던 늑대 소녀가 말을 꺼냈다. 그리고 내 허가를 요청했다.

"주인님, 보여줘도 돼?"

"응, 괜찮아."

이건 마카미 나름의 매듭이었다. 그렇다면 존중해 줄 수밖에.

마카미 주변에 한바탕 바람이 소용돌이쳤다.

"라이언, 내가 누군지 알겠어?"

마카미가 그 자리에서 푸른 늑대 모습으로 변했다.

헤어졌을 때보다 한층 커지긴 했지만 라이언이 못 알아볼 리가 없었다.

깜짝 놀란 모습으로 라이언이 예전에 자신이 버린 정령수를 올려다보았다.

"설마…… 네가…… 네가 마카미야? 어째서 인간형이…….'

"성장했어. 주인님이 주워 줘서."

"내가 '북두'의 정령수로 보호하고 있지. 학대의 증인이 되겠다고 나서 줬다."

지금은 두 가지 의미에서 라이언에게는 충격으로 다가가고 있겠지.

하나는 불필요하다며 내다 버린 마카미가 크게 성장했다는 사실. 성장해 상위가 될 수 있었던 황금알 같은 정령수를 자신이 버렸다는 것.

그리고 또 하나가 자업자득이긴 해도 예전에 자신이 키웠던 개에게 손을 물린 처지가 됐다는 것.

"당신, 날 때리고 협박해서 계약을 파기했어. 따를 필요도 없어졌어. 난 주인님이랑 계약했으니까, 작별이야."

"잠깐! 잠깐만, 마카미!"

"안녕."

사람의 모습으로 돌아가 마카미가 뒤로 돌아섰다.

"야. 나랑 있던 시간을 잊었어? 그렇게 간단히 이전 주인님이 어떻게 되든 그냥 무시하기야?! 지금이라도 늦지 않았어! 이번엔 더 잘 대해 줄게!"

"……."

해야 할 이야기는 모두 말을 돌리지 않고 전달했으니 이제 이자식에게는 볼일이 없다.

이후에는 사회가 라이언에게 마땅히 받아야 할 처분을 내리겠지. 쉽게는 햇볕을 보기가 힘들리라 생각한다.

"마카미이이이! 나한테 돌아와! 야! 내 정령수를 뺏어 갔겠다아아아아아아아! 계약을 돌려줘어어어어어어어어어!"

"설령 이 정령수에게 그럴 의지가 있었다고 해도."

나는 라이언의 감정적인 말을 듣고 담담하게 쏘아붙였다.

"넌 이미 멀쩡한 계약도 유지할 수 없는 몸이야."

"……뭐?!"

"황혼이 정령력을 거의 먹어 치워 정령력을 잃은 사람은 평생 원래의 용량을 회복하지 못한다는 사례가 몇 건이나 확인이 되었으니까. 중위나 상위의 정령수와 계약하는 건 불가능해. 살아 있다는 것만 해도 행운이야."

"말도 안 돼……!"

"정령수를 비웃었던 너한테 딱 어울리는 결말 아닌가?"

그렇게 마지막까지 한심하게 울부짖던 범죄자의 목소리가 멀어져 갔다.

떨어져 있던 마카미가 몸을 떨고 있었다.

말을 걸려고 했는데, 먼저 손이 움직여 어깨에 올라갔다.

"잘 극복했어. 열심히 잘 참았구나."

"주인님, 미안해."

늑대 소녀는 등을 돌린 채 말했다.

"아까 말했잖아. 그 오니는 차원이 달라."

"난 앞으로도 노력할래. 이번엔 별로 도움이 못 됐지만 다음엔 방해꾼이 되지 않을 거야."

"무슨 소리야. 많은 도움이 됐는데."

"……단지 그것 때문이 아니야. 그것 때문만은 아니야."

그렇게 말을 하는 동시에 나를 돌아본 늑대 소녀의 표정을 보고, 나는 왜 몸을 떨었는지 그 이유를 깨달았다.

주룩주룩, 눈에서 투명한 물방울이 흘러내렸다.

"난 주인님이 있는데, 아직도 라이언을 만나니 이렇게 몸이 떨려서, 괴로웠어."

"마카미……."

"지금, 또 조금 이야기를 해 보고, 나의 본모습을 봐주지 않아서 분했던 건지, 슬펐는지……. 아니면 아직 학대를 했던 그 일을 용서할 수 없었는지, 무서웠는지, 잘 모르겠어. 잘 모르겠지만, 가슴이……."

마카미가 고개를 숙인 채, 말을 잇지 못했다.

라이언이 마카미에게 어떤 짓을 했든 마카미에겐 예전에 라이언의 정령수였을 때의 추억도 틀림없이 남아 있다. 그때의 감정은 절대 거짓이 아니었겠지.

"그러니까, 미안해. 금방 잊을게. 이제 잊을게."

"안 잊어도 돼."

어깨에 올렸던 손을 이번에는 머리에 올렸다.

천천히 손을 좌우로 움직이면서 나는 말을 이어갔다.

"지금 여기에 마카미가 있는 것도 그런 과거가 있었기 때문이야. 이전 계약자를 잘 따랐던 시절을 없었던 일로 해야 하다니, 그게 더 좋다니, 이상한 일 아닐까? 마카미는 마카미가 느낀 그대로 생각하면 돼. 날 위해서 잊을 필요 없어. 난 그걸 전부 받아 줄 테니까."

나를 올려다본 소녀의 눈은 빨갛게 젖어 있었다. 하지만 조금 전의 가라앉았던 표정은 어딘가로 사라지고 없었다.

"그, 그럼, 이런 나를 아프게 안 할 거야? 화 안 내? 안 버릴 거야……?"

"그럴 리가 없지. 나한테 무슨 일이 있어도 널 괴롭히지 않아.

널 슬프게 하지 않을게. 약속해."

"응……. 응."

그 자리에서 조금 마카미의 머리를 쓰다듬었다. 중요한 일이다. 주변 사람들이 어떻게 생각하든 상관할 일이 아니다.

"결정했어. 주인님. 앞으로도 계속 주인님을 따를래. 힘이 될게."

그러더니 마카미가 내 앞에서 무릎을 꿇었다. 새삼 충성을 맹세하듯이.

"그러니까 내가 주인님 옆에 있게 해 줘."

흔쾌히 허락하는 것 말고 해 줄 대답이 있을까. 나는 마카미를 받아들일 각오도 되어 있다.

"정말 나라도 괜찮다면 옆에 서 있을게. 린코랑 같이."

"주인님이랑 린코 언니, 내 가족이야."

그리고 우리는 나란히 정장 차림을 한 여우 무녀와 합류했다.

"수고 많았어. 마카미, 첫 출진 어땠어?"

"……그건."

"정말 놀랍더라고."

나는 말을 흐리는 마카미를 격려해 줬다.

거짓말이 아니었다. 불과 며칠 전까지 중위 클래스였던 마카미가 이 정도까지 싸울 수 있다니, 굉장히 마음 든든한 일이었다.

"그 빠른 속도, 굉장히 의지가 돼. 그러니까 앞으로도 잘 부탁할게."

"으…… 응!"

조금 밝은 모습을 되찾은 늑대 소녀는 꼬리를 계속 흔들며 손을 잡았다.

"그래? 정말 잘 됐는걸? 그럼 나도!"

"이게 뭐야. 꼭 내가 연행되는 것 같잖아."

린코도 손이 비어 있는 쪽으로 이동해 내 손을 잡았다. 난 양손을 모두 쓸 수 없게 되어 버렸다.

돌아가자. 그 말을 듣고 나는 아마오보로에서 원래의 모습으로 돌아가기 위해 출구를 향해 갔다.

교내에 출현한 불도마뱀 사건, 이 지역을 떠들썩하게 만들었던 황혼 대량 발생 소동은 이렇게 해서 막을 내렸다.

주어진 임무를 설마 일주일 만에 완전히 해결하게 될 줄은 몰랐지만, 조기에 해결했다면 그보다 좋은 일은 없겠지.

이제는 알프 올랑으로서 학업에 전념할 수 있게 됐다.

에필로그 종식과 전환

교내에 출현한 황혼으로 소동이 벌어진 지 며칠 후. 주초가 되자 학교는 거의 평상시대로 수업이 재개되었다.

그 이후 재회한 벨 선배에게 혼이 나긴 했지만 서로 무사하다는 사실에 기뻐했다. 다리오는 주변에서 들은 소문 이야기를 열을 내며 말해 주었다.

아무런 근거 없는 이야기도 있었지만, 학생들의 복귀가 생각보다 빠르고 피해가 없었기 때문인지 학생들은 두려워하기보다는 마치 이벤트가 벌어진 것처럼 받아들인 듯했다.

어떻게 보면 황혼과 정령수가 특히 많은 도시 엘레메아 특유의 분위기인지도 모른다.

그러던 중에 금세 나는 교장실로 불려갔다. 전의 그 문제 때문인 건 거의 확실했다. 나는 린코를 어깨에 올린 채 아무렇지 않게 교장실 안으로 들어갔다.

문이 닫힌 순간, 나는 온몸의 털이 곤두섰다.

"여어, 애송이. 또 금방 만났구나."

보자마자 가볍게 말을 건넨 사람은 저번의 그 어린아이 모습 오니였다.

그 오니는 당당하게도 의자에 두 어깨를 푹 기대고 다리는 책상에 올리는, 교육자라기보다는 마피아 사무실에 있는 보스 같은 행동을 보였다.

"린코! 마카미!"

하필이면 이런 장소에 등장할 줄은 몰랐던 나는 전투 자세를 잡으면서 늑대 소녀를 불러냈다.

상황을 파악한 마카미는 얼굴을 무섭게 일그러뜨렸지만, 린코는 무뚝뚝한 표정을 지을 뿐 특별한 반응이 없었다.

이 오니의 힘은 이미 파악하고 있다. 학교 안에서 싸우면 피해는 피할 수 없었다.

"기다려 주세요."

그러나 다툼이 시작되기도 전에, 옆에서 끼어들며 제지하는 목소리가 들렸다.

"마스터는 여러분의 적이 아닙니다. 오히려 아군에 속한다고 봐도 좋습니다."

비서라고 해도 믿을 듯한 안경 여교사······ 올타나 선생님이 우리를 달랬다.

"들은 대로야. 굳이 싸울 생각은 없으니 진정해. 전의 그건 그냥 인사 대신이었어. 인사 대신."

나는 일단 움직임을 멈추고 생각해 보았다.

상황만 보면 교장실에 몰래 들어와 거만하게 구는 장난꾸러기 어린아이의 모습이다.

하지만 선생님은 바로 옆에 있으면서도 아이에게 주의를 주지 않았다. 협박이나 폭력에 굴복한 듯한 모습도 아니었다.

오히려 이게 평소의 광경인 것 같았다.

잠시 뒤, 린코가 아무런 망설임도 없이 사람 모습으로 돌아갔다. 옆에선 평소보다 더 차가운 시선이 느껴졌다.

"오랜만이야, 린코. 사람이 그리워져서 사회로 나온 거야? 토끼는 외로우면 죽는다는데, 여우인 너도 마찬가지인가 보네?"

"쓸데없는 참견이야. 여전히 짜리몽땅한 주제에 태도만 거만한걸? 라카쿠."

"아는 사이야?"

나는 둘이 대화하는 중간에 그런 의문을 내던졌다.

그러고 보니 린코는 이 학교에 오기 전에, 어떤 인물과는 만나고 싶지 않다고 말했었다. 그게 이 사람이었던가.

새삼 올타나 선생님이 소개를 시작했다.

"이분은 평소에는 성인으로 변해서 이 학교의 교장 선생님으로 일하시는 분이자, 현재는 저와 계약을 맺고 있는 라카쿠 님이십니다. 여기 계신 아마가네 님, 다시 말해 린코 님의 옛 전우로…… 네 영웅의 정령수 중 한 분이시지요. 천상위라는 지위에 오르신 분입니다."

"적이 아니었구나."

마카미는 설명을 듣고 경계를 풀었다.

보통 인물은 아니라고 생각했지만, 어쩐지 무시무시한 전투력을 자랑하더라니.

그건 난입이라기보다는 자신의 사유지에 돌아와 보니 정원을 어질러 놓던 불도마뱀이 있길래 해치웠을 뿐이었던가.

"……라카쿠 씨? 며칠 전에는 실례했습니다. 설마 이곳의 교장 선생님이신 줄도 모르고 무례를 범했네요."

"아냐아냐. 서로 마찬가지잖아. 그때는 갑자기 공격해서 미안했어. 조금 봐주긴 했지만 너 정도 수준이라면 어떻게든 버티겠지 생각해 실력 테스트를 해 본 거야. 후광에 의지한다는 말은 취소해 줄게, 애송이."

뒤끝이 없는 성격인지 화해는 금방 끝났다. 이 사람이 나를 시험해 본 이유도 원래 의뢰를 한 장본인이라서 그런 거겠지. 그때 말한 대로 시련 부여가 목적 그 자체였던 것이다.

"근데 교내에 수상한 사람이 나왔다고 신고를 하다니 그건 좀 아니지 않나? 겉모습이 이런 사람을 보통 사람들이 찾을 수 있겠어? 그거 취소시키느라 고생했어."

"윽. 그, 그러셨나요……?"

깜빡했다. 혹시 몰라 이 사람의 동향을 조금이라도 탐색해 보려고 정보를 퍼뜨린 게 오히려 일을 복잡하게 만든 건가.

"그것만큼은 그냥 넘어갈 수가 없어. 자기 학교의 교장을 수상한 사람 취급하다니 너무하잖아? 린코, 안 그래?"

"아니. 올바른 행동 아니었을까? 이렇게 뿔이 난 폭력배가 명문 학교에서 어슬렁거리고 있는데 누가 학교 관계자라고 생각하겠어? 평범한 대처일 뿐인데 괜히 트집 잡는 사람이 오히려 이상해."

"뭐어~? 드디어 머리에까지 기생충이 침투했나? 야, 이 애송이한테도 옮긴 건 아니겠지?"

"없거든? 감염된 적도 없어. 우리 중에서 제일 멍청한 근육뇌였던 주제에 한동안 못 본 사이에 많이 똑똑해졌네? *절분이 몇 월 며칠인지는 잘 외웠어?"

"미안하지만 너 같은 시골뜨기하곤 달리 난 글로벌하게 놀고 있거든? 집에 가서 밍밍한 유부라도 먹든가."

"어? 아직 날 무시하기야? 아직 그거 때문에 꽁해져 있구나? 오니면서 쩨쩨하기는. 음습해."

"네가 둔감할 뿐이거든? 날 속여 놓고 뻔뻔하게 그러기냐?"

"혼자 속아 넘어간 기분에 빠져 있을 뿐이면서, 왜 원한을 품고 난리야?"

"아앙?"

"어? 대답이 왜 그래? 뭐 불만 있어?"

왠지 말싸움이 시작되었다. 책상에서 내려온 작은 오니와 바짝 다가선 여우 무녀가 코앞에서 서로를 노려보았다.

그런데 린코가 누군가와 싸우는 모습은 처음 본다.

마치 평소에는 얌전하고 사람을 잘 따르는 애견이 산책 중에 다른 산책견을 보고 거칠게 짖는 것처럼 정색한 모습이다.

"옛날엔 서로 사이가 좋았다고 하시지만, 지금은 보시다시피 금방 싸우는 사이입니다. 지난번에도 이런 분위기였어요."

"왜 이토록 서로 으르렁거리나요?"

"들은 이야기이긴 하지만……."

---

* 일본에는 절분에 오니가 싫어한다는 콩을 뿌리는 풍속이 있다.

올타나 선생님은 멍하니 두 사람을 보고 있던 나에게 이유를 설명해 주었다.

《하하하, 가끔은 고기 말고 다른 음식도 나쁘지 않은데?》

《그치그치? 그런데 웬일이야? 라카쿠가 다른 음식에 흥미를 보이다니.》

《린코가 그렇게 맛있다는 듯이 먹는 모습을 보니 궁금해져서. 여우라서 이걸 먹다니 참 흔해 빠진 설정 그대로네.》

《아하하하!》

《그런데 이 유부? 이건 린코가 직접 만들었어?》

《응, 내가 만들었어. 좋아하는 음식일수록 직접 공을 들이고 싶은 법이잖아?》

《귀찮은데 이런 걸 만들다니 대단하네. 근데 이건 어떻게 만들어?》

《이건, 두부를 얇게 자르고 수분을 빼서…….》

《잠깐. 두부라면.》

《응. 콩으로…….》

《읍! 콩?!》

《어? 라카쿠, 혹시 콩은 못 먹어? 설마 오니는 콩을 싫어한다더니 너도?》

《…….》

《진짜?》

《어…… 어이가 없어. 이런 음식을 맛있어 하다니. 역시 고기

를 먹어야지, 고기! 흙에서 난 음식은 먹어 봐야 힘이 안 나.》

《콩도 영양소 풍부하거든?! 밭에서 나는 고기라고 할 만큼 몸에 좋아.》

《뭐? 밭에서 나는 고기? 바보 아냐. 야, 지금 날 바보 취급하는 거야?》

《그, 그런 식이니까 라카쿠는 주변 사람한테 바보란 소릴 듣는 거야!》

《바보라고 하는 놈들이 바보지!!!》

《처음에 그런 소릴 한 사람은 너잖아!!!》

그 이후, 말다툼은 점점 심해져 결국에는 싸움으로 발전했다고 한다. 그리고 심할 때는 산 한두 개가…….

"파렴치한 여우 무녀!"

"뇌근육 오니!"

"뭐라고, 이 밥맛이!"

"단세포 주제에 무슨 소릴?!"

"내숭쟁이 변태 여우 주제에!"

"심보 고약한 재수탱이 꼬마면서!"

차원이 낮은 욕설 싸움이 벌어지는 동안 올타나 선생님과 나의 대화가 계속되었다.

"그래서 지금은 이렇게 됐다고요?"

"다행히 이제는 피해가 생기지 않을 만큼 진정되긴 했지만, 얼굴만 마주치면 싸움이 시작되고 맙니다."

덧붙이자면 올타나 선생님이 말씀하시길 간장이나 된장은 그 냥 잘만 넘어간다고 한다. 그럼 원형이 남지 않는 유부도 용서하 고 넘어가도 될 텐데. 남의 일이라 그런지 그런 생각이 들었다. 하지만 좋고 싫고는 본인 외에는 알 수 없는 일이니까.

우유는 싫어해도 바닐라 아이스크림을 좋아하는 사람이 있는 데, 그런 부류인 거겠지.

"잠깐. 난 서로 욕을 하기 위해 널 부른 게 아냐. 할 얘기가 있었 으니 얼른 하자."

"그럼 얼른 얘기를 끝나고 여길 떠날래."

"쳇. 오늘은 이쯤 해 두지."

"흥!"

일이 진행되지 않겠다고 판단한 라카쿠는 억지로 말다툼을 중 단했다.

"용건은 다른 게 아니라, 네 이번 잠입 의뢰의 상세한 내용에 관해서인데."

"그러네요. 우여곡절은 있었지만 조기에 해결해서 다행⋯⋯."

"하쿠로한테 연락이 들어왔어."

내가 이야기를 마무리하려는데 작은 오니가 말을 중간에 끊어 먹었다.

나도 그 작은 천사, 하쿠로 씨한테 설명을 들었다.

라이언이 일으킨 황혼 발생 용의는 완벽한 사실. 라이언이 지 나치게 학대하고 내쫓은 정령수들이 그 소란을 일으켰다고 단언 했다.

그 녀석이 아무리 부잣집 도련님이라도 범죄자가 될 수밖에 없고, 그로 인해 레이벨트 가문도 상당한 타격을 받았다고 들었다.

　그러니까 이번 사건은 그것으로 끝났을 텐데?

　"그 자식이 그런 불법적인 일을 시작한 시기는 반년 전. 집에 있는 소환대의 이력을 확인해 본 결과로는 그래. 그런데 그것만으로는 이해할 수 없는 일이 두 가지 남아 있어."

　"시간적으로 무슨 문제가 있나요?"

　"황혼의 이상 발생이 확인된 시기는 1년 천부터야. 물론 빈도가 이번보다 많진 않았지. 그러니 라이언 레이벨트 때문에 빈도가 늘어나서야 확실히 문제로 인식되었다고 해야 하나? 실제로 그 자식의 정령수가 타락한 것만으로는 설명할 수 없는 경우도 확인되고 있어. 자."

　라카쿠 씨가 책상에 투명한 상자를 올려놓았다. 안에는 검은 안개에 휩싸인 광석이 들어가 있었다.

　"라이언의 소지품에서 몰수한 정령석이야. 보다시피 잔뜩 독기에 휩싸여 있지. 이것으로 그 불도마뱀을 불렀는데 계약이 성립되지 않아 황혼으로 변한 모양이더군."

　"독기를 포함한 정령석으로 소환을 하다니 그런 얘기는 들어본 적도 없는데……. 라이언은 이걸 어디서 구했나요?"

　"신분을 알 수 없는 사람에게 뒷골목에서 받았다고 자백했어. '더 강한 정령수를 부르고 싶다면, 이걸 촉매로 사용하라.' 라고 하면서 줬다더라고. 마치 노린 것처럼 딱 좋은 제안을 했다는 생각 안 들어?"

라카쿠 씨는 교장이라는 지위에 걸맞지 않은 날카로운 미소를 지었다. 자신의 영역을 침범당해 본격적으로 적을 찾으려고 하는 듯했다.

"라이언 말고도 황혼을 인위적으로 발생시키는 얼간이 자식이 있어. 아직 안 끝난 듯한데? 알프 올랑."

철회하겠다. 사건은 빠르게 수습되지 않았다.

다리오와 벨 선배, 셋이서 나란히 집으로 돌아가는 도중에도 그 문제가 화제에 올랐다.

"라이언, 역시 퇴학 처분을 받았대."

"학교에서 그런 문제를 일으켰으니 당연하다면 당연하네요. 이제 알프랑 선배도 괜한 시비를 걸 사람이 없어져 한시름 놨는 걸요?"

"그랬으면 좋겠지만, 그래도 찾아와서 행패를 부리는 사람도 있다잖아."

"야야, 전학생. 불길한 소린 하면 안 되지."

"농담이야. 이제 학생도 아니니 이 근처를 함부로 드나들 순 없 겠지."

라이언 레이벨트는 사회적인 지위를 잃었다.

당분간은 좁은 방에서 맛없는 식사를 하며 지내는 신세겠지.

하지만 라이언조차 누군가의 꼭두각시에 불과했다.

아직은 사건이 해결되지 않았다. 빙산의 일각이 보였을 뿐이다.

《애송이. 앞으로도 조사를 계속해 줘야겠는데, 괜찮겠지?》

《그렇다면 앞으로는 근처를 중점적으로 조사해야 할까요?》

《아니. 아직 그쪽 노선이 사라졌다고 단정하기엔 이르지 않을까?》

《설마 라이언 외에도 있다는 건가요?》

《가능성이 없지는 않아. 단지 그뿐인 이야기다.》

《……알겠습니다.》

《방식은 너한테 맡기지. 어느 정도는 내가 책임져 줄게.》

《노력하겠습니다.》

그런 자세한 내용은 내 마음속에만 담아 두도록 하자.

둘은 평범한 세계에서 살아가는 사람들이다. 최소한 이 생활이 위협받지 않도록, 나는 아마오보로와 알프로서 적절히 잘 행동하기 위해 정진해 나갈 필요가 있다.

이번에는 운이 좋았지만 다음에도 일이 순조로울 거라고는 할 수 없다.

"그런데 알프. 마카미는 어떻게 지내? 요즘엔 아무런 이야기도 못 들었는데."

"아~. 그건……."

지금 불러낸다고 해도 몸집이 커진 늑대 모습이라 설명하기도 힘들고, 인간형은 아예 보여 주는 선택을 할 수 없었다.

없다고 해 두어야 앞으로를 생각하면 더 원만할지도 모른다.

"그 아이는 얼마 전에 계약 파기를 요청해서 헤어졌어. 그 라이언 일로 경찰 관계자의 보호를 받지 않았을까."

본인이 알게 된다면 강하게 부정하겠지?

미안해, 마카미. 두 사람이 널 과거의 정령수라고 생각하게 만들려면 이렇게 이야기할 수밖에 없어.

인간을 불신한 채, 나에게만 마음을 열었다는 사실을 모르는 두 사람은 내 이야기를 순순히 믿는 눈치였다.

"그랬구나. 아쉽네."

"그러게요. 특히 알프는 그 폭신폭신한 아이랑 헤어져야 했으니 많이 힘들었지? 아니, 혹시 무슨 짓이라도 했어?"

"잠깐. 그게 무슨 의미인지 알고 싶지 않거든, 다리오?"

아직도 그 이야기를 꺼내기야? 난 그런 취향 없는데, 아직도 착각이 풀리지 않았나 보다.

"그건 그렇고. 그럼 오늘은 어디에 들를까? 오락실은……."

벨 선배가 떨떠름한 표정을 지으며 팔을 X자로 교차했다. 복수전을 벌이기까지는 아직 충전 기간이 더 필요한 듯했다.

나도 실력이 꽝이라 허무한 패배를 거듭해 돈만 날려선 괴로울 뿐이다. 결국 자연스럽게 그 제안은 없던 일이 됐다.

"음~. 그럼 노래방은?"

"난 노래 실력이 별로라서. 사양할게."

"스이네처럼 소리를 조종하는 정령수를 데리고 있는데도 그런가요?"

"실례되는 소릴. 예를 들면 다리오, 네 정령수는 하늘을 날잖아."

"그러네요. 쿠로우는 제비니까요."

"그렇다고 운동이 네 특기 분야는 아니잖아? 그리고 계약한 뒤로 그 분야에서 도움을 받은 적은 있어? 달리기가 빨라졌다든가, 도약력이 좋아졌다든가."

"……없네요!"

"그거랑 같은 거야."

상당한 고위 정령수가 아닌 이상에야 계약과 함께 정령력을 연결했다고 해서 본인에게 어떠한 영향을 주는 일은 거의 없다고 한다.

그런데 난 린코의 직접적인 영향을 받은 게 있었던가? 어쩌면 몇 년간 단련할 수 있었던 이유도 린코의 영향력 덕분이었을지도?

"그럼 뭘 하지? 다른 의견은~?"

불만스럽다는 듯이 입을 삐죽이는 다리오.

"무난하게 카페에 가는 건 어떨까?"

내가 제안했다. 주변 점포는 지리 정보를 확인하면서 확인해 둔 덕분에 어느 정도는 잘 알았다. 문제는 어디가 추천할 만한 곳인가 하는 점인데.

"카페라면 내가 좋은 가게 소개해 줄게. 파스타가 맛있는 곳이라든가."

"음~. 거기서 느긋하게 보내는 것도 좋으려나?"

"린코도 거기에 갈 거지?"

내가 어깨에 올라가 있는 아기 여우에게 물었다.

하지만 린코는 여전히 화가 난 것처럼 뚱한 표정이었다. 아직 점심때 벌어진 라카쿠 씨와의 말싸움 때문에 기분이 풀리지 않은 듯했다.

나는 린코의 작은 머리에 손을 올렸다. 그리고 린코가 평소에 하듯 쓰다듬었다.

"앗."

"이제 기분 풀자. 린코답지 않아."

생각해 보니 내가 이렇게 린코를 쓰다듬기는 처음인지도 모른다. 린코의 털은 매우 부드러웠다.

《야, 너. 네가 그 자식에게 어울리지 않는다는 사실을 스스로도 잘 알고 있지?》

새삼 라카쿠 씨의 말이 떠올랐다. 설령 그게 진심으로 한 말이 아니었다고 해도, 아직도 그 말이 마음에 걸려 사라지지 않았다.

구체적으로 말하자면, 그건 몹시 씁쓸한 의문이었다.

린코를 불렀어야 할 사람은 내가 아닌 다른 누군가가 아니었을까?

린코에게 난 족쇄가 될 뿐, 사실은 옆에 없어야 더 좋지 않을까.

자신감이 없는 현재로서는 그런 의문에 확실한 대답을 낼 수가 없었다.

그런 심정이었지만 놀라는 아기 여우에게 계속해서 말했다.

"다 같이 모여 어떻게 하면 즐겁게 지낼 수 있을까 생각하고 있잖아. 뾰로통해 있으면 그만큼 손해를 볼 뿐이야."

"우후후. 고마워♡"

곧이어 손안에 쏙 들어온 린코의 딸랑딸랑 방울을 울리는 듯한 웃음소리가 들려왔다.

린코도 내 손안에서 비비적거리는 감촉이 느껴졌다.

물어보고 싶다. 나는 정말 지금처럼 같이 있어도 괜찮은가 하고.

아니. 하지만 그걸 결정하는 사람은 나도 다른 사람도 아니다. 참견하면 오히려 실례일지도 모른다.

그렇다면 지금은 앞으로 어떻게 하고 싶은지를 린코에게 모두 내맡기자.

지금 내 곁에 있는 이 상황을 린코가 피하지 않는다면 그것으로 충분하다.

"그건 그러네. 미안해. 어울리지도 않게 풍해 있어서."

"그런 날도 있는 법이지. 맛있는 음식이라도 먹자."

"응!"

나중에 마카미한테도 뭐라도 사 줘야겠다. 우리만 먹다니 미안하니까. 폴란드 소시지랑 육포를 좋아했으니, 많이 사서 돌아가자.

우리는 특별할 것 없는 잡담을 나누고 저녁놀을 받으며 거리를 걸었다.

그 옆에서 저녁놀에 비친 여우는 예전과 마찬가지로 금색 빛을 반사하고 있었다.

"학생이 이런 곳에 있어선 안 돼. 친구가 걱정하더군. 바로 여길 떠나라."

오늘 처음으로 '북두'에 소속된 남자 퇴마사, 아마오보로의 말을 직접 들었다. 나를 타이르는 낮고 침착한 목소리에서는 현장에서 내가 어떻게 해야 하는지를 생각하게 만드는 강한 설득력이 느껴졌다.

"아, 알겠습니다."

나는 그 사람의 말을 따르기로 했다. 검은 의상을 입고 날카로운 까마귀 텐구 가면을 쓰고 있어 어떤 인물인지는 확인할 수 없었다.

훈련장에서 소동이 벌어져 동급생인 레이첼, 로베르타와 함께 달려왔지만 예상을 뛰어넘는 강력한 황혼의 폭주로 두 사람의 정령수는 상처를 입고 말았다.

나는 중위 클래스인 코도가 있었던 덕분에 선생님들과 함께 황혼에 맞섰다. 학생은 대피하라는 질타를 받았지만 충분한 전력이 된다는 자부심이 있어 물러서지 않았다. 하지만 인질을 잡고 불을 내뿜는 불도마뱀의 공세에 지칠 때쯤 이 사람이 나타났다.

그리고 그 사람이 싸우는 모습을 직접 목격했다.

검은 코트를 휘날리며 여자아이 모습을 한 정령수와 함께 황혼을 제압하는 모습은 무심코 위험을 잊을 만큼 강렬했다.

퇴마사는 보통 자신의 정령수를 앞에 놓고 후방 지원 위주로 싸운다. 그건 학교 수업에서도 배우는 당연한 작전이다.

하지만 아마오보로는 그 통설을 완벽히 무시한 채 주저하지 않고 황혼에게 접근했다. 저 무시무시한 괴물이 포효를 해도 전혀 동요하지 않았다.

늑대 소녀의 맹렬한 공격과 연계 플레이를 하며 믿기 힘들게도 사람의 몸으로 황혼을 제압했다. 맨손으로 불도마뱀을 무찌르고 순식간에 인질마저 구해냈다.

이게 정점에 군림하는 사람. 아직 갈 길이 먼 내가 목표로 하는 모습에 도달한 사람.

이런 상황인데 머릿속에는 문득 같은 '북두'에 있으면서 실적을 내지 못하는 친오빠의 얼굴이 떠올랐다.

그 아기 여우가 라이언의 정령수에게 압도적으로 승리한 모습을 지켜봤지만 그것과는 차원이 달라도 너무 달랐다.

오빠도 이런 퇴마사가 목표일 텐데, 그 차이는 역력했다.

아니, 이 사람과 오빠를 비교하는 일조차도 실례 같았다.

그 사람은 아무리 시간이 지나도 행동하지 않는다. 왜 그렇게 제멋대로일까.

하여간, 아마오보로처럼 지표가 될 만한 사람을 바로 눈앞에서 볼 수 있었던 건 행운이다. 이런 상황에 적절하지 않은 표현일지도 모르지만 그런 생각이 들었다.

전투는 바깥으로 옮겨가 나는 그 이후로 일이 어떻게 됐는지 보지 못했지만, 더는 피해 없이 황혼을 조복하는 데 성공했다고 한다.

진정한 실전 세계를 엿본 뒤, 학교가 휴교가 되어 나는 레이첼,

로베르타와 합류했다. 두 사람도, 둘의 정령수도 무사해서 정말 다행이다. 아마가네도 현장으로 와서 치료를 해 주었다고 한다.

　우리는 곧장 집으로 가지 않고 상점가의 카페에 들렀다.
　"나도 아직 멀었네. 아마오보로한테 혼났거든."
　밤색 머리인 레이첼은 이번 일을 반성하며 말했다.
　레이첼의 양팔 안에서는 치료를 받아 상처 하나 없는 족제비가 새근새근 잠들어 있었다.
　"그 사람도 화를 내는구나? 뭐라고 했어?"
　"무모함과 용기는 다르니까 자신의 역량을 되돌아보라고."
　"……정말 따끔한 지적이네."
　솔직하게 말해 상위 클래스의 황혼은 아직 우리가 대적할 수 있는 상대가 아니었다. 실제로 싸워 보고 잘 알게 되었다.
　"조금 자만하고 있었는지도 몰라."
　안경 소녀 로베르타는 조심스러운 목소리로 그렇게 말했다.
　로베르타는 적극적인 성격은 아니지만 때때로 날카로운 지적을 한다.
　"도시에 출몰하는 하위 황혼을 쓰러뜨렸다고, 퇴마사의 활약에 뒤지지 않는다고 착각했었어. 하지만 진짜 황혼의 조복은 쉬운 일이 아니었어. 시간이 꽤 지났는데도 아직 그때를 생각하면 몸이 저절로 떨려."
　달그락달그락 하는 소리가 들렸다. 티 컵을 쥔 손가락이 작게 떨리는 모습이 보였다.

그 불도마뱀이 우는 소리는 내 뇌리에도 뚜렷이 각인되었다. 오늘 밤에 잠을 잘 잘 수 있을까?

"퇴마사는 정말 대단하지? 그런 상대에 맞서다니. 난 자신 없어."

"로베르타……."

"반대로 말하면."

레이첼이 정령수를 안은 채 강한 어조로 말했다.

마음을 빠르게 회복해 이번 일을 다음 활동에 살리고자 하는 모습이 절로 엿보였다.

"그걸 극복해야 비로소 퇴마사 세계에 발을 들일 수 있다는 말이잖아? 로베르타도 퇴마사가 되고 싶지? 우리는 각자 계기는 다를지 모르지만 퇴마사가 되고 싶다는 마음만큼은 진심이잖아. 이번에 실패했다고 벌써 좌절할 셈이야?"

"그렇지만 난 이 아이를 또 위험하게 만들고 싶지 않아."

로베르타가 테이블 위에서 얌전히 있는 올빼미를 팔로 안으며 기어들어 가는 목소리로 말했다.

"키쿄가 다친 모습을 보고 새삼 깨달았어. 황혼과의 싸움은 생각보다 훨씬 위험한 일이라는걸. 혹시라도 이 아이가 죽었다고 한다면 난!!"

"로베르타, 억지로 퇴마사가 되자는 이야기가 아니야. 퇴마사를 포기하는 것도 엄연히 하나의 선택지니까."

"어? 앨리스! 네가 우리 중에서 제일 소극적이라니?!"

"하지만 이 도시에선 언제 어디서 위험한 일이 벌어질지 알 수 없어. 그건 로베르타도 잘 알지?"

그렇게 선을 그으면서 나는 강조했다.

요즘 이 도시에는 황혼이 빈번하게 출현한다는 사실을.

그리고 드디어 오늘은 학교까지 피해를 봤다. 더 이상 황혼 출현은 남의 일이 아니었다.

"굳이 누군가를 지키기 위해서가 아니라도 좋아. 하지만 앞으로 황혼과 얽히지 않으려 한다고 해도 언젠가는 나한테도⋯⋯ 아니, 자신의 소중한 사람한테까지 위험이 닥칠지도 몰라. 너는 아무것도 안 한 채로, 황혼에 저항할 힘을 가지고 있었으면 좋았을 거라며 후회할 때가 오지 않기를 기도만 할 거야? 로베르타의 키교는 평범한 아이들이 계약한 정령수보다 강해. 그러니까 더 강해지면 지금보다 강력한 황혼한테서 자신과 소중한 사람들을 지킬 수 있지 않을까?"

"⋯⋯."

"재능이 있는 사람은 이 도시에서 살아가고자 한다면 자신과 소중한 사람을 지킬 방법을 배워야 해. 설령 퇴마사가 목표가 아니더라도."

극단적인 사례라 어쩌면 치사한 말일 수도 있다. 로베르타의 올빼미가 다치지 않기 위해서라도 노력을 해야 한다고 재촉하고 있는 거니까.

안경 너머의 눈동자가 갈등으로 흔들렸다.

두려움과 이성이 서로 대립하고 있었다. 고민할 시간이 필요한 거겠지.

"두 사람이 앞으로 어떻게 하든지 간에 난 포기 안 해. 앞으로도 황혼을 조복하면서 카마이와 나를 강하게 단련하겠어. 아마오보로가 날 보는 시선을 바꾸어 놓겠어. 그리고 그 사람의 시선도."

레이첼은 과거의 일로 인해 반드시 발전된 모습을 보여 주고 싶은 사람이 있는 듯했다. 확실친 않아도 학교에서 제일 퇴마사가 될 가능성이 큰 인물이 아닐까 한다.

"사실은 잘 알아. 나도 '북두'에 들어가고 싶으니까."

잘은 모르지만 로베르타도 퇴마사 조직에 들어가길 원한다.

중요할 때 강한 의지를 발휘하는 아이라는 걸 잘 아는 내 생각엔, 로베르타는 절대 여기서 포기하지 않는다.

그런 의미에서 보면 내 동기는 불순하다.

원래는 퇴마사가 된다며 집을 뛰쳐나간 오빠를 뛰어넘어 그 행동이 잘못이었다는 사실을 인정하게 만들려고 퇴마사를 지망하게 되었으니까.

그리고 셰이크리어 가문에서는 명문가의 딸일 뿐 집안에 크게 도움이 되지 않는다는 콤플렉스도 있어 황혼이라는 위협과 싸워 평화를 지키는 직업이 반짝반짝 빛나 보이는 이유도 있었다.

중위 정령수 코도를 불러낸 일을 계기로 내 재능을 발견한 덕분에, 그 목표 실현이 현실적으로 다가오기 시작했다.

굳이 경쟁할 일이 아니라는 사실을 이해하기 전까지는 그렇게 생각했다.

"역시 아마오보로 수준까지는 힘들겠지. 그 사람의 파트너, 아마가네 씨는 굉장하지? 우리 정령수를 그렇게 빠르게 치유해 주다니."

"그러고 보니 굉장히 빨리 도착했었어. 보통은 학교 안에서 일어난 일이니 요청에서 대처까지 시간이 많이 걸리잖아? 정말 가까운 곳에 있었나 봐."

"그러네. 아주 신속한 대처였어. 그게 프로인 걸까?"

갑작스러운 화제에 내 사고의 흐름이 중단되었다.

듣고 보니 조금 이상하다. 아무리 그래도 학교 밖에서 달려왔다고 하기에는 너무 빨리 도착했다.

"아무튼 S급 퇴마사가 와 준 건 행운이었어. 우리 정령수도 말끔히 부상이 나았기도 하고."

"아니. 어쩌면 그 사람이 있었던 장소는 학교 근처가 아닐지도 몰라."

내가 그런 말을 하자 두 사람의 시선이 나에게로 쏠렸다.

"우리가 학교 방송을 듣고 얼마 되지도 않아 아마오보로가 나타났잖아."

"앨리스, 무슨 소리야? 그 사람 TV를 보면 온 도시를 가볍게 뛰어다니잖아. 그런 식으로 평범한 퇴마사보다 빨리 온 거겠지."

"레이첼. 그 사람이 우리한테 달려왔을 때, 어느 방향에서 왔어?"

"당연히 우리는 훈련장 출입구에 있었으니 통로로 연결된 학교 건물에서……."

말을 하다가 레이첼이 말을 멈췄다.

그래. 말을 들어 보면 아마오보로는 학교 안을 지나 현장에 도착했다. 만약 학교 밖에서 급히 왔다면 그곳에서 나타날 필요가 없다.

그렇다면 왜 학교 건물에서 그 사람이 등장한 걸까? 그게 아무래도 마음에 걸렸다.

"너무 깊게 생각하는 게 아닐까?"

조금 조심스럽게 로베르타가 끼어들었다.

"외부인이니 학교 구조를 잘 모르잖아. 어쩌면 일단 선생님을 만나 자세한 장소를 들으려고 다른 곳에 들렀을 가능성도 있지 않아?"

그건 생각하기 어려웠다. 불도마뱀으로 인해 훈련장에는 불길이 일어 연기가 피어올랐다.

설령 구조를 잘 모른다고 해도 그건 사건 발생 지점을 알리는 표시나 마찬가지였다.

"만약 앨리스의 추리가 맞다고 해도, 그럴 리가."

농담이라 받아들인 밤색 머리카락 소녀가 깔깔 웃었다. 전혀 의심하지 않는 모습이다.

"맞아, 앨리스. 아마오보로 같은 유명한 사람이 학교 내부인일 가능성이 있다니, 그럴 리가 없잖아."

"로베르타, 하지만 아예 가능성이 없다고 단언할 수 있어? 그 사람은 본모습도 정체도 드러낸 적이 없잖아. 그렇다면 이론상으론 어떤 신분으로든 꾸미고 있을지 알 수 없어. 선생님일 수도 있고, 우리랑 같은……."

"아니아니, 그럴 리가."

손을 좌우로 흔드는 레이첼.

"드라마를 너무 많이 본 거 아냐?"

로베르타에게까지 지나친 말이란 소릴 들었다.

이 학교 안의 누군가가 아마오보로가 아닐까? 그런 이야기인데 두 사람은 말도 안 된다며 내 이야기를 일축했다.

잠시 후, 그런 화제도 잠잠해져 그만 해산하기로 했다.

하지만 내 마음속 한구석에는 그런 생각이 여전히 남아 있었다.

만약 아마오보로가 학교 안에 있다고 한다면 과연 누구일까.

분명 남성 중에 정령수를 보여주지 않은 인물이 아닐까. 늑대소녀와 아마가네를 데리고 다니면 눈에 띄니까 숨기고 있겠지.

그 대단한 정령수들과 동시에 계약했으면서 평소에는 전혀 꼬리를 드러내지 않은 채 지내는 사람이라니 대체 누구일까…….

그런 생각을 하는 중에 문득 조사하기에 가장 좋은 수단이 있다는 사실을 깨달았다.

같은 '북두' 사람들에게 물어보면 된다. 북두 사람이라면 잠입 관련 사정도 얼마간은 알고 있지 않을까.

만약 오빠가 알고 있다면 추궁을 해서 그 비밀에 다가갈 수 있을지도 모른다.

참, 나도 바보 같은 생각을.

곧장 그런 생각을 철회했다. C급인 오빠가 그런 중요한 정보를 알고 있을 리가 없다.

그 이전에 오빠에게 의지하려는 생각 자체가 좀 이상하다.

만약 오빠가 내 부탁을 흔쾌히 받아들인다고 해도 내 자존심이 그걸 허락하지 않았다.

묻고 싶지 않았다. 알려 줬으면 하는 마음도 전혀 없다.

그러니까 이번의 그 생각은 여기서 종료. 다른 사람을 알아보자.

레이첼과 로베르타는 분명 그만두라고 말하겠지. 하지만 두 사람이 대놓고 부정한다고 해도 상관없다.

그 사람의 진실에 다가갈 가능성이 있는데, 그걸 잠시간의 망설임이라고 치부하기엔 너무 아쉬웠다.

기왕 한다면 철저하게. 자신의 의혹이 단순한 착각이었다고 단정할 수 있을 때까지 나는 확인해 보기로 결정했다.

긴박한 싸움터에서 목격한 그 모습은 그만큼 진짜를 만나고 싶을 정도로 강렬했으니까.

번외편 '풍아' 마카미

　힘이 있다면 생애를 자유롭게 보낼 수 있다.

　많은 적이 노리지도 않고, 자신의 구역을 빼앗기지도 않고, 자유롭게 평생을 만끽할 수 있다.

　맞서는 자를 침묵시키고 주변에 있는 자들이 고개를 숙이게 할 수 있는 힘이 필요하다.

　그러니까 마음껏 살려면 강하게 살라는 말을 듣는다.

　'풍아(風牙)'라 불리는 일족의 늑대는 모두 태어났을 때부터 일족의 우두머리에게 그런 가치관을 몇 번이고 주입받는다.

　정령수들은 대기 중의 정령력을 양식으로 삼기에 살아가는 것뿐이라면 간단했다.

　그러나 그것은 약자의 삶이란 평가를 들을 뿐이었다. 더 높은 곳에 도달하고자 하는 자들 중에는 때때로 '사냥'을 하는 존재도 있었다.

　목적은 먹잇감 안에 있는 정령력을 자신의 피와 살로 만드는 것.

　정령수가 정령수를 먹는다. '풍아' 무리도 그런 연쇄에 얽힌 입장이었다.

　마카미란 이름을 얻은 아기 늑대도 예외 없이 그런 환경에서

자라며 우두머리의 말을 양식 삼아 엄니를 갈고닦았다.

그리고 마카미는 알고 있었다. 일족의 선배에 해당하는 늑대들이 현세에서 힘을 길러 돌아왔다는 사실을.

자신도 그곳에 도달하면 자유가 있으리라고 믿어 의심치 않았다.

"여긴 어디지?"

어느 날, 나는 평소의 푸르른 평원과는 다른 경치를 보고 눈을 반짝였다.

천이 깔려 있고, 자연물이 아닌 벽에 둘러싸인 장소.

"호오. 말을 하나. 이번엔 당첨인가? 중위라면 더할 나위 없지."

눈앞에는 정령수가 아닌 생물이 있었다.

명칭은 인간. 처음 보지만 비슷한 모습을 본 적은 있었다. 그래서 지금이 어떤 상황인지는 이해했다.

정신을 차려 보니 어느새 인간이라는 존재와 대면하고 있었다. 이것은 다름 아닌 자신이 기다리고 기다리던 일이 실제로 닥쳐왔다는 걸 의미했다.

"소환한 자는."

"나다. 라이언 레이벨트."

이름을 밝힌 남자는 짧은 금발에 날카로운 삼백안의 눈을 지닌 자였다.

체격이 뛰어난 그 사람을 올려다보니 나는 확신이 들었다.

"라이언, 날 강하게 해 줄래?"

이해가 일치해 기분이 좋아진 라이언은 이를 드러내며 웃었다.

"물론이지. 오늘부터 내가 너와 계약한 주인이다. 이름은 있냐?"

"마카미."

불러낸 그 사람과 계약이 성립되었다. 이 사람의 정령력을 받으면 나는 더욱 높은 곳을 노릴 수 있겠지.

"나와라, 마카미."

그 이후로는 매일 밖을 뛰어다니던 시절과는 일상이 크게 달라졌다.

라이언을 방해하는 학생이라는 자들이 지닌 정령수와 대치하며 내 자랑인 발톱과 엄니로 물리치는 나날이 시작되었다.

나는 라이언이 불러서 나갈 때마다 모두 승리를 거두었고, 다른 인간들은 주변이 진동할 만큼 크게 환성을 질렀다.

나는 그런 분위기가 싫지 않았다. 자신의 힘을 인정받은 기분이 들기도 했고, 오랜 가르침대로 강해지는 자신이 느껴지기도 했기 때문이다.

라이언도 내가 이기면 칭찬해 주었다. 마치 자신의 일처럼 기뻐하며 다음에도 잘 부탁한다며 전폭적으로 날 신뢰했다.

사람과 정령수의 관계는 저마다 다르다고 하지만 이 관계가 가장 좋은 관계가 아닐까?

이 사람에게 힘을 빌려주고, 그것을 내 성장의 양식으로 삼는다. 서로에게 좋은 일이니까.

무엇보다 이 사람도 나와 마찬가지로 강해지는 것을 신조로 삼고 있어 자신을 단련하는 데 여념이 없었다.

같은 뜻을 지니고 있는 사람이라고 믿어 의심치 않기에 나는 이 사람과 함께 더 높은 곳을 위해 노력한다는 사실이 기쁘다.

그러니까 앞으로도 잘 부탁한다는 그 말에 보답하고 싶다. 그렇게 생각했었다.

하지만 그 관계도 한 번의 패배로 붕괴되고 말았다.

"린코 폭렬각~!!"

"커헉!!"

나보다 훨씬 작은 상대의 발차기에 맞아 의식이 사라졌던 그날.

운명이 끝을 맞이했다.

학교 건물 뒤. 아무도 없는 장소에서 나는 다시 밖으로 호출됐다.

지면에 엎드려 있다는 사실을 깨닫고 고개를 들어 보니 계약한 주인의 얼굴이 보였다.

"야, 그딴 식으로 싸운다 이거지?"

무방비한 몸통에 강한 충격이 전해졌다. 비명이 저절로 입에서 튀어나왔다.

뭐지? 무슨 일이 벌어진 거지?

엎드려 있던 나에게 발차기를 날린 사람은 다름 아닌 라이언이었다.

"라이언, 무슨 짓을……!"

"벌이다. 마카미. 이유는 잘 알겠지? 네가 졌거든. 꼼짝도 못하고 완패했어."

체중을 실은 신발의 바닥이 머리를 짓밟았다. 아파. 아파.

"야. 사람들 앞에서 한심한 모습을 드러내 놓고 그냥 끝날 줄 알았냐?"

품에서 뭔가를 뒤적거리고 꺼내면서 라이언이 말을 계속했다.

"지금까지 나한테 반항하는 놈들이 등장할 때마다, 나는 주변에 본보기를 보여줬었지. 무슨 소릴 지껄이든 패배자의 울부짖음은 의미가 없다고 하면서."

정령수끼리의 결투는 명분일 뿐, 승리자로서 자신을 정당화하기 위해서.

"넌 그걸 엉망으로 만들었다. 주변 놈들이 날 보는 눈이 변했거든. 그런 땅꼬마한테 한 방에 나가떨어지는 놈을 누가 인정할까? 이런 상황을 받아들일 수 있겠냐? 없겠지? 응? 안 그러냐, 마카미?"

손에는 둔탁하게 빛나는 날붙이가 있었다. 라이언은 나이프를 꺼내 들었다.

몸이 떨렸다. 무슨 짓을 하려는 건지 상상하기 어렵지 않았다.

나는 곧장 저항하려고 했다. 하지만 그럴 수 없었다.

아직 조금 전에 결투를 하다 입은 대미지가 아직 몸을 자유롭게 움직일 만큼 회복되지 않았다.

무엇보다 머릿속의 체념에 가까운 결론 탓에 몸이 절로 위축되었다.

자연에서 패자는 살아갈 수 없다. 힘이 없으면 자유도 없다.

원래는 죽음이 기다리고 있어야 했다.

그런데도 계약한 주인에게 목숨을 구걸하는 듯한 말을 하고 말았다.

"그만둬. 미안해…… 그만……!"

나를 향해 휘두른 칼날은 가차 없이 내 몸을 베어 버렸다.

아파.

불타는 듯한 감각이 온몸을 타고 흘렀다.

지금까지는 겪어 보지 못한 라이언의 폭력이, 욕설이 나를 유린했다.

비명을 질러도, 사과를 해도, 용서를 구해도 라이언은 손을 멈추지 않았다.

아파. 아파.

"정령수는 이 정도는 아무렇지도 않잖아?! 왜 어린애처럼 울고불고 난리야?!"

약한 소리를 듣고 더욱 화가 치밀었는지 화풀이는 더욱 거세졌다. 나는 그냥 인내할 수밖에 없었다.

이럴 줄은 몰랐다. 지금까지 함께해 온 파트너라 할 수 있는 상대한테 이런 처우를 받게 되는 날이 올 줄이야.

아파. 아파. 아파.

구타와 발차기가 뒤섞인 일방적 폭력이 계속되었다.

열이 올라 지금 자신이 어떤 상태인지도 모르는 채로 멍하니 나는 생각했다.

자유로워지지 못하는 이유는, 지금 내가 이런 취급을 받는 건 내가 약해서일까?

이 관계는 패배하면 끝나는 건가?

파트너라고 생각했던 사람은 사실 나뿐이었던 걸까?

아파. 아파. 아파. 너무해. 너무해.

너무나도 길게 느껴진 몇십 분에 달하는 폭력은, 지금까지 쌓아 왔던 무언가를 무너뜨려 버렸다.

아니. 어쩌면 나 혼자만 쌓아 올리려고 노력했던 건지도 모른다. 이 사람은 처음부터 나를…….

그리고 다음에 호출되었을 때 날 기다리고 있었던 처우는 라이언과의 인연 단절, 다시 말해 계약 파기였다.

형편없단 소리를 듣고 얻어맞으며 버려지다니. 이제부터 어쩌면 좋을지 전혀 알 수 없었다.

웅크려 있는 내 주위에서 라이언이 도망치는 소리가 들렸다.

이제 뭐가 어떻게 되든 상관없다.

슬픔과 절망스러운 마음이 가슴속에서 부풀어 가는 것과는 달리 고통과 허탈감이 몸을 지배하기 시작했다.

주변에 온갖 저주를 퍼붓고 이대로 죽어 버리자. 이런 세계에서는 살아 있고 싶지 않았다.

단, 지금은 이곳에 머물러 있고 싶지 않았다. 내가 몸을 끌면서 움직이려고 했을 때였다.

"잠깐만."

나를 불러 세운 건 라이언의 행동을 보고 화를 내던 그 사람이었다.

"마카미. 아까 한 말은 기억하고 있겠지?"

그리운 신록의 세계에서 여우 귀 무녀를 마주 보며 나는 고개를 끄덕였다.

"린코. 내가 한 방이라도 때리면 승리."

"응, 맞아. 목표는 3일 이내면 될까?"

"알았어. 어제의 복수전."

어쩌다 보니 알프 올랑에게 거두어져 치료를 받은 나는 지금 그 사람과 계약을 맺은 정령수인 린코의 정령 결계 안에 있다.

그 사람은 신기했다. 책임을 지겠다고 나서더니 내가 저항하며 엄니로 무는데도 물러서지 않고 돕겠다면서 계약을 제안했다.

여차하면 관계를 끊어도 좋다고 하기에, 그런 말까지 들은 나는 반쯤 될 대로 되라고 그 제안을 받아들였다.

하지만 이제 나에게 파트너는 필요 없다. 나는 단지 이 여우 무녀가 강하게 만들어 준다기에 남았을 뿐이다.

이게 끝나면 또 혼자가 되자.

그렇게 해서 삼림을 무대로 린코가 감수한 실전에 가까운 단련이 시작되었다.

게다가 핸디캡으로 상대는 공격을 하지 않고 나만 일방적으로 공격할 뿐. 상대는 그만큼 자신이 있다는 말이었다.

"자, 언제든 어디서든 공격해 봐."

작게 으르렁거리면서 나는 돌진했다. 주변의 광경이 시야 옆으로 흘러갔다.

이를 드러내고 손톱을 뻗으며 달려간 나를 여우 무녀는 가볍게 몸을 젖혀 피했다.

헛손질에도 기세를 늦추지 않고 나는 다시 몸을 돌려 공격을 시도했다. 그에 맞춰 상대의 홍백색 옷이 흩날렸다.

"속도가 아주 특출난 만큼 오히려 아까운걸?"

하늘거리며 나의 모든 공격을 피한 린코가 그렇게 말했다.

몸집이 작은 여우일 때와 마찬가지로, 단련했던 엄니와 발톱은 아예 스치지도 않았다.

"우직하게 달려들 뿐이라 궤도가 예측되니 미리 상대가 대처하는 거야. 그러니까 이런 식으로."

"?!"

상반신을 노린 도약에 맞춰 여우 무녀는 아래로 이동해 공격을 피했다.

그리고 내가 바로 위에 위치하자 내 사지 중 하나를 붙잡고 업어치기를 했다. 나는 멀리까지 공중을 날아갔다.

"쉽게 던져 버릴 수도 있어."

"그렇다면……."

나는 몸을 비틀어 자세를 바로 잡은 뒤, 나무들 사이를 누비듯이 지그재그로 달렸다. 직진이 통하지 않는다면 눈을 교란하겠다는 작전이었다.

"틈을, 노리겠어!"

"글쎄, 잘 될까?"

여우 무녀는 여전히 여유를 부리며 주변을 도는 나를 눈으로도 좇지 않았다.

나는 등 뒤에서 스쳐 지나가며 일격을 날렸지만 그것도 여우 무녀에게는 닿지 않았다. 몸을 옆으로 움직이는 정도의 동작으로 피해 버렸다.

역시 시각뿐만이 아니라 소리나 기척에 반응하며 온갖 방향의 공격에 대처하는 듯했다.

한 방을 때리기는커녕 건드릴 수조차 없었다.

그래도 계속 공격을 하며 질주하는 사이에, 더욱 상대가 반응하지 못하도록 궁리할 필요가 있다는 사실을 깨닫게 되었다.

지리를 이용하고 나무를 발로 차면서 화살처럼 종횡무진 린코 주변을 둘러싸듯이 끊임없이 움직였다. 체력이 허용하는 한 계속 달렸다.

그렇게 속도를 높여 치고 빠지는 공격을 하자 여우 무녀도 서서히 회피와 받아넘기는 동작이 분주해지기 시작했다. 내가 시도하는 공격 횟수가 많아졌기 때문인 듯했다.

"그럼, 지금쯤이면 될까."

적당한 시점이라는 듯이 린코는 내 포위망을 쉽게 벗어나더니 숲속으로 도망쳤다.

"어, 어디로 간 거야?!"

"적이 계속 가만히 서 있을 리가 없잖아? 뭐 해? 어서 안 막으면 아무것도 못 하고 날이 저물어 버릴걸?"

나는 다급히 린코를 추격했다. 울창한 나무가 장애물이 됐지만 열심히 빠져나가며 린코의 등을 쫓았다.

그 결과 산속을 이리저리 내달렸고, 심할 때는 깎아지른 낭떠러지를 내려가는 처지가 되기도 했다.

숨을 헐떡이면서도 가끔은 멈춰 선 린코에게 공격을 시도하기도 하고, 놓쳐서 다시 추격을 시작하는 행동이 끝없이 반복되었다.

달이 하늘 높이 떠올랐을 즈음.

여우 무녀가 숨 하나 헐떡이지 않은 모습으로 나타나 더는 걸을 힘도 없어 비틀거리는 나를 손바닥으로 툭툭 두드렸다.

"끝~. 오늘은 여기까지. 첫날인데 이렇게 열심히 하다니 대단한걸? 꽤 멋진 근성이야. 그런 아이는 실력도 금방 늘어."

"그렇지만 한 번도 여유를 무너뜨리지 못했어."

"그거야 당연하지. 그런 식이면 3일 내내 계속해도 끝까지 도망칠 자신이 있거든."

지금까지 한 번도 경험한 적이 없는 육체의 피로에 더해, 믿을 수 없는 정보를 들은 나는 정신적인 부담을 이기지 못하고 쓰러져 버렸다. 단순한 달리기라면 그 누구보다도 자신이 있었는데, 그 정도로 어렵지 않았다는 말을 들으니 현기증이 났다.

"괜찮아. 마카미는 오늘 하루 동안 눈부신 진보를 보여 줬거든. 전에 승부를 겨뤘을 때와 비교가 안 될 정도였어. 그리고 내일은 더 활발하게 움직일 수 있을 거야."

린코의 치유술로 몸을 최소한 걸을 수 있게 만든 뒤, 나는 린코와 함께 린코가 열어젖힌 인간계로 가는 출구로 돌아갔다.

"배고파~."

"어? 돌아왔네? 어서 와."

그런 우리를 알프 올랑이 자신의 방에서 맞이해 주었다. 예전에 계약했던 주인과 비교하면 패기도 없고 평소에는 거칠고 힘든 일과는 무관해 보이는 인간이었다.

첫인상은 얌전하고 약해 보이는 초식동물 같은 녀석이었다.

겉만 봐서는 인간들 사이에서 강한 자에게 유린당하는 부류에 속할 거라는 생각이 절로 들었다.

그런데 그런 이 사람이 그 라이언을 힘으로 물리쳤다. 이 사람은 무시무시한 엄니를 안쪽 깊숙이 숨기고 있다.

힘을 가지고 있으면서 이런 모습이라니, 나에겐 매우 부자연스럽게 느껴졌다.

강해지면 자유로워진다. 인간에게는 사회라는 굴레가 있다는 건 알지만, 그래도 강함은 온갖 요소를 긍정하게 만드는 힘이 있다.

그런데 이 사람은 그걸 사용할 낌새가 전혀 보이지 않았다.

강한 자야말로 자유분방함이 허용된다는 가치관을 지닌 내 눈에는 힘을 과시하지 않는 이 소년과 린코가 기묘하게만 보였다.

그리고 린코와 소년은 저녁을 먹었다. 나하고는 관계없는 일이다. 지금으로서는 흥미가 없다.

나는 그 모습을 조용히 바라보면서 쉬기로 했다.

내일도 오늘처럼 단련을 계속해야 한다. 체력을 완벽하게 회복해 두고 싶었다.

"와아. 해가 저물 때까지 움직였다가 먹는 밥은 참 각별한걸?"

"혹시 쉬지도 않고 훈련했어?"

"우리 정령수는 사람보다 튼튼하니까 괜찮아. 걱정 마."

자신과 날 똑같이 취급해서는 곤란하다. 난 지금 제대로 움직이지도 못하고 있으니까.

"너도 수고 많았어. 린코의 훈련을 버티다니 대단한걸?"

알프 올랑이 위로하는 말을 건네 나는 당황했다.

맞다. 계약을 하자고 말할 때도 내 입장에 공감하는 말을 해 주었다.

"⋯⋯더 할 수 있어."

나는 동요하는 마음을 들키지 않으려고 최대한 냉담하게 대답하면서 잠을 자려는 자세를 취했다.

그런데 생각지도 못한 요청을 했다.

"만져 봐도 될까?"

겉으로는 드러내지 않았지만 사람과 접촉한다는 상상을 하기만 해도 심장의 고동이 부자연스러워졌다.

사람은 쉽게 믿을 수 있는 존재가 아니다. 그 결론은 여전히 변하지 않았다.

항상 칭찬해 줬던 라이언이 한 번 패배하자 180도 변해 내 몸과 마음에 상처를 줬던 것처럼.

어떤 계기로 나에게 위해를 가할지는 모르는 일이었다.

하물며 나는 이 사람을 공격한 적이 있다. 물어 버렸다.

언제 그 일에 대한 보복을 할지, 어떤 처사가 기다리고 있을지 생각만 해도 무시무시했다.

힘을 기를 때까지 여기에 있기로 결정한 일을 이 순간에 잠시 후회하면서, 거절은 하지 않고 힘껏 꼬리로만 대답했다.

팔이 나를 향해 뻗어왔다. 나는 눈을 감고 그 기척을 감지했으면서도 두려워하는 마음을 숨겼다.

저항할 수는 없다. 포기하는 수밖에 없었다.

알프의 손이 머리에서 등을 향해 천천히 부드럽게 미끄러져 내려갔다.

혹시 이대로 털을 쥐어뜯을 생각일까? 다음 순간에는 세게 때리기 시작하지는 않을까?

그런 망상을 하면서, 반복적으로 몸에 닿는 손에 대한 거부감을 계속 참아냈다.

모두 포기하고 있던 나한테서 그 감촉이 사라졌고, 곧 아무 일도 없었던 것처럼 평범한 시간이 돌아왔다.

아무 짓도 하지 않았다.

계속 쓰다듬기만 했을 뿐 더 이상의 접촉은 없었다.

고마워.

그 한마디와 함께 손이 멀어져 갔다.

대체 뭘 하고 싶었던 걸까? 왜 이런 접촉을 원했는지 잘 이해되지 않았다.

무심코 잠깐만 기다리라고 말을 하려고 하는 자신을 깨달았다.

잠깐만 기다려? 뭘?

아무 짓도 하지 않는다는 사실이 명백해지자 피로가 밀려와 나는 조용히 잠에 빠져들었다.

그 이후의 단련 때도 여우 무녀는 나의 맹공을 아무런 고생도 없이 모두 피했다.

"빨라서 맞지 않는 공격만으로도 어느 정도의 상대에게는 위협이 되겠지만, 아직은 부족해."

"큭⋯⋯."

어제보다도 더 강하고 예측하기 힘든 다채로운 공격을 시도했지만 아직 부족했다.

발톱과 엄니만으로는 부족하다. 나는 그 사실을 겨우 통감했다.

빠르고 날렵함 외의 다른 뭔가가 필요하다.

"아직 부족해!"

절실한 목소리가 입에서 자연스럽게 흘러나왔다.

거리를 벌리려고 린코가 이동하는데 나무들이 쓰러졌다.

이동할 때 꺾어 버린 줄기가 뒤늦게 쓰러지도록 내가 조종해 놓았기 때문이다.

준비된 즉석 함정에 린코가 놀라서 소리쳤다.

"오오! 그런데 아직 부족해."

직접적인 반격은 없었지만 나의 간접적인 공격은 요격당하고 말았다.

린코는 준비해 놓은 사방의 장애물도 맨손으로 모두 치우며 순식간에 돌파구를 만들었다.

"아직도 부족해!"

린코의 말대로다. 부족하다.

대책을 세워도, 사각을 노려도, 린코를 쓰러뜨리는 결정타는 되지 못했다.

이 사지가 지금보다 더 자유롭다면 싸우기 쉬울 텐데.

팽이처럼 회전하면서 총알처럼 발사된 일격을 날렸지만, 린코는 종이 한 장 차이로 몸을 젖혀 피해 버렸다.

하지만 나는 곧장 급정지. 강인한 이빨을 드러내며 자세가 무너진 여우 무녀를 물어뜯으려 했다.

전혀 동요하지 않은 린코는 곧장 양손으로 내 목을 고정해, 내 턱은 몇 번이나 허공을 갈랐다.

나는 린코에게 목을 잡힌 채 빙글하고 멀리 내던져졌다.

시야가 빙글빙글 돌았다. 실패다.

이렇게까지 많은 방법을 시도했는데도 닿지 않았다.

분하다. 뭘 해도 결정 짓지 못해 답답했다.

라이언에게 가치를 부정당해 마음 아팠다.

자신이 이렇게 약하다는 사실이 무엇보다도 분했다!

"우오오오오오오오!"

그러니까 강해지고 싶다.

힘을 얻고 싶지만 그게 다가 아니다. 자신이 얼마나 할 수 있는 지가 중요하다.

아직 부족해. 린코의 여유를 더 무너뜨리자는 생각으로 나의 이 분한 마음을 뒤덮었다.

마음속에 쌓인 답답하고 분한 감정을 포효와 함께 내뱉으며 자신을 고무했다.

굴하지 않고 낙법 자세를 취한 나는 땅에 닿자마자 달리기 시작했다.

시선이 얼마간 높아진 기분이 들었다. 앞다리를 쓰지 않고 뒷다리만으로도 몸이 앞으로 나아가 열심히 팔을 흔들었다.

복귀가 빨랐는지 린코가 놀란 표정을 지었다. 날카로운 발톱을 사용한 일격이 코끝을 스칠 듯 말 듯한 곳까지 도달했다.

이어서 다리 하나로 발차기를 날렸지만, 린코는 뒤로 물러서며 피했다.

"마카미, 너!"

잠깐 멈춰 보라는 듯한 말투에 일단 움직임을 멈춘 나는 자신이 뭔가 달라졌음을 깨달았다.

나는 나도 모르는 사이에 두 발로 균형을 잡고 있었다. 아니, 서 있었다.

양팔은 뒤집을 수도 있을 만큼 가동 영역이 넓어졌고, 다섯 손가락을 유연하게 움직일 수 있었다.

훈련을 중단하고 나를 강으로 데려간 린코는 투명한 수면에 내 모습을 비쳐서 보여 주었다.

"······어?"

사람과 똑같은 모습이 나를 마주 보고 있었다.

흰색 천으로 몸을 두른 그 사람의 유일한 동물 특징은 귀와 꼬리뿐이었다.

이런 사람은 본 적이 없다.

그게 자신의 얼굴이란 사실을 깨닫기까지는 조금 시간이 필요했다.

"마카미, 굉장해. 설마 이렇게 빨리 그 모습이 되다니, 깜짝 놀랐어."

"그게 무슨 말이야?"

"사람 형태로 변신할 수 있게 됐어. 이건 최소한 상위 정령수가 아니면 못 하는 일이야."

격투를 하는 중에 움직임이 불편하다고 생각하게 된 나는 무심코 본능적으로 점차 사람의 모습을 원하며 변화해 간 모양이었다.

즉, 이건 성장했기에 가능한 현상. 며칠간의 단련이 결실을 맺은 순간이었다.

"축하해. 이건 이번 훈련도 훈련이지만, 네가 평소부터 강해지려고 노력했었다는 증거야. 라이언의 코를 납작하게 해 줄 정도로 충분히 강해졌어."

린코에게 칭찬을 받으니 실감이 나기 시작했다.

이번 훈련은 헛수고가 아니었다. 정말로 힘을 얻었다.

그럼 감격이 식기도 전에 나는 여우 무녀에게 말했다.

"린코, 계속하자."

"……당연히 시험해 보고 싶겠지. 좋아."

하천 부지에서 단련이 다시 시작되었다.

나는 변화 전과 다름없는 빠른 속도로 돌아서 파고들듯이 계속해서 움직였다. 린코가 뒤로 물러섰다.

팔다리를 지금까지와는 다른 감각으로 움직여야 했다.

어떻게 하면 좋을지는 생각하기도 전에 몸이 먼저 알려 주었다.

주먹을 쥐고 품으로 접근. 온 힘을 담자 팔에 늑대였을 때와 같은 털이 솟아났다.

그 상태에서 상대에게 닿는 거리까지 순식간에 다가가 양팔을 격렬하게 움직였다.

타격 연타를 거듭하며 린코를 몰아붙였다.

그러자 린코도 손으로 내 공격에 맞춰 지금까지와는 다른 움직임으로 막아내려고 시도했다.

끝까지 밀고 나가!

몇 초간 계속해서 공격을 퍼부었다. 여우 무녀의 표정도 진지해졌다.

한 방이라도 괜찮다. 맞히면 승리다.

린코가 점점 뒤로 밀렸다. 여기서 계속 방어에만 몰두하게 만들면 결국엔 버티지 못하겠지.

그래서 나도 놓치지 않으려고 노력했다. 조금만 더. 이제 조금만 더 공격하면 닿는다.

"우우우우아아아아아!"

"위험했어!!"

균형은 좀처럼 무너지지 않았다. 아무리 거리를 좁혀도 린코는 뱀처럼 빠져나갔다.

성능이 올라갔다고는 해도 단순하게 그것만으로는 부족했다. 아직 한 방도 때리지 못했다.

내 속도를 보고 놀라운 듯이 눈을 뜨긴 했지만 린코는 그것만으로는 공격이 닿지 않을 거라고 말했다.

그냥 뛰어들기만 해서는 한계가 있다. 조금 전처럼 온갖 수단을 사용해 공격해야만 이 한계를 돌파할 수 있다.

공방을 펼치고 이동하면서 강의 얕은 여울에 발을 들인 나는 수면을 향해 주먹을 휘둘렀다. 남은 힘을 다해 날린 그 일격으로 강의 일부가 폭발했다.

"으악."

맞은편에서 놀라는 린코의 목소리. 세찬 물보라 너머에 있는 윤곽이 멈춰 있는 모습이 보였다.

나는 그 사이에 옆으로 미끄러지듯이 뛰었다.

표적을 포착하고, 그 표적을 향해 돌아 들어간 나는 승부를 걸었다.

나는 아주 잠시 경직됐던 여우 무녀의 등 뒤로 가는 데 성공했다. 여우 무녀가 뒤를 돌아보려고 했지만 늦었다.

가장 빠르고 기습적인 혼신의 스트레이트.

"닿아라아아아아아아아아아아아아아아아!"

공기가 터지는 듯한 높은 목소리.

주먹은 여우 무녀 코앞에 있던 손바닥에 감싸여 있었다.

위력이 약화된 상태로 완벽하게 막혔다.

"아까운걸?"

"큭!"

몸에서 힘을 빼자 여우 무녀도 손을 뗐다.

강에 들어가 있던 양다리에 물이 흐르는 감각이 느껴졌다.

"하지만 합격. 방어는 했지만 그 너머에도 타격이 있었거든. 기일 이내의 합격을 축하해. 이 정도면 아주 훌륭한 실력이야."

글쎄? 나는 순순히 기뻐할 수 없었다.

여우 무녀가 정말로 진심이라면 조금 전에도 충분히 피하고도 남았을 것 같았다.

그걸 떠나 실전이었다면 나에게는 승산이 없었다. 순식간에 반격을 당해 패배하고 말았겠지.

지금까지 한 수 배우고 있었을 뿐, 겨우 상대가 방어를 하게 만든 게 고작이었다.

"더 강해지고 싶어."

나의 그 중얼거림으로 예상치 못한 토론이 시작되었다.

"그렇게 서둘러 강해져서 뭘 할 건데? 지금의 마카미라면 쉽게 위협받을 일은 없을 텐데."

고개를 갸웃하며 소박한 의문을 내던지는 여우 무녀.

그거야 당연하다. 왜 그런 질문을 하는지 나는 너무 이상할 뿐이었다.

"살기 위해서. 강해지면 그만큼 자유로워지니까."

"그건 자유라고 할 수 없어. 힘은 힘. 가치는 있지만 잘못 사용하면 의미가 없어져."

"그럼 뭐가 자유인데?"

정면으로 부정하는 여우 무녀. 아무리 한 수 위라지만 이해할 수 없어 나는 되물었다.

"힘이 없으면 아무것도 못 한다고 배웠어. 아니야?"

"하지만 누군가와 힘을 비교해야만 하고 계속 싸우며 살아가야 하다니, 그건 아주 부자유스럽지 않아?"

"그게 살아간다는 거니까."

"아니, 그건 잘못된 믿음이야. 마카미, 넌 싸움 좋아해?"

"좋아한다고 할 정도는 아니야."

"그럼 안 싸워도 돼. 아무도 네게 생존을 걸고 싸우라고 강요하지 않으니까."

린코가 지극히 당연하다는 듯이 단언했다.

"마카미가 어떻게 살아갈지에 관해 내가 이래라저래라할 생각은 없어. 하지만 강함이란 다른 사람을 밀어내는 것만을 가리키진 않아. 난 그렇게 생각해."

마치 선인(仙人)한테서 가르침을 받은 것처럼, 그 말은 내 머릿속으로 침투해 들어왔다.

"자유란 더 넓은 개념이 아닐까? 다른 사람이 어떠냐 하는 의식에 얽매이지 않는……. 음, 뭐라고 말하면 이해할 수 있을까? 강한 의지가 중요하다, 그렇게 말해야 할까?"

"강한, 의지."

"나는 나, 남은 남. 단지 그뿐인 이야기야. 마카미가 무언가를 선택하려고 하는 의지를 가진다면 그게 이미 자유잖아? 그 이후로는 장애물이 있는가 없는가의 차이야. 힘이 필요할 때가 있을지는 모르지만 그게 전부는 아니지 않아? 수단을 잘 알고 있다면 힘에 의지하지 않아도 괜찮을 때가 있거든."

힘을 신봉하며 살아왔던, 지금까지의 모든 전제가 뒤집히려고 했다.

"폭군과 자유인은 종이 한 장 차이. 마카미도 그 라이언 같은 사람이 되고 싶진 않지?"

"린코와 알프가 힘을 과시하지 않는 이유도 그래서야?"

"웬만한 일이 아니어서는 사용할 필요가 없다고 생각하니까. 일부러 힘을 선보이지 않는 것도 엄연한 자유잖아."

그 말의 의미를 생각하게 되었다.

"그러면 정말로 자유로워질 수 있어?"

"자유롭지 않다는 범위의 경계를 바꾸면 되지 않을까? 이를테면 나는 천상위 정령수인데 알이라는 사람과 계약을 했어. 그런데 다른 일부 정령수는 자진해서 자유를 내버리는 별난 존재라고 생각하기도 해. 그렇지만 난 눈곱만큼도 그렇게 생각해 본 적 없어. 거기가 바로 내가 있을 곳이니까."

지금까지는 높은 위치에 서려고만 하고 다른 곳은 돌아보지도 않았다.

만약 린코 같은 굉장한 힘이 있어 주변을 억누를 수 있었다면,

역시 나도 아무런 주저도 없이 그 힘을 사용하려 했을까?

원하는 대로 되지 않을 때마다 이 이를 드러내며 지배하려고 했을까?

그 모습은 그야말로 린코가 예를 들었던 라이언 같은 존재였다. 지금 생각해 보면 내가 정령수와 결투를 했던 일도 억지로 상대를 복종시키기 위한 행동이었다.

서로의 자유를 뺏고 빼앗는 일은 피할 수 없는 행동이라고 나는 착각했었다. 돌이켜보면 그것은 단순한 횡포에 불과했다.

왜 이렇게 단순한 사실을 깨닫지 못했던 걸까. 시야가 좁았기 때문일까?

"공부가 됐어. 고마워."

"아니. 나는 알을 도와줬을 뿐인데 뭘. 마카미가 지금처럼 생각하고 배울 수 있었던 이유는 알 덕분이야. 그 아이가 구해 줬기 때문에, 마카미의 아픔을 자신의 일처럼 생각해 자신을 돌아보지 않고 손을 내밀어 줬기 때문에 마카미는 지금 여기에 있을 수 있어. 그 사실만큼은 잊지 말아 줘."

린코의 말을 듣고 얼마 전까지 자신이 자포자기했었다는 기억이 떠올랐다.

그때 몸을 던져서라도 날 구해주지 않았다면 나는 과연 어떻게 됐을까.

이미 이 세상에 존재하지 않았을지도 모른다. 또는 황혼이 되어 온갖 존재들을 저주하며 포학한 짓을 하고 있었을지도 모른다.

이제야 상상이 머릿속으로 밀려들었다.

파멸할지도 모르는 나를 막아 주었다. 나를 구해 주었다.

그에 더해 그 사람의 파트너에게 새로운 삶과 성장을 위한 가르침도 얻었다. 틀림없이 나 혼자서는 도달할 수 없었던 경지까지 단련도 할 수 있었다.

이만큼 많은 도움을 받았는데 나는 그 사람을 전혀 믿지 않았다. 아무것도 알려고 하지 않았다.

"내가 머물러야 할 곳을 만들어도 괜찮을까?"

"물론이지."

"그 사람이 있는 곳이라도?"

"뭐~? 이미 나는 '우리'의 거처라고 생각하고 있고, 알도 마찬가지 아닐까?"

나에게 내밀었던 손을 뇌리에 떠올렸다.

의미도 없이 날 쓰다듬었던 그때, 아주 부드럽고 자애에 넘치는 손길이었다는 생각이 들었다. 그 사람의 접촉은 정체를 알 수 없는 불길함에서 마음 편한 접촉으로 바뀌었다.

알프 올랑의 정령력이 이 몸과 연결되어 있다. 그렇게 생각하자 가슴 안이 매우 뜨거워졌다.

"……."

고맙다는 말은 내가 해야 하는 말이었다.

나는 고개를 끄덕였다.

"린코 언니, 있지."

"응. 뭔데…… 어? 지금 뭐라고 불렀어?!"

"같은 사람이랑 계약했으니까. 그보다 난 그 사람한테 고마움을 느끼고 있어."

어쩌면 좋을까? 그렇게 물으며 돌아봤는데.

"린코 언니. 언니라…… 우헤헤, 언니."

아무래도 별로 싫지는 않은 듯 여우 무녀는 흐물거리는 표정을 지었다.

일단은 정령 결계에서 도시 엘레메아 시가지로 돌아왔다. 아직 시간은 그리 오래되지 않았다.

이제부터는 더욱 인간계와 깊게 관련을 맺고 살아가야 하니 인간 사회를 공부하기로 했다.

"린코 언니, 저건 뭐에 타고 있는 거야?"

"저건 자전거라고 해."

"린코 언니, 린코 언니. 지금 저기서 물이 분출됐어. 용출수야."

"저건 분수. 마카미도 참. 아까부터 뭘 볼 때마다 흥미진진해서는."

"처음 보는 물건이 많아서 그래."

이전에 계약한 주인은 따로 사회에 데리고 나온 적이 없어서 건물이나 길을 자세히 볼 기회가 없었다.

거기다 지금까지 봐 왔던 세계와는 완벽히 달라진 탓인지 경치가 매우 신선한 광경처럼 보였다.

계속해서 물어봐도 일일이 다 알려 주는 선배 정령수는 지금

정장 차림이었다.

그 모습을 흉내 내 봤지만 별로 어울리지 않는다는 말을 들었다. 어떤 점이 잘 안 어울리는지 모르겠다.

"어? 이건."

"마카미? 아, 거긴 옷 가게야."

건물 안으로 보이는 미지의 세계에 나는 시선을 빼앗겼다. 옷이라는 문화는 생각보다 훨씬 풍부하고 반짝반짝 빛나는 듯이 보였다.

"응. 인간 사회의 의복은 다종다양하니까. 난 몇 종류밖에 안 입지만, 참고하기엔 좋을지도 몰라."

"저거! 한번 입어 볼래!"

"혹시 흥미가……. 헉! 마카미 잠깐만! 이런 곳에서 옷을 막 바꾸면, 으아악!! 그러면 안 돼, 안 된다니까. 안 돼!"

"어째서? 움직이기 쉽고 귀여워. 이거."

"사람들 앞에서 속옷 차림만 하고 있으면 잡혀 가!! 그리고 마카미 외모에 그건 좀 일러! 원래 옷으로 되돌려! 어서!"

린코 언니는 속옷은 밖으로 드러내면 안 된다고 입에 침이 마르도록 설명했다. 파란 꽃 모양, 마음에 들었었는데.

린코 언니는 그런 충고를 해 주면서도 옷 가게에 들어가 코디를 가르쳐 주었다.

사실은 여기서 옷을 사려면 돈이라는 대가를 지불해야 한다지만, 우리는 변화라는 기술을 익히고 있어서 필요 없었다.

린코 언니와의 대화를 토대로, 나는 옷 가게에서 마음에 들었던 조합의 모습으로 변화했다.

튜브톱에 핫팬츠. 반소매 겉옷을 입고, 아직 안 보이게 만들지 못하는 귀를 위해 후드도 준비했다. 꼬리는 장식이라고 하기로 했다.

그리고 우리는 그 사람이 아직 없는데도 학생 기숙사로 돌아갔다.

"그 모습을 보면 분명 놀랄걸?"

"만약 돌아오면 본계약을 해 줄까?"

"알이라면 분명 해 줄 거야. 내가 보증해."

린코 언니는 엄지를 들어 올렸다. 그 말을 믿으며 나는 그 사람이 집에 돌아오길 기다렸다.

아무래도 중위에서 상위로 정령수가 성장하면, 지금의 계약은 자연스럽게 풀리기 때문에 지금 이상의 본계약을 맺어야만 한다고 한다.

"그런데, 아까도 이야기했지만 알하고 계약할 때 뭘 해 달라고 할지는 결정했어?"

"응."

그날 밤의 그걸 이어서 해 달라고 해서, 주인님과 본계약을 맺을 생각이다. 마음속으로 이미 그렇게 정했다.

그리고 그때가 왔다.

발자국 소리 하나가 문 앞으로 다가와 나는 곧장 현관으로 갔다.

"린코, 뭐야. 다른 사람이 따라오고 있을 수도 있으니 사람 모습으로…… 어?"

안쪽에서 문을 열었다. 항의하던 검은 머리 소년은 내 모습을
보자마자 당황했다.

준비했던 말을 하기 1초 전, 설레는 마음을 꾹 참으면서 나는
말했다.

"어서 와."

후기

남은 페이지가 매우 적어진 상황에서 처음 뵙겠습니다. 이와야마라고 합니다.

이와야마 카케루(岩山 驅), 그러니까 바위산(岩山)을 달린다(驅)는 이름이니 역시 조급해 보이는 그런 인상을 받으시나요?

그렇다면 대체로 맞게 보신 겁니다. 학생 시절에는 과제를 마지막 날까지 아슬아슬하게 남겨 두던 그런 성격이었습니다.

그러니까 후기를 비롯한 여러 할 일도 신년 초 3일간의 휴식 시간에 착수했습니다. 1월 중순까지는 완성하려고 했던 점포 특전 작업도 잠시 쉬고 있었습니다.

작년까지 서적을 낸다는 게 꿈만 같은 이야기였던 저로서는 힘들지만 너무나도 기쁜 상황입니다.

출판 이야기를 제안하고 많은 도움을 주신 편집자님, 여우 무녀를 비롯한 등장인물들을 매력적으로 그려 주신 하야마 선생님, 교열과 인쇄 등 이 작품 출판에 도움을 주신 많은 분들, 여기까지 읽어 주신 독자 여러분은 물론, 서점의 선반에서 이 책이 눈에 띄어 후기부터 펼쳐 주신 여러분에게도 감사(謝辭)의 말씀을 드립니다.

아, 여기서 사용한 감사(謝辭)란 말은 '샤지'라고 읽는데, 예전에 직장에서 직장 동료와 '샤지라는 말 알아?', '감사하다는 단어 말인가요', '모르는구나? 옛날에는 숟가락을 뜻하는 사지(匙)란 말을 사투리로 샤지라고 했었어' 라는 대화를 나눈 적이 있습니다. 맞장구를 치면서 숟가락을 던졌습니다.

영웅 패도의 여우 무녀 1

2022년 06월 20일 제1판 인쇄
2022년 07월 01일 제1판 발행

지음 이와야마 카케루
일러스트 하야마 에이시

옮김 문기업

발행 영상출판미디어(주)
등록번호 제 2002-000003호
주소 21315 인천광역시 부평구 부평대로 283 A동 702호
전화 032-505-2973(代)

ISBN 979-11-380-2301-6
ISBN 979-11-380-2300-9 (세트)

Eiyuhado no Kitsunemiko
ⓒ 2018 Kakeru Iwayama
First published in Japan in 2018 by OVERLAP, Inc.
Korean translation rights reserved by YOUNGSANG PUBLISHING MEDIA, INC.
Under the license from OVERLAP, Inc., Tokyo JAPAN

구매 시 파손된 도서는 구매처에서 교환하실 수 있습니다.
기타 불편사항, 문의사항이 있으신 독자님께서는 노블엔진 홈페이지
[http://novelengine.com] 에서 Q&A 게시판을 이용해 주시기 바랍니다.

노블엔진(NOVEL ENGINE)은 영상출판미디어(주)의 라이트노벨 및 관련서적 브랜드입니다.